大众文学与武侠小说

吴秀明　陈力君　主编

北京大学出版社
PEKING UNIVERSITY PRESS

图书在版编目(CIP)数据

大众文学与武侠小说/吴秀明,陈力君主编,—北京:北京大学出版社,2011.1

ISBN 978-7-301-18247-5

Ⅰ.①大… Ⅱ.①吴…②陈… Ⅲ.①通俗文学-文学研究-中国-高等学校-教材②侠义小说-文学研究-中国-高等学校-教材 Ⅳ.①I206

中国版本图书馆 CIP 数据核字(2010)第 246434 号

书　　　名:	大众文学与武侠小说
著作责任者:	吴秀明　陈力君　主编
责 任 编 辑:	张文礼
封 面 设 计:	奇文云海
标 准 书 号:	ISBN 978-7-301-18247-5/I·2297
出 版 发 行:	北京大学出版社
地　　　址:	北京市海淀区成府路 205 号　100871
网　　　址:	http://www.pup.cn　电子邮箱:pkuwsz@yahoo.com.cn
电　　　话:	邮购部 62752015　发行部 62750672　出版部 62754962
	编辑部 62752022
印 刷 者:	三河市北燕印装有限公司
经 销 者:	新华书店
	650mm×980mm　16 开本　14.5 印张　238 千字
	2011 年 1 月第 1 版　2011 年 1 月第 1 次印刷
定　　　价:	30.00 元

未经许可,不得以任何方式复制或抄袭本书之部分或全部内容。

版权所有,侵权必究

举报电话:010-62752024;电子邮箱:fd@pup.pku.edu.cn

目 录

前 言 ………………………………………………………………… 1
  一、大众文学定义及其在文学史上的地位 ……………………… 1
  二、大众文学批评标准与本书的基本框架 ……………………… 5

上 编

第一章 发展过程与主要特色 …………………………………… 11
  第一节 发展的几个阶段 ………………………………………… 11
  第二节 大众文学的亚文化特征及具体表现 …………………… 19
  第三节 值得注意的两个问题 …………………………………… 22

第二章 大众文学的声像化现象 ………………………………… 25
  第一节 "家国同构"的帝王戏 ………………………………… 25
  第二节 视觉文化的快餐化倾向 ………………………………… 31
  第三节 冯小刚的类型电影 ……………………………………… 37
  第四节 周星驰的无厘头电影 …………………………………… 45

第三章 官场文学 ………………………………………………… 55
  第一节 官场文学及其创作类型 ………………………………… 55
  第二节 官场文学的批判向度与警世作用 ……………………… 60
  第三节 官场文学的叙事范式 …………………………………… 66

第四章 侦探文学 ………………………………………………… 72
  第一节 80年代以前的侦探文学及其成因 …………………… 72
  第二节 80年代以后的侦探文学及其创作新特点 …………… 80
  第三节 侦探文学中的"海岩模式" …………………………… 85

第五章 言情文学 ………………………………………………… 89
  第一节 从"鸳鸯蝴蝶派"和张恨水说起 ……………………… 89
  第二节 琼瑶的经典言情小说 …………………………………… 93

第三节　梁凤仪的财经言情小说 …………………………………… 97
　　第四节　卫慧、木子美的"后言情小说" ………………………… 103

下　　编

第六章　武侠小说的历史变迁与现代转型 ………………………………… 113
　　第一节　中国传统侠文化的合理性 …………………………………… 113
　　第二节　武侠小说中的侠义精神 ……………………………………… 116
　　第三节　中国近现代武侠小说的发展 ………………………………… 120

第七章　梁羽生的武侠小说 ………………………………………………… 125
　　第一节　激进浪漫的左翼理念 ………………………………………… 126
　　第二节　拟史立传的武侠世界 ………………………………………… 130
　　第三节　侠骨柔情的情爱模式 ………………………………………… 135
　　第四节　理路清晰的武术套路 ………………………………………… 137
　　第五节　古韵遗风的诗意叙述 ………………………………………… 141

第八章　金庸的武侠小说（上） …………………………………………… 146
　　第一节　新武侠经典文本的确立 ……………………………………… 146
　　第二节　匠心独运的侠客形象塑造 …………………………………… 151
　　第三节　金庸模式与武侠小说的艺术创新 …………………………… 155

第九章　金庸的武侠小说（下） …………………………………………… 158
　　第一节　书剑传统与作家的推陈出新 ………………………………… 158
　　第二节　地域文化与现代人性及大众传媒的关系 …………………… 162
　　第三节　金庸经验与地域文化的现代性构建 ………………………… 167

第十章　古龙的武侠小说 …………………………………………………… 171
　　第一节　类现代的武林世界 …………………………………………… 172
　　第二节　"另类"的武侠形象 …………………………………………… 177
　　第三节　新变的叙事手法 ……………………………………………… 181

第十一章　黄易和温瑞安的武侠小说 ……………………………………… 186
　　第一节　科幻武侠的开创者：黄易的武侠小说 ……………………… 186
　　第二节　文学化的武侠世界：温瑞安的武侠小说 …………………… 193

第十二章　当代大陆的武侠小说 …………………………………………… 201
　　第一节　步非烟、凤歌和沧月的武侠小说 …………………………… 201
　　第二节　当前大陆武侠小说兴盛的背景及原因 ……………………… 211

第三节 当前大陆武侠小说与读者的接受心理 …………………… 217

结　语：从武侠小说到武侠文化 ……………………………… 220

后　记 …………………………………………………………… 225

前　言

一、大众文学定义及其在文学史上的地位

在进入正题之前,首先有必要对大众文学的概念作一个界定。何为"大众文学"? 这是一个充满歧义的概念。但就一般而言,是指具有强烈的娱乐功能与消遣性质,并在内容和形式上明显凸现广泛流通性的这种通俗形态的文学。从文化范畴来看,它属于现代消费性文化。用台湾学者杭之的话来说,大众文学就是"一种都市工业社会或大众消费社会的特殊产物,是大众消费社会中通过印刷媒介等大众传播所承载、传递的文化产品,这是一种合成的、加工的文化产品,其明显的特征是它主要是为大众消费而制造出来的,因而它有着标准化和拟个性化的特色"①。

在过去,特别是自延安文艺座谈会以来,在相当长的一段时期内,我们对大众文学则有另一番理解。不少人甚至专业批评家所讲的"大众",往往抹上了浓重的阶级的、政治学的色彩,它有意无意地等同于"人民大众"、"工农兵群众"、"劳苦大众"之意。这是一种阶级论、政治学意义的"大众文学"。现当代文学史上不少作家作品,如赵树理及其"山药蛋派",都属于这种情况。曾几何时,我们大多数现当代文学史,也是这样对这些作家作品进行评定的。

我们这里所讲的"大众文学",并非通常说的"人民大众"、"工农兵群众"、"劳苦大众",而是属于现代的一种文学形态。它所体现的主要是市场经济的逻辑,其所追求的最终是文学作品的交换价值化,与商品的运作

---

① 杭之:《一苇集》,三联书店1991年版,第141页。

方式是同构同质的。因此,从这个意义上说,大众文学是市民文化的必然产物,它是属于现代城市的。

一般说来,人类的文学形态可以分为原始文学、古典文学和现代文学。原始文学是文学的初始阶段,在原始文学中,还不存在文学的分野,当然也就没有雅俗文学的冲突。当社会出现了对立,文学的发展才进入古典文学的阶段。此时,属于贵族士绅的上流社会的高雅文学与属于普通民众的通俗文学形成了明显的矛盾。民间文学与这个阶段通俗文学所指的是同一种文学现象。而大众文学则与之不同,它产生于现代时期,是工业社会所产生的大众群体的文学伴生物。在这个阶段,精英文学以对高雅文学反叛的形式承续了古典时代的文化传统,以一种极端激烈的姿态与大众文学构成尖锐的冲突。古典时期的文学是按社会阶层划分的,而大众与精英在现代社会已不再具有社会阶层的属性,他们只代表着文学态度的差异。[①]

换一个角度,按照西方马克思主义经典作家的看法,自国家产生以后,社会逐渐一分为二为"政治社会"与"市民社会"两个部分。在前工业化时期,由于国家操纵了全社会的生产和经营活动,"政治社会"与"市民社会"事实上是合一的。而在进入现代工业社会之后,因市场经济的影响作用,政府不再直接管理社会生活的一切领域,导致了"市民社会"的相对独立。"大众文学"就是"市民社会"的直接派生物,它是"市民社会"在文学上的一个必然要求。它的出现,标志着人类社会和文学又向民主化、平等化方面迈进了一大步,但也带来了许多新问题。

"大众"作为意义载体在新文学话语中的出现,是与社会和文化的变革密不可分。我国在20世纪二三十年代,曾提出过"大众文学"的主张,胡适、陈独秀、鲁迅、周作人、成仿吾等就此有不少讨论。特别是瞿秋白在这方面更是作出可贵的探索,他不仅撰写了《大众文艺现实问题》(1931年)、《普洛大众文艺的问题》(1932年)等重要文章并提出许多具体建议和方案,而且在江西瑞金还以工农民主政府教育部部长和苏维埃大学校长的身份,有诸多的实践。毛泽东在《新民主主义论》等文中也对此有过论述,甚至主张将新民主义文化称之为"民族的科学的大众的文化"。不过,这里提出的文学"大众化"的要求与我们今天意义上的"大众文学"具有根本的区别,它基本上属于知识分子文化启蒙的范畴,体现了

[①] 陈刚:《大众文化与当代乌托邦》,作家出版社1996年版,第16页。

新兴的主流意识形态力图抹平阶级差别、帮助发展大众文学的革命愿望。故此时的"大众"文学是为精英文学和主流文学乐于接纳、善意扶持的。但似乎又有某种先天的局限,这主要体现在精神和趣味上承续了贵族文化的某种传统,形成强烈的自恋心理,不能真正实现艺术的民主化。所谓的内容或形式的"喜闻乐见",这一切都是知识精英、主流政治所设定的,大众只是受体而不是主体,主体还是知识精英和主流政治。就其实质而言,"五四"以来的文学大众化,不妨看做仍是在古典文学形态之中将精英文学或革命政治文学与民间文学融合的一种尝试。

20世纪80年代以来,随着城市化的不断扩大,非公有制经济成分的急剧增长,政府活动范围的日益缩小,大众传播媒介的迅速发展,中国社会阶层才逐渐分化并形成一个颇具规模的"市民社会"。特别是沿海开放地区和内地的某些大中城市,这个"市民社会"发展更为迅速。据称,当下中国有以下几部分人正在形成与一般民众不同的利益:土生土长的个体户、乡镇企业的合股者、外来的资本持有者、国有股以外的股金持有者、有闲的食利者、将知名度转化为资本的影视文体明星、知识转化为生产力的科技工作者、以权谋私的行政官员。"经济利益的增长,必然促使有产阶级寻求政治发言权,并力求通过各种立法途径干预政府决策。"① 于是,这个被称为"有产阶级"的"市民社会"也必然会寻求自己的精神表现方式,一种带有现代文化工业性质的大众消费文学因而应运而生,并在我国文坛迅速蔓延。

大众文学既然是"市民社会"和"现代工业文化"的伴生物,这就决定了它不仅要严格地遵循市场逐利原则,而且在创作上要高度重视接受者的娱乐、消遣、宣泄功能等精神需求,反对对独创性、艺术个性和原创性文化要素的追求。正是在这个意义上,里查德·汉密尔顿曾把大众文学的特征归纳为:普及的、短暂的、易忘的、低廉的、大量生产的、为年轻人的、浮华的、性感的、欺骗性的、有魅力的、大企业式的。② 著名社会学家洛文塔尔认为:"在现代文明的机械化生产过程中,个体的衰微导致了大众文化的出现,这种文化取代了民间艺术和高雅艺术。通俗文化的产品全无任何真正的艺术特征,不过,在其诸种媒介方式中,这种文化已被证明有

---

① 孤闻:《有产阶级在崛起》,《社会》(上海)1994年第1期。
② 转引自贝尔:《资本主义文化矛盾》三联书店1989年版,第120页。

其自身的真正特征:标准化、俗套、保守、虚伪,是一种媚悦消费者的商品。"①

具体到文本创作来看,大众文学具有自己独特的运行机制和创作规律。在当下精英文学、主流意识形态文学、大众文学"三元一体"的文学大系统中,如果说娱乐、消遣、快感、故事、模式、悬念等这一切被精英文学、主流意识形态文学视为次要的话,那么大众文学则将其看成是最重要最基本的构成要素。与之相反,思想与艺术的探索性、严肃性,语言与文本的实验性、高雅性,这些对精英文学、主流意识形态文学至关重要的东西,在大众文学中恐怕显得无关宏旨。正因为如此,我们认为大众文学的研究并不是件轻松容易的事。这里不仅有文学观念转换的问题,还要有实现包括形态范畴更新、重建和操作的转换的过程。而恰恰在这方面,我们固有的资源却不多,研究成果也不丰。所以,当我们的文学雅俗观念出现重大调整之时,当我们的社会以宽容的姿态和理性的态度对它表示接纳时,评论和研究一时却跟不上来,处于明显的滞后乃至失语的状态。

当然,从大众文学现有状态所呈现的特性来看,它并非由市民社会和工业文化产生之后才得以产生,同时也是对自古至今通俗文学等娱乐形式改造的必然结果。中国小说从南北朝的志怪神异,到唐代传奇,最后到宋明两代才真正成熟。尤其是明清市民阶层的骤然扩大,导致了通俗文学的首次繁荣。"三言二拍"、《金瓶梅》等作品中表现出的对欲望的肯定和对享乐的追求,正反映了这一趋势。这与当代大众文学的主题不谋而合。至于20世纪30年代,在以上海为中心出现的"鸳鸯蝴蝶派"、"黑幕小说"等消闲之作,更是直接拉开了当代大众文学发展的序幕。大上海的文学形态确实是与中国以往的民间文学、平民文学或通俗文学不同的形式。虽然这之中也掺杂不少半封建的因素,但商品化和市场机制却奠定了上海文学的两个基本取向:商业化的利益驱动和世俗化的大众导向。只是动荡不安的半封建半殖民地的社会环境,特别是严酷的阶级斗争和民族斗争形势,使得大众文学在当时的中国不可能充分发展成为完整独立的形态。所以,40年代末,当隆隆的炮声摧毁了一个旧世界,大众文学昙花一现式的繁荣也就宣告结束,②

---

① 转引自周宪《审美文化的历史形态及其变异》,《文学评论》1995年第1期。
② 陈刚:《大众文化与当代乌托邦》,作家出版社1996年版,第18—19页。

而由上海移置到了香港,并于70年代在那里得到空前的发展。新时期出现的大众文学与上述所说的(特别是明清通俗文学)当然不可同日而语,但也不能说"没有任何历史的承续性",至少在艺术趣味和需求上,彼此具有某种相似或一致性。

二、大众文学批评标准与本书的基本框架

文学的雅俗既是一个理论问题,也是一个实践问题,它贯穿于文学史的始终,并一直延续到今天的创作和批评之中,成立一个永恒的话题。文学的雅俗是互补互渗互动的。范伯群先生最近在论述1921—1923年中国雅俗文坛时,提出一个雅俗文学"分道扬镳"与"各得其所"的观点。他认为:"分道扬镳,各得其所并非坏事,相反,新文学与通俗文学双方的'韧性'与'并存',乃是文化多样化的魅力之所在,也是文学更具有为广大人民服务之必须。我们应该抱着一种有容乃大,多元共生,异中有同,重写史册的宏大精神,去俯瞰与纵观我们的现代文学的历史。"[①]我们对此表示赞同。尽管文学的雅俗有时是很难区分的,往往彼此复杂地缠绕在一起,但撇开个别的问题不谈,就其总体而言,应该说它们是相辅相成的,并由此共同"合力"打造着一部完整的文学史。因此,任何只讲雅俗一方而不讲另一方的观点和说法,都是不对,也是不可取的。其最终结果将不可避免地招致文学生态的失衡。这不仅不利于大众文学的发展,同时也使其他文学特别是精英文学因缺乏必要的竞争和参照,而走向委顿,失去应有的活力。这样的教训在百年的中国现当代文学特别是在"十七年"文学和"文革"文学中都有,值得认真记取。

当然,这样说无意于拔高或夸大大众文学的功能价值,忽视它作为文化工业衍生物和文化娱乐产品的内在局限甚至是内在的致命局限。这也是不容回避的客观事实,需要引起我们高度重视。大量事实表明,大众文学的庸俗化与庸俗化的大众文学,已成为当代一个相当突出并且亟待解决的文学文化现象。既看到它对推进艺术民主化,满足人民丰富多样文化需求方面所作的贡献,同时又不否认其"从众"原则带来的种种消极影

---

① 范伯群:《1921—1923:中国雅俗文坛的"分道扬镳"与"各得其所"》,《文学评论》2009年第5期。

响,这就比较公允。目前大众文学的正负两极作用是有目共睹的,这其中的是非得失,恐非现在就能结论得了。但是,在没有一种更合适的文学取代大众文学的时候,大众文学在现代社会文化结构中的地位在相当长的一段时间内是不会动摇的。当然,承认它的合理性和不可动摇,不等于承认它是不可批判的。问题的关键在于:能否确立和如何确立大众文学的批评标准,或者说能否确立和如何确立评判大众文学作品价值优劣的批评标准?这是最要紧的。

有人将大众文学的批评标准归纳为"理想主义"精神取向和建立在可读性基础上的"独创性"这样两条。[①]我们以为是颇精当的。这里所谓的"理想主义",自然不是精英文学、主流意识形态文学所要求的超前性、批判性和严肃性、规范性,而是对传统价值观和当代价值观的确认或再确认——如惩恶扬善、除暴安良等等。优秀的大众文学在给人带来阅读快感的同时,还应该给人以世俗文化可接受的理想主义的精神召唤。大众文学传达的正是那种在当代具有明确的价值判断、业已流行并被普遍接受的意识形态内容,它的积极意义就表现在将精英文学、主流意识形态文学等形而上的理想主义精神取向,转化为在当下具有最大涵盖面和渗透力的形而下的普遍理想,从而丰富了世俗文化的内涵。这里所谓的建立在可读性基础上的"独创性",自然也不是精英文学、主流意识形态文学所要求的可以不顾读者日常阅读经验的艺术反叛和创新,而是在创作过程中必须顾及作品的销路并给大众读者带来阅读快感的创新。用有些论者的话来说,就是在创作论上它"必须在程式化叙事模式和创新的创造力之间保持某种适当的张力。一方面,它必须突破固定的叙事模式,并在此基础上开创新的叙事模式;另一方面,这种创新又不能对读者大众的期待视野产生太大的偏离"[②]。当代优秀或较优秀的大众文学作品,如金庸、梁羽生、古龙的新武侠小说,琼瑶的言情小说等,无论有多少复杂的变化,都较好地体现了上述两个特征。

本书基于上述理解探讨中国当代大众文学与武侠小说。上编部分,通过过程与特色、声像化现象、官场文学、侦探文学、言情文学等五个方面,从纵向的文学史和横向的文体范式两个维度,专门就大众文学创作和发展展开论述。下编部分,集中探讨武侠小说这一广受欢迎也

---

① 朱国华:《略论通俗文学的批评策略》,《文艺研究》1997年第6期。
② 同上。

极具中国特色的大众文类的历史和现实生存状态,具体涉及武侠小说进入 20 世纪以后特别是 20 世纪后半叶的历史变迁与现代转型,涉及金庸、梁羽生、古龙、温瑞安、黄易的武侠小说,涉及当代大陆的武侠小说等等。

(吴秀明)

上 编

第一章 发展过程与主要特色

在前言中曾讲过,大众文学属于现代文化,它总是与现代的文化工业和市场经济联系在一起,是现代文化工业和市场经济的派生物。以此考察中国的大众文学,我们认为它的主要所指,应是20世纪以后特别是八九十年代以后的事。本书集中探讨这一时段的大众文学。当然,从文学发展演变的角度来看,同时也是为了使研究具有一种历史感,我们不妨将目光投向更遥远的过去。因为按大的文学的分类,大众文学毕竟属于俗文化;而文学的雅俗之分,中外古今具有某种惊人的相似或一致之处。我们把大众文学以前的俗文学写作,统称为"前大众文学"。

第一节 发展的几个阶段

关于俗文学写作,鲁迅在《中国小说史略》(也包括鲁迅1924年在西安的一个讲稿《中国小说的历史的变迁》)、郑振铎在《中国俗文学史》中对此曾有过较为详尽而又全面的梳理。这种梳理,归纳一下,纵向大致经历了先秦神话、六朝志怪、唐之传奇、宋之话本、明清章回小说这样几个阶段。其中又以明清章回小说内容最为繁复,对嗣后的大众文学影响也最大。它不仅裂变出相似而不相同的狭邪小说、谴责小说、侠义公案小说,而且还产生了广具影响的《官场现形记》、《二十年目睹之怪现状》、《老残游记》、《孽海花》、《海上花列传》等代表作。这些作品虽然"辞气浮躁,笔无藏锋,甚且过甚其辞",有的"描写失之张皇,时或伤于溢恶,言违真实",[①]但由于将自己的镜头主要对准大都市的形形色色的生活场景,并

---

① 鲁迅:《中国小说史略》,《鲁迅全集》第9卷,人民文学出版社1981年版,第282、287页。

且载于各种小报,突出强调娱乐消遣功能,因此"特缘时势要求","以合时人嗜好",在当时颇受广大市民的欢迎,其阅读和发行量也是非常大的,远远超过精英文学。特别是随着市民社会的兴起,更是盛况空前。当然,这种旨在娱乐消遣的作品即使在当时也并不占主导地位。占主导地位的还是传统的"文以载道",即孔子所谓的"诗三百,一言以蔽之,曰:思无邪"。显然,这是一种言志刺世的文学观。

20世纪初,中国原有的文学传统发生巨大变革。其中最具影响的,当推梁启超在《论小说与群治之关系》中提出的"新民说",将历来被视为"小道"的小说提到了"文学之最上乘"的高度:"欲新一国之民,不可不先新一国之小说。故欲新道德,必新小说;欲新宗教,必新小说;欲新政治,必新小说;欲新风俗,必新小说;欲新学艺,必新小说;乃至欲新人心,欲新人格,必新小说。何以故?小说有不可思议之力支配人道故。"所以,他最后的结论是,"今日欲改良群治,必自小说界革命始;欲新民,必自新小说始"①。梁氏这一观点在后来的毛泽东等共产党人和左翼作家那里得到呼应。与梁氏相似,他们往往把文艺之于社会历史的作用看得至高无上,而忽视了其娱乐消遣功能。20年代,以茅盾为代表的文学研究会在新办的《文学旬刊》等刊物上发动对"鸳鸯蝴蝶派"的批判,将它扣上"三顶帽子"(即:一、地主思想与买办意识的混血儿,二、半封建半殖民地十里洋场的畸形产物,三、游戏的消遣的金钱主义),也有这样的问题。这种批判,在文学革命之初,尽管有它的历史必然性和合理性——新文学在新旧文学激烈论争、自身立足未稳的情况下,为抢夺话语权和生存发展的需要,对思想观念偏向守成的大众文学采取过于激烈和激进的姿态,也不妨可以理解;而且在当时灾难动荡时期,过分崇尚消遣娱乐的确也是有缺憾的;更不要说它所吸引的数量众多的读者,毕竟在客观上对新文学形成了一种挤压,不利于文学革命。但此一批判本身是有问题的。特别是给它扣的"三顶帽子",更有失公允:"其中前二项具有极强的政治性,带有极大的指控性,发挥过巨大的孤立作用,至少使许多知识精英再也不敢去看这一流派的作品;而后一项帽子则是出于文学功能观的'以偏概全'。这三顶帽子从总体而言,是不符合市民通俗文学作家的头颅的尺码的。"②

---

① 梁启超:《论小说与群治之关系》,《新小说》创刊号,1902年出版。
② 范伯群、孔庆东主编:《通俗文学十五讲》,北京大学出版社2003年版,第49页。

问题的严重不止于此,而是还在于当新文学夺得了话语权,当社会进入了常态,随着民族解放和民主革命的胜利,我们不但没有及时进行调整,相反变本加厉地对之进行批判和打压。这种情况在建国后的前三十年表现尤甚。曾几何时,文学的政治化、工具化不仅使我们的文学缺少娱乐消遣,充满了太多的政治说教,而且也难以容忍通俗文学这种文体,文学的多样性、娱乐性不见了。这样的结果,只能是致使具有悠久历史的通俗文学慢慢趋于消亡,或者以"变体"的方式隐性地存在于各种文学之中,特别是政治意识形态色彩很浓的革命历史题材文学,如《林海雪原》、《平原枪声》、《铁道游击队》、《烈火金钢》、《红旗谱》、《青春之歌》等;通俗文学作家也只得改行,去从事其他的职业,从而导致整体文学生态的劣化。

80年代以降,中国逐步实现了"以阶级斗争为纲"向"以经济建设为中心"的重大转换。这一转换也给文学带来了深刻的革命。城市的崛起,市民阶层的壮大,大众传媒的发达,以及整个社会文化消费的需求,不仅使长期受贬抑的大众通俗文学很快出现了复苏,重新回到了人们的视野,而且后来居上,日益明显地呈现咄咄逼人的发展态势。这个过程,大体经历了如下这样几个发展阶段:

第一阶段是80年代初,这是大众文学的发轫期。开始之初,主要是引进港台的有关作品,如琼瑶的言情小说,金庸、梁羽生、古龙的武侠小说,《霍元甲》、《陈真》等电视连续剧。然后逐步办刊物,如《今古传奇》(1981年7月创刊)、《章回小说》(1985年1月创刊)、《传奇文学选刊》(1985年1月创刊)、《中国故事》(1985年11月由《中国故事选刊》改名)等;出作家,如聂云岚、陈屿、冯骥才、柳溪、吴越、冯育楠、朱晓平、彭风;出作品,如《玉娇龙》(根据王度庐的《卧虎藏龙》改编)、《夜幕下的哈尔滨》、《津门大侠霍元甲》、《大盗燕子李三传奇》、《江湖风云录》、《刑警队长》、《括苍山恩仇记》、《傍晚敲门的女人》、《黑色诱惑》、《瓜棚女杰》、《珊瑚岛上的死光》等。购销两旺,才形成气候,引起讨论。

在这一阶段,政治意识形态还占据中心地位,经济改革尚未正式启动。由于没有与之对应的坚实的现实物质条件,所以,人的欲望的解放不仅是模糊的而且往往以抽象的形式演进着,致使此期的大众文学鱼龙混杂,难以决然与精英文学、主流意识形态文学割断联系。另一方面,当时社会的经济改革尚未付之具体实施,这决定了以经济利润为旨归的大众文学"知趣"地退居边缘,听凭精英文学与主流意识形态文学为争夺权力话语不时地发生冲突。其实,就精英文学与主流意识形态文学而论,它们当时的确也程度不同地处在颇为激烈的酣战之中(如1981年、1986年两次"反自由化"和"清污"运动,三次有关"朦胧诗"的大讨论),对大众文学无暇顾及。大众文学处于自生自灭的境地。但也许是"祸兮福所倚",这种特殊的境遇正好为当时的大众文学的发展提供了难得的契机,使大众文学比较容易地通过了"政治审查",取得了一张绿色的"通行证",并逐步形成自己相对独立的话语系统。

需要指出的是,面对大众文学这样凌厉逼人的进攻姿态,精英文学、主流意识形态文学并非没有顾忌,它们之中的一些有识之士开始思考,更多的似乎是本能地予以排拒。这就形成了大众文学与它们之间非常复杂、非常微妙的"三角关系"。不过,相比之下,还是主流意识形态对大众文学比较宽容忍让。因为按照人类文化学的理论,主流意识形态文学、精英文学、大众文学分别属于主文化、反文化、亚文化。主文化代表国家意志和官方正统趣味,强调政治思想和伦理道德上的规范,偏于稳定保守;反文化是一种激进文化,它主要强调对传统被视为合法性话语的批判与突破,是知识分子雅趣和内在的反制约性在文化上的具体表现;亚文化是一种从属文化或曰副文化,它代表社会时尚和大众,虽然它也有自己特有的观念、行为规范和利益,但从总体上看仍属于主文化所代表的大群体,受到主文化程度不同的支配,因而从文化价值取向上接近保守,是一种保守性的文化。因此,主文化与亚文化天生就具有合谋结盟的可能。这种结盟对稳定社会文化是有利的,但对构建一种新的文化却颇为不利。出于前者的考虑,政府文化管理部门一般都是支持的。

可能是缘由于此吧,当时的主流意识形态文学对大众文学尚比较宽容,大体能与之和平共处,因为大众文学不会也不能对它构成致命的威胁。当然,根据自己的利益和标准,主流意识形态文学也给大众文学一个限度:不准逾矩写色情与暴力(色情暴力属于"扫黄"范畴而不是"政治"问题);而且基于精英文学因思想艺术上的前卫性、探索性带来的种种问题和不足,为了加强自身的领导权,密切文学与读者的联系,主流意识形态文学事实上对大众文学是呵护和偏爱的,有时甚至无意地走到一起,结成暂时的同盟军。电视连续剧《渴望》的播出就很能说明这个问题。这个片子艺术质量并不高,它所表现的"好人一生平安"的主题也缺乏时代感,但老百姓和政府都满意,给予了很高的评价,"刘慧芳"一时不胫而走,演员凯丽成了万众瞩目的人物。

80年代中后期为第二阶段。经过数年的经营,大众文学在大陆的实力已渐成气候,它不仅形成了独立的话语圈,而且随着政治理性与单纯启蒙语境的转换,在世俗化所设定的框架内与精英文学、主流意识形态文学合流了。这段时期政治淡出和更加自由开放的文化政策,大大削弱了主流意识形态文学的主导地位和作用,而精英文学则凭借西方现代主义思潮的滋补,全面开花,不时地抛出以"解构"为主要特征和主要话语策略的"实验"性、"先锋"性新作。然而,一旦打出"实验"、"先锋"的旗号,便意味着它与大众话语的脱离,成为孤独的精神贵族。而且,先锋文学的"解构"策略,也必然导致它在解构所有文学规范的同时不可避免地要解构精英文学与大众文学的授受关系,这对大众文学的发展无疑是十分有利的。就大众文学自身而论,此时物质取代政治,时代和社会使更多的人有表达个人欲望并期待对象化的要求和冲动。

于是,在这样一种物欲的驱动下,以娱乐功能为主旨的大众文学自然就成了重要的文化生产方式,并迅速流行,进而占领大众文化市场。据统计,这种通俗性的大众文学在中国具有惊人的发行量:上海的《故事会》发行650万份,湖北的《今古传奇》接近200万份,北京的《啄木鸟》有175万份,山西的《民间文学》发行100万份,多种街头小报,也大多在100—200万份之间。这一趋向甚至使一些高雅的"天鹅"也不得不放下架子混迹其间。贵州的《苗岭》改名为《文娱世界》,安徽的《江淮文艺》改名为《通俗文学》,北京的《评论选刊》改为《热点文学》等等。①

当然,上述大众文学的合流也并非一帆风顺,它的整个过程都一直受到主流意识形态文学尤其是精英文学品头论足的批判。这里有正常合理的,也有不正常不合理的。但无论正常合理与否,它都是那个时代的产物,对当时的大众文学作家都是有影响的。不过,与前一时期不同,此时有些主流意识形态文学或精英文学批评家围绕大众文学展开争论的话题,核心已由"要不要大众文学"变为"如何有效地调控大众文学",以便使之与受到严重威胁的主流文学、精英文学之间达到平衡。

90年代为第三阶段。此时大众文学以颇具规模的文化市场为倚托,更是锐不可当,在文坛上大有"试看天下谁能敌"的气概。面对大众文学强有力的进攻和蚕食,精英文学、主流意识形态文学虽奋力抵抗并拿出了

---

① 参阅孟繁华《众神狂欢——当代中国的文化冲突问题》,今日中国出版社1997年版,第41页。

相应的文学实绩,但却未能改变自身不济的命运,只好退而成为非主流文学。相反,大众文学乘虚而入,顺利地占据了主要乃至主流的地位,堂而皇之地充当文坛的"一代天骄"。随着文学的这一裂变,论争的焦点也不再是"要不要大众文学",或"如何使大众文学与精英文学、主流意识形态文学平衡",而是发展到"怎样拯救处于极度生存困境的精英文学、主流意识形态文学"了。从这个意义上讲,我们完全可以将90年代称为"大众文学年代"。那么,身居主流地位的大众文学,它在90年代到底有哪些新的表现呢?

首先,大众文学观念已为越来越多的人认同,并对文坛产生了明显的辐射作用。不少作家弃雅从俗,从雅文学队伍中分离出来,加盟大众文学创作阵营,就很能说明这个问题。1993年上半年最热门的系列丛书《警告中国人》,作者周洪原系《当代》杂志的几位编辑的集体笔名,主笔周昌义过去是从事雅文学创作的。四川两位雅文学作家谭力、雁宁模仿港台和海外大众文学界的做法,以"雪米莉"的笔名,写出了融言情与侦破于一炉的系列作品,题材内容是地道的"通俗"。精英文学代表作家莫言说:"几年来,我一直在思考所谓的'严肃'小说向武侠小说学习的问题,如何吸取武侠小说迷人的因素,从而使读者把书读完,这恐怕是当代小说唯一的一条出路。"①他的话从一个侧面反映了大众文学观念对整个文坛的影响。

其次,大众文学从选材到传播已越来越注意按照大众娱乐消费需求进行制作,呈现短平快的特点。于是,"快餐文学"、"流行文学"遂成时髦。名著的压缩,经典的改写充斥各书肆。诸如"金庸热"、"琼瑶热"、"三毛热"、"梁凤仪热"、"王朔热"、"《废都》热"等各种各样的文学热滚滚而来,风靡全国,持续一段时间后又被一种新的"热"取而代之。更为突出的是为了制造"快餐"和"流行",人们广采畅销书的写作方式。在文学最不景气的1992年,四卷本《王朔全集》之所以在文化市场上走红,成为全国各地大小书摊上销售量最大的抢手货,主要就是因为王朔深谙畅销书写作的奥妙,以及购买该文集独家版权的华艺出版社成功地运用了畅销书的经营方式(华艺出版社在将《王朔文集》推向市场的同时,不惜工本印刷了150万份王朔画像张贴在京城的几乎每一个图书购销点)。1994年《中国工商时报》采访据说已发行近100万册的长篇小说《骚土》

---

① 《谁是复仇者?——〈铸剑〉解释》,《中国现代文学研究》1991年第3期。

和《畸人》的作者老村,他说畅销书是作家与商品生产的一个最有效的融通,因此畅销书备受青睐。

再次,顺应时代的变化,理论界和学术界也开始调整、改变原有的观念,加强了对大众文学的研究。这不仅有助于人们对大众文学的理解,也对大众文学在90年代的迅猛发展起到积极的推动促进作用。比较典型的是1994年王一川等人重排20世纪中国文学大师的座次,把金庸排在小说家系列的第四位;中国现代文学研究会会长、北京大学著名学者严家炎教授在北大中文系开设"金庸小说研究"选修课;著名红学家冯其庸在为《金庸笔下的一百零八将》一书所作的序中,称金庸是"当代第一流的小说家",将其作品誉为"永远是我们民族的一份精神财富";1996年《中国社会科学》和《文学评论》先后发表有关金庸研究的长篇学术论文;1997年《通俗文学评论》推出金庸研究专辑等等。凡此这些,标志着我国学界对大众文学的接受,其影响无疑是深远的。此外,由苏州大学教授范伯群主编的《中国近现代通俗作家评传丛书》(第一辑共计12册)的出版,对我们了解中国当代大众文学与传统通俗文化的渊源关系,借鉴学习前人经验以启迪现在与未来,意义同样也不可低估。总之,90年代不少学者和理论家的推崇和积极介绍,对大众文学的发展起到了推波助澜的作用。可以说没有这方面的鼎力配合和支持,大众文学不可能发展得像现在这样红火。

新世纪以迄于今为第四阶段。大众文学进入了后大众时代,伴随着国际互联网的发展以及网络不断向民众生活的蔓延、渗透,出现了一种新的文学形态——网络文学。所谓网络文学,从广义上来看,可以泛指进入网络平台、在互联网上存在的所有文学作品;从狭义上来说,它则专指发布于互联网上的原创文学,大致包括了玄幻文学、穿越小说、盗墓小说、惊悚小说、悬疑小说、历史构架小说等类型文学。由于以网络为载体,与传统的大众文学不同,网络文学日趋明显地呈现了电子文化的特色。它不仅迅速快捷、高度信息化了,而且在价值取向上也更崇尚轻松、休闲、娱乐、消遣、快感。这对以纸质为主体媒介的现行文学格局造成不少的冲击,并深刻影响到人们的文学思维与审美趣味,改变着旧有的阅读方式与表达习惯。它一方面使大众文学更民主化、平民化了,另一方面也使文学更个人化、私人化了,科技主义色彩愈来愈浓,人文主义色彩则明显淡化。有时甚至用偏激、极端、颓废、恶搞和无厘头的网络语言,狂放不羁、蔑视一切、消解一切的姿态,挑战传统的文学观念,也挑战着社会道德习俗,就像王朔、王小波的作品一样——因此,网络文学往往与"青春写作"天然联系在一起,王朔、王小波有意无意地被视为网络文学创作者的"精神领袖"。从早期网络文学"四人帮"之安妮宝贝、李寻欢、宁财神,到后来慕容雪村、宁肯、阿耐、唐家三少,都具有这样的特点。

无疑,网络文学已成为当前中国文学的一个重要组成部分,且行情看涨。据统计,截至2007年12月31日,我国上网用户总数已达到2.1亿。现在网络写作的读者超过了5000万,作者达10万人。庞大的读者群、潜在的消费市场使得国内的出版社纷纷盯上了网上高点击率的文学作品。新世纪以来,如《成都,今夜请将我遗忘》、《鬼吹灯》、《藏地密码》等作品都相继登上了年度畅销书的榜首。可以说,网络的独特性使得网络文学具有以往传统文学所难以匹敌的优势。网络文学的上述情况,业已引起文坛和学界的高度重视。2006年6月全国首家地区性网络文学委员会在武汉成立,该委员会依托《芳草》杂志社网络文学创作基地展开创作实践及文学理论研究。同年,中国当代文学研究会也成立了新媒体文学专业委员会,拟联合文学网站和网络文学从业者对此开展专题性研究。

网络文学在很多方面变革着文学写作的传统,同时在文学生产机制、传播流通方式和文学批评的展开等方面也呈现出自己的特质。另一方面也应该看到,网络文学本身存在着种种问题。"网络不仅缺乏有效的对话机制和良性的监督机制,而且还给了网民一种消极的自由,一种以隐秘的方式胡说八道的自由。事实上,我们在网络世界看到的,多有肆意的谩骂,多有无聊的打斗。2006年3月发生的'韩白之争',就使我们看到了批评所遭遇的侮辱和伤害。为什么一个网络世界的红人敢于肆无忌惮地辱骂别人,敢于从人格上伤害对方,就是因为网络给了他一种错觉:这是一个可以任性妄为而无须承担责任的地方。一个畅销书作者轻而易举就可以纠集一大批看不见的'乌合之众',这的确可以给人一种莫予毒也的自信和自大,的确很容易使人把批评降低为谩骂,把对'论敌'的精神杀戮当做光荣的事业。有人因此将'网络'喻为'痰盂',我看倒是很形象、很准确的。"[①]如果说上述这番批评不无道理的话,那么如何克服网络弊端,倡导并重塑人文精神,这是现实和未来网络文学值得重视的一个大问题。

---

① 李建军:《文学因何而伟大》,华夏出版社2010年版,第202页。

第二节　大众文学的亚文化特征及具体表现

所谓的亚文化,是社会学划分文化形态时使用的一个概念。按照这样一种理论,任何一个国家的文化在现象形态上都可划分主文化、亚文化和反文化。主文化或称主体文化,它往往带有强烈的中心意识形态色彩,是国家权威意志和利益、国家正统意识形态在文学上的代表。其文化态度是趋于守成的,它以维护现有文化秩序稳定作为自己的最终目标。一般来说,亚文化往往是作为主文化的补充而存在,它虽然也形成了自己独特的话语系统,但由于缺乏明确的自我意识,因此在价值观上表现了相当的依附性,与主文化具有某种同构性。反文化是指与主文化对立的、异质的文化内容,即通常所说的精英文化的文化内容。它的最大特征是对现实持一种批判超前的姿态,在价值观念上有一定的颠覆性乃至异端的成分。反文化力量强大,就会造成意识形态领域的紧张和文化价值观念的冲突。新时期以来,文化领域围绕"自由化"和"精神污染"而展开的斗争,就充分证实了这一点。

大众文学就隶属于上述的亚文化,并且是亚文化中最活跃、最具影响力的一种文学。它既有与主文化相对应和吻合的部分,也有与之相游离的因素。前者,如对自由婚姻爱情的认可,对贪官暴君的批判,对社会腐败丑恶的揭露,对正义公平的向往等等。这与主文化倡扬的价值观乃至精神文明建设,在本质上是一致或基本一致的。因此,大众文学中的反抗造反即所谓的"以法犯禁",最后往往以归顺正统的"大团圆"或"因果报应"为结局(而不是以悲剧为结局)。后者,如武侠小说有关"除暴安良"斗争方式描写,因有悖主流社会的规范要求,历来不受主导文化的欢迎;言情小说有关情感关系、情感方式(如三角恋爱、情性情欲的渲染)的描写,如果失去分寸而推向极端,那就有意无意地宣扬一种纵欲主义。从这个意义上,大众文学对主文化的相吻合、相游离关系,情况比较复杂,不可作是非判然的简单结论,更适宜于作中性意义的描述。在这里,它既可因此成就了生命活力,那种虽幼稚但极具原创的生命活力,但同时也藏污纳垢,蕴藏着不少的粗糙庸俗的成分。从某种意义上讲,精华与糟粕并存就是大众文学的属性之一。我们实在没有必要对其过分夸饰,正如我们没有必要对它过分排贬一样。

当然,以上主要是就大众文学的文化价值而言的,它还没有涉及它的艺术实践方面。而从艺术角度考量,大众文学作为一种感性的亚文化,其具体描写大体有以下几个特点。

一、传奇性。大众文学为吸引读者的眼球,是非常偏爱奇人奇事叙述的,可以说到了"无奇不传,非奇不传"的地步。这正如《文心雕龙》所说:"然俗皆爱奇。"[①]奇者,不平凡也,非常态也。用理性的语言来讲,就是对人类行为中的某些特征、某些方面作有意的夸张。它使我们司空见惯了的平常事物显得不平常,变得更加理想化,以此来满足我们的好奇性和探秘心理,让人读来欲罢不能,趣味无穷。也因这个缘故,通俗文学在中国文学史上,往往被称为"传奇文学"。如明清时期的小说《拍案惊奇》、《海内奇谈》等等。同样道理,80年代以来的不少大众文学杂志也都以"传奇"命名,如《今古传奇》、《中华传奇》等等。从创作的层面上,就是以"出奇制胜",醉心于富有传奇的故事的编织;即使平常平淡之事,也要极尽夸张想象之能事,将它写得摇曳多姿,变化无穷,给人以强烈的艺术快感。至于阅读之后获得了怎样的精神熏陶、思想教益和艺术享受,作者一般很少考虑,读者也不那么在意。也因这个缘故,有人将大众文学称为"浪漫主义的成人的童话",它带有很强的神秘性、偶然性和不确定性。如金庸的小说,每到关键时刻,主人公往往掉进山洞,而在那里不无例外地藏有一个遭人暗算的武侠前辈,然后传他以武功绝学。因为创作和接受双方,基于对这种文体的理解,都不会有这种诉求,这是一种自然而然的约定俗成。

二、娱乐性。娱乐是文学的基本功能之一,人们常说的"寓教于乐",就包含了重视娱乐性的意思;显而易见,这里的"乐"指的就是娱乐。中外文艺理论家探讨艺术起源,"娱乐说"、"游戏说"还是其重要的观点之一。大众文学立足于自身的本体属性,也是为了更好地面向文化消费市场,有意在这方面作了突出强调。"现代心理学将人的情感区分为基本性情感和发展性情感。基本性情感主要是性、爱情、安全、竞争、报复等内容,这些内容是反复的而又稳定的,审美指向是单向度的、直接的、外向的甚至是具体的。发展性情感更多涉及对人的生存状态、存在价值、精神目的和自我实现体验的深层关注,审美指向是丰富复杂的、微妙的、内敛的甚至是难以言传的。"[②]大众文学的创作指向主要就在于前者。另一方

[①] 刘勰:《文心雕龙·史传第十六》。
[②] 陆贵山主编:《中国当代文艺思潮》,中国人民大学出版社2002年版,第383页。

面,大众文学是以一般市民为读者对象,而市民的文化程度和精神生活方面的需求一般也不高,他们最关注和感兴趣的是偏于人类的基本情感和基本需求方面,至于精神领域里的一些形而上层次的问题,如人生的信仰、生命的价值、社会的发展等,则并不怎么关心。这也决定了大众文学不会也不能脱离大众实际将作品的思想境界和美学情趣定得太高,相反,为了适应读者的接受能力和欣赏趣味,往往通过食、色、暴力等人性的基本欲求来自娱,同时也娱人。"我本人认为武侠小说还是娱乐性的,是一种普及大众的文字形式,不能当成是一种纯文学。"①金庸如是定位是准确的。因此,大众文学不仅刻意追求奇,不断制造各种悬念,而且常常引进和穿插一些有关情爱、暴力等人性基本欲求方面的元素,目的就是为了最大限度地开发大众文学的娱乐功能,满足和迎合读者的基本情感方面的需求。

三、复制性。这也是大众文学有别于精英文学的一个重要特点,是文化工业的直接派生物。精英文学视创新为创作的生命,殚精竭虑地求之,煞费苦心地经营之,有时为了一个情节或场面乃至一个句子的出新而绞尽脑汁,达到"衣带渐宽"的境地,他们最忌讳、最不能容忍的就是重复别人,重复自己,没有个性和创造性。特别是一些先锋实验文学,他们以思想上的异质性和艺术上的前卫性为追求目标,更是对此给予高度的重视,以至到了不惜"冒犯"多数读者阅读习惯、欣赏趣味而"孤芳自赏"的地步。而大众文学则与之不同,它是模式化的,可复制的。对它来说,虽然也有个创新问题,但"皆不同程度上去遵循一个模式。它们只是在某一模式的框子中显示自己对故事的独特构思"。如在侦探文学中,曾经盛行的一个程式是"发案—侦查—歧途—破案—总结"的情节链,在人物结构上是"福尔摩斯—华生"式的主从搭档。在言情小说中也有几种模式,如"才子佳人—小人拨乱—大团圆结局",或是"三角选择—时代风云—离散悲剧"等排列组合。所以,大众文学"即使是模式化的,但作家还是有着自己的回旋余地"。作家的高明与高明的作家在于:"它们的叙述形式虽是流于模式,但却善于制造叙述内容上的陌生化效果,也即故事要出奇制胜,情节要别出心裁。"②

---

① 转引自费勇、钟晓毅《金庸传奇》附录,广东人民出版社1996年版,第395页。
② 范伯群、孔庆东主编:《通俗文学十五讲》,北京大学出版社2003年版,第13—14页。

第三节　值得注意的两个问题

　　大众文学是现代社会文化不可避免的现象,其根源在现代性。它在工业时代的兴起有必然性,对繁荣文化市场,满足人们多层次的文化生活需求有积极的促进作用,因为市场文化主要是娱乐文化,满足着人们的享乐消费要求。对此不必诟病。过去,由于"左"的思想的影响,我们往往只重视文学的教化功能,忽视或者讳言它的娱乐作用。这种认识不但是片面的,而且对整体文学的发展也带来十分不利的后果。马克思、恩格斯说过:"并不需要多大的聪明就可以看出,关于人性本善和人们智力平等,关于工业的重大意义,关于享乐的合理性等等的唯物主义学说,同共产主义和社会主义有着必然的联系。"①特别是在我们这样一个具有几千年"存天理、灭人欲"文化传统的国家里,就更需要有很"大的聪明"才能承认"享乐的合理性"。因此,就更要重视保护大众文学娱乐作用的功能、意义。

　　不过,我们也不赞成对大众文学一味叫好,将它的地位和作用无限拔高、夸大。毕竟它是一种消费性或以消费为主的大众文化娱乐,更多追求"享乐的合理",而不那么重视思想性和艺术性,把满足人们的娱乐和消遣的需要放在第一位。所以,难怪钱谷融先生在大声疾呼文化知识界要高度重视通俗文学、提高它应有的文学地位的同时,又特别强调,他"并不认为应该把通俗文学的地位提到与严肃文学或纯文学同样高的地位,就意义和价值来说,严肃文学、纯文学无疑始终居于领先地位。代表一个民族、一个国家的文学水准的,无疑也应该是严肃文学、纯文学,而不应该是通俗文学。"②钱先生此说与目前盛行的"雅俗并重"观点也许不完全吻合,但他对我们如何认识和把握大众文学的历史局限和存在的问题是有启迪的。大众文学从本质上讲,是市场的一种文学,它与消费社会是同构的。这种同构性使它在适应消费社会的同时,也给它带来了致命的局限。中外古今,大众文学之所以被人所诟病,重要原因即此。

　　从中国近些年来的总的情况来看,大众文学也是精芜杂陈、瑕瑜并存的。所存在的问题,我们以为主要表现在以下两个方面:

---

　① 《马克思恩格斯全集》第2卷,人民出版社1982年版,第166页。
　② 钱谷融:《钱谷融文论选》,上海文艺出版社2009年版,第204页。

最突出的,首先是庸俗化倾向。大众通俗文学的庸俗化倾向历代都有,它甚至可以说是通俗文学所难以根治的顽疾。所不同的是,由于受商品大潮和西方后现代的双重影响,在 90 年代以降的中国表现得更突出罢了。这从不少作品和图书的题目都可窥见一斑。如:《有了快感你就喊》、《我这里一丝不挂》、《不想上床》、《出卖男色》、《在床上撒野》、《天亮以后不分手——19 位都市女性一夜情口述实录》、《我把男人弄丢了》;古典名著《水浒传》被改名为《三个女人和一百零五个男人的故事》,一部介绍马、恩、列、斯生平事迹的人物传记的书名竟是《四个最有吸引力的男人》;广州的一位女作家干脆用《请你抚摸我》作为书名。这几乎成了一种时尚,以至于有所谓"书名不坏,书商不卖,读者不爱"的流行歌谣。看着这样的书名,你就可体味出它们堆在一起,会营造出怎样一种庸俗不健康的文化生态环境。这无论是对作者和读者,都是"有害无益"的。

当然,这还是比较表层的。最大的庸俗化,是作品内在体现出来的思想艺术倾向,包括作者的文化立场,也包括艺术审美取向。也许是与世俗社会密切有关,也许与弗洛伊德精神分析学(即所谓的泛性论)影响有关,近些年大众文学不仅存在消极虚无主义思想,同时也出现了以大胆出格的性爱描写为能事的所谓的"身体写作"、"下半身写作"。在这方面,男作家中有不少,女作家中也不乏其人,甚至比男作家有过之而无不及。她们名曰探索人性,实际却指向人性的动物性,并将人的这种动物性当做人的全部,当做人性的解放。如木子美的《遗情书》、卫慧的《上海宝贝》等等,数量还不少。

其次,是简单化的倾向。其中的一个突出表现,就是面对出现的问题缺乏深层的理性思考和富有深度的学理回应;或者简单照搬纯文学或法兰克福派的有关理论,生硬地去套,因此显得大而无当,虚蹈凌空,不能令人信服。就拿有人提出的"人文的尺度"、"历史的尺度"、"美学的尺度"的大众文化批评模式来说吧。① 乍一看,这种"在三项尺度所期望达到的审美理想确实非常美好,但是,就中国大众(通俗)文学范围而论,我们尚且还无法找到一部符合上述任一尺度的作品。……因此,(它)实际上是把高雅文化的标准移用到大众文化上来了"②。学者孟繁华在反思自己

---

① 参见《当代中国大众文化批评导论》,《天津社会科学》1996 年第 2 期。
② 朱国华:《略论通俗文学的批评策略》,《文艺研究》1997 年第 6 期。

前几年有关大众文学批评时,对此也做过"检讨",认为对大众文学是"不必采取单一的、终极性的知识分子人文主义的立场",否则,就"很可能导致错位的同时也是无效的批评"。这里的原因主要在于大众文学独特的文化"图腾"的差异:"大众文艺的娱性功能决定了它的消遣性,我们无法也不能要求所有的艺术样式、所有的观念、读者的观看阅读文学艺术作品时,都同严肃的艺术一样肩负使命;如果以这样的意识去规约人们的欣赏趣味,它所造成的后果历史已经给出了教训。"[①]孟繁华的"检讨"值得称道,它反映了当代中国大众文学批评的日趋觉醒与自立。

  如同大众文学创作一样,目前中国大陆的大众文学研究尚处于初级阶段,不少评论家把眼光较多投向对大众文学庸俗化倾向的批判,这当然必要;而对如何建设大众文学,特别是如何从大众文学艺术规律或艺术机制出发建设大众文学却缺乏足够的重视。这种现象,到了现在自然就显得很不够了,应该引起注意。大众文学也许由于自身的局限,决定了它可以在数量上占绝对的优势,但却往往不能在精神上成为当今时代的主导。这其中的原因,有的同志将它归纳为大众文学所属的"这种亚文化主体,基本是无文化的大众,没有明确自我意识和价值追求的人",它不能"驾驭以科学、民主、自由为核心的意识形态话语,并使之占据当代文化语境中心"。[②]这不能说没有道理。但是,由于大众文学在现代大众文化生活中具有无可替代的重要地位,加上现代大众传媒的影响作用,它正飞速发展,已演化为一个世界性的大众文学思潮。因此有必要抛弃陈见,拓展自己的思维观念,调整自己的学术研究构成。只要持之以恒,经过一段时间艰苦不懈地努力,具有中国特色的大众文学批评体系迟早是会建立起来的。

(吴秀明)

---

  ① 参阅孟繁华《众神狂欢——当代中国的文化冲突问题》,今日中国出版社1997年版,第169—170页。

  ② 张德厚:《在历史转换中生长着的"诗本体"理论话语》,《文学评论》1994第1期。

第二章 大众文学的声像化现象

声像化已构成大众文学的突出现象,同时也成为我们研究大众文学的一个重要的切入点。本章拟从"家国同构"的帝王戏、视觉文化的快餐化倾向、冯小刚的类型电影和周星驰的无厘头电影四个方面对大众文学声像化试作探讨,目的是为了让大家对大众文学声像化现象有充分的了解,在此基础上和我们一起进行分析评价,达到对大众文学真正的理性的观照和把握。

第一节 "家国同构"的帝王戏

"以史为鉴"的历史观引发了人们的文化怀旧情怀,黑格尔曾提出现实生活限制了作家创作,历史题材的艺术创作因为"由记忆而跳开现时的直接性,就可以达到艺术所必有的对材料的概括性"[①]。虽然历史题材的创作不断受到历史真实的挑战,但历史轮廓给后来的创作者留下了无限的遐想空间;它可以激活民族记忆,引起当下人们共鸣。历史题材影视剧是当今生活中拥有最多受众的艺术样式,其中帝王戏占据相当大的份额。

中国历史由王朝更替连缀而成,各王朝的最高统治者——帝王,在中国史传中占据不可替代的位置。影视在屏幕上重构历史时复活了一大批栩栩如生的帝王形象,《太祖秘史》、《雍正王朝》、《康熙王朝》、《乾隆王朝》、《武则天》、《唐太宗李世民》、《唐明皇》、《汉武帝》、《孝庄秘史》、《大汉天子》、《戏说乾隆》、《康熙微服私访记》等,以风采各异的帝王形象为核心梳理历史。帝王戏的频繁"出镜"引起了文化评论者的高度重

---

① 黑格尔:《美学》,商务印书馆1986年版,第336页。

视,报刊杂志纷纷探讨帝王戏热播热销的原因。不管是盛赞还是怒骂,大多数观点都习惯于从时代氛围、文化背景等外部因素寻找帝王戏被大众接纳和流行的理由,少有从创作机制和运行模式的角度来追问帝王戏越来越盛行的内在根源。帝王戏能够获得如此高的收视率,在当下各种娱乐花样层出不穷的情况下能够立于不败之地,说明其艺术的话语形态或叙事策略吻合观众的视觉消费心理,契合大众的文化期待视阈。考察近年来的影视剧特别是电视剧,这些塑造建功立业、名垂青史的帝王戏,它们的共同做法是沿用了"家国设置"的结构模式。

中国传统文化中,一直存在着"家国同构"的文化理念,即儒家所提倡的理想的经典的社会体制模式,以家庭家族管理模式来统治国家。一方面倡导统治者遵循"德治"、"王道"原则,要求君王实施"仁政"、顺从民意;另一方面强调个人服从国家,要求家的利益服从于国的利益,为了国家利益甚至牺牲家庭家族利益。中国传统文化理念对于中国百姓来说,能够做到"家天下"的帝王就是好帝王,中国观众在观看电视剧时总是不自觉地表露这种集体无意识的深层作用,都希望把皇帝看成家长,把自己无意中转化为皇帝家里人,从而拉近自己跟皇帝间的距离。电视作品使现实中的观众寄生于梦幻和想象之间:感受现实在荧屏上的投射,生活感触在梦幻中滑动。在消费主义盛行,缺乏精神信仰和情感归依的时代,帝王戏无意间契合了人们的心理需求,提供给观众情感家园的归宿和精神上的替代性满足。"家国同构"模式合乎历史和现实的对照,传统现代转换的心理路径。

影视剧的"家国设置"模式,因为影视剧的叙事策略,以"家"的模式表达国家意志,在表达过程中把"国"窄化为"家",置放于"家"的范畴内表达。美国著名评论家杰姆逊曾经提出第三世界的文学中始终存在着"民族寓言",而中国的帝王戏正是将中国传统文化和现代气质相结合的"民族寓言"文本。它以"家国设置"的模式表达了对民族文化的留恋和自我身份认同,展示了民族文化新变的精神气象;通过特定的民族心理的接受模式和表达方式,把国家意志转化为家的言说,"国"的寓意总是蕴藏在"家"的模式中得以传递,帝王戏将国家民族的矛盾纳入皇帝家族,国家民族的兴衰与皇家帝族的繁荣没落休戚相关。在中国漫长的专制历史上,社会的专权体制又提供了将家族权力转化为国家意志的传输渠道,皇族作为等级社会的最上层,掌握着至高无上的权力。帝王戏中的"家国设置"既符合中国历史真实也能够表达电视剧的叙事策略。作为长达几十集的连续剧,其中内涵庞杂,关涉风云变幻的重大历史事件,要形成跌宕起伏、张弛有度的电视播放文本,需要有核心理念来安排众多的人物形象和纷繁的历史事件,将矛盾集中到帝王身上,既可以抓住中心展示全局,使矛盾的展开和解决合情合理、紧张有序,也符合电视剧集中的时空氛围和环境要求。"家国设置"经常成为帝王戏的结构内核,成为影视剧阐释意义的空间,无论是从人物形象的刻画、活动场景的安排还是故事情节的设置都指涉了较为统一又恒定的样态。

一、作为影视剧的核心形象
——帝王,往往集国意民情的代言者于一身

传统正史中,专制体制中的帝王,因掌握庞大的政治权力而成为社会的关注点。君临天下,在表达国家意志上有着直接便利,其个人意志和言行举止与国家民族命运密切相连。帝王形象作为王朝的符号代码,经常被塑造成穿着龙袍出现在重大历史事件中,成为矛盾的聚焦点。特殊的身份和特定的社会角色使得他们很容易从人群中抽离出来,强化了形象的单面性而成为抽象的符号,威严庄重甚至被神化。电视剧中,此类形象指代了剧情所要表达的社会秩序。然而,影视剧又是现代人的生活内容的表达,如果只是呆板地遵循历史评定,按照传统的方式塑造帝王形象,一定会违逆影视观众的审美标准和道德价值,因为,现代观念早就颠覆了帝王形象的既有评价,甚至否决了帝王形象的存在基础。

为了让现代人接受古代的帝王形象,剧作者经常以现代观念对他们进行乔装改扮,近年来的影视屏幕上出现了许多黄袍加身却有着强烈现代民主观念的"新型"皇帝。一方面,影视剧运用现代人文观念塑造人性化的帝王形象。帝王在宏大场面的活动量大大减少,而在私密空间所占比例大大增加。《武则天》不是依照正史的评定塑造中国唯一的女皇帝,也不是沿袭传统的价值体系评价其功过,而是试图从女性的身份和百姓的利益得失的角度来改写武则天形象。《汉武大帝》在中西方文化交融和碰撞的历史场景中重新塑造和定位汉武帝,将他开疆拓土的历史功绩与文化上的雄伟气魄相联系,显然,这已经是在全球化背景下重新审视历史人物和考察传统文化的当下视角;《雍正王朝》着力从改革者意识出发塑造以往历史中所否定的残暴无道的雍正皇帝,因为服从于"大清利益",他的权术、血腥和暴戾的言行就可以推卸责任;不管是女性意识还是全球化背景或者是改革意识,这些都是现代意识的具体表达,只有赋予历史人物以现代意识,才能使人物在电视屏幕中活跃起来。另一方面,帝王形象在现代家庭的文化生活中成为谈论对象,"家国设置"的帝王戏可以通过国家民族命运的走向提供意志的表达和理性的求索,历史上的帝王以拥有的权力和财富证实了他们是人们心目中成功男人的化身,其中有着丰功伟绩的帝王更是成功者的典范,这些男性形象既吻合了男性视角,同时也是女性观众的偶像。几乎新近播放的影视剧都突出帝王在家庭和家族的身份角色,作为父亲的角色,作为兄长的角色。《汉武大帝》中寻找姐姐的故事,《雍正王朝》用了三分之一以上篇幅来表达皇子间的争夺。从亲情血缘关系角度软化和稀释了统治的对抗性,最高统治者类似家里的父兄,有着深厚传统文化基础的中国大众自然很容易接受。

影视剧中的帝王形象既是社会建制中不可或缺的重大角色,同时也是具有缠绵悱恻的情感和丰富人性的家庭成员。无疑,影视屏幕上的改写使得帝王形象更加"深入民心",但是,帝王形象代表的国意和民情产生了时空错位。制作者将他们体现的国意还原到具体的历史语境中,帝王的活动经常与重要历史事件联系在一起,而在表达民情时,又试图推翻帝王至尊的历史观,吸收了大量的现代人文观念。为了使深刻矛盾的观念能够互相融合避免抵触,帝王类型的影视剧经常无奈地树立另外一个最高原则,以"大唐"、"大清"等扩展的概念代替过分狭隘的帝王权力,因此,影视剧中的帝王形象经常会出现因袭和创新冲突的尴尬,任何一个维度的失当都会两面不讨好。

二、帝王戏中的"家国设置"模式还表现在展示剧情的场景中

帝王形象的特殊性与人物的活动空间直接相关,他们往往存在于"家"、"国"不同的层次,既有前呼后拥的威严庄重的公众形象,也有微服简从的可亲近的平常人生。前种场合中的帝王作为社会公众角色,往往需要处理大量的国家政务,代表国家意志,至高无上,神圣不可侵犯。在严格仪式化和程序规范化的公开场所,角色只能按照严格程式进行表演,只能以给定的程序和既定的范式造就"神化"的扁平人物。后种环境的设置,给观众开放了帝王生活的另一空间,人性化的帝王形象拉近了他与民众的距离,皇帝形象的亲民性也带来了帝王形象表达上的情感化和俗世化,更多的日常生活状貌进入帝王世界。表现帝王的平凡人生使得人与人之间的威严庄重仪式和礼节被淡化甚至剔除,易于形成情感交流氛围。

为了服从这种角色的需要,无论是正史戏还是戏说戏,都安排了大量的后宫戏和民间戏。庞大的后宫戏设置既揭露了被遮蔽的中国史实,同时也为帝王提供了家园安排,丰满充实了帝王形象;民间戏是借用野史逸史并根据现代人的生活现实对帝王活动的想象和补充,影视剧中沿用的民间生活也符合人性的真实。无论是《雍正王朝》还是《康熙王朝》都把作为皇帝家庭的后宫当做缓冲前朝矛盾的场合,如作为残暴皇帝典型的雍正皇帝,在前朝矛盾无可回旋时,就会进后宫下民间充分展示他的人性。《雍正王朝》第一集就展示黄河赈灾的大事,而为解决这样的大事旋即又设置了雍正下江南解救灾民的后续事件,这样将关系国计民生的灾难解救举动置放于扬州的市井里巷,经过这一空间转换,从皇宫殿堂获得了与乡间野民沟通交流的可能,雍正的处事能力又得以突显。《康熙王朝》中康熙如遇困难,就找苏嘛喇姑倾诉,或到孝庄处寻找帮助;《还珠格格》中的乾隆皇帝作为公众形象彻底地被淡化,而代之以爱孩子的父亲角色。后宫戏和民间戏更多地显示了帝王在"家"中的角色定位,通过这些空间设置展示帝王家族难以为一般观众所亲近的家庭角色或者是近乎家庭的角色,展示作为人的共同平台所需要的欲望和性情。"家国设置"为帝王提供了"能上能下"的腾挪空间,拓展了人物的活动范围,也就等于拓展了剧情空间,便于各种矛盾的展开和人物性格的演绎,从而为戏的充分展开提供了足够的回旋余地。

在极力倡导"家国同构"的中国古代社会,公众场合的"国君"与家族中的"家长"具有异质同构的关系,出于艺术创作的需要,在剧情中视君王为家长能够得到普遍的认同,但是现代社会家庭观念的变化、社会结构的重置早就冲决了传统文化的堤坝,简单地把"家"看做是"国"的同比例缩小已经无法让观众信服,尤其是通过家的"孝道"和国的"王政"相联结,以此治天下的理论更容易引起人们的反感。鲁迅曾经说过中国古代只不过是"做奴隶"和"不得做奴隶"时代的交替,从这个角度上理解,电视剧只是以家的理念复制了"孝道"的"做奴隶"的时代。如果电视剧不能在观念上和艺术上寻求更大的拓展,沿袭中国古代的伦理道德观念势必无法使观众满意,所以,现在大量帝王戏中缺乏对媚俗和奴性的批判的创作倾向不断地受到置疑和指责。

三、影视剧中的"家国设置"模式还体现在情节设置中,这些影视剧的剧情大多安排了帝王政治作为,他的一生往往是由政治事件串联的,奋发——繁盛——衰微——新变是不变的套路,习惯性地予以开放的结局和设置能够展开想象的空间

这种情节设置与家族叙事的情节模式相一致。中国长篇小说从《红楼梦》开始的家族叙事以其感伤和沧桑给后人无尽的感怀和省思,巴金的《家》、张炜的《古船》都是在延续着类似的情节模式,完整的闭合式的情节安排刚好符合家族代际传承的规则,很容易满足观众的期待和得到认同。无论是《汉武大帝》、《大明宫词》还是《雍正王朝》和《康熙王朝》,都截取了历史上为后人所缅怀的秦汉、隋唐和前清等盛世断代史,按照中国历史的演进,历史的断代是以王朝姓氏的更迭为标志,这种潜隐的制作规则说明剧作家们还是接受了传统社会中以宗族血缘作为社会建制的基础的历史文化观念,都刻意将"国"叙述成"家",而故事中的命运悲剧、情感悲剧与人物的家族势力的压抑直接相关,这样的情节安排更能够为处在"家"的氛围中观赏电视的观众所接受。

为了在情感上更容易被一般有"家"的平民大众接受,帝王剧在错综复杂的历史变迁中,以苦难来铺设事件,以沧桑来凝造氛围,共同将帝王置放在忧患苦难的情节中展开矛盾。中国历史书写中难以排遣苦难的集体记忆,伟大历史人物的历史定位经常与解救大众苦难的历史事件联系在一起。通过构置的"难",打破了帝王形象的神秘面纱,也冲决了平民与帝王间的交流障碍,只要一想到皇帝也难呀,平常人就自然地获得了对话和沟通的基础。首先,帝王的亮相置放在忧患苦难和解救苦难的交接处,冲决了历史中那因为社会等级制度造成的高高在上的疏离感,情感上搭设了与底层百姓的对话的平台。其次,帝王感受大众苦难、体恤民情也满足了人们的心理期待,因为这类勤政爱民的帝王形象也是中国百姓梦寐以求的好皇帝。这是剧作所提供的理想的社会情态,也是在体制延续的最大的活动空间和限度内的有效状态。既然要塑造能为观众认同的帝王形象,只能是在体制空间中活动的人物形象。帝王戏中的帝王形象往往有无奈的挣扎,又要有限度地突破,才符合历史的真实,这样的形象也能在最大限度和范围内获得观众的认可。观看过程中,大部分观众很容易将自身的潜在位置等同于剧作中的大众,只有能够与大众沟通的帝王才是受观众欢迎的荧屏形象。《雍正王朝》、《康熙王朝》、《天下粮仓》、

《汉武大帝》等历史剧作都把皇帝置放于矛盾的焦点上,承受着痛苦和焦虑的折磨,历练着他们的意志和性格,展示这些帝王们的力挽狂澜的伟人气度,在历史的转折点上突出他们的关键作用。

将多头绪多方位多层面的国家现实转换为家族叙事迎合了大部分影视观众的观赏模式,但是,也直接影响了影视剧中史诗叙事的恢弘气势、雄伟气魄和崇高美感,影视剧中的历史变得琐碎、微薄、零散、平面化,这可能是漫不经心地消费历史所带来的直接后果。

中国荧屏上盛行的帝王戏与中国社会消费文化的发展背景有着密切的关系。消费以交换的平等姿态取代了道德伦理、政治宗教等规范给社会心理造成的具有等级和落差的训导模式,也唤起了被压抑的欲念,毕竟,交换的姿态更容易以一种可以商量的余地和能被容忍接纳的方式引发被各种规范所排除杜绝的欲念。以消费的方式消费各种欲念事实上为严厉禁绝的领地打开了口子,视觉语言形成极度丰富的物质感受满足了新兴的中产阶级的心理需求,但是,以消费主义为圭臬也限制了影视自身更为广阔的发展空间,纽科姆曾经指出影视"对道德、伦理、行为、政治、宗教具有潜在的威胁"[①]。这种威胁来自消费张扬后的内在恐慌。在消费文化形成的休闲文化氛围中,帝王剧中的"家国设置"模式体现了对观众身份的尊重和推崇,让观众跟着摄像机一起充当帝王生活的窥视者和评说者,消除了历史文化本然的严肃的言说方式,也消弭了历史剧的深刻厚重。当电视观众对于帝王拥有无限度的亲近感和随意的改写权利时,等于放弃了艺术本身所拥有的批判立场和反思能力。

第二节 视觉文化的快餐化倾向

大众文学兴起后,它的表现由形而上的价值向个体的经验转移,由思想逐渐向感官倾斜,意义价值不断被搁置,接受大量外界信息的视觉感官成为大众文化寄寓的重镇。摄影、电影、电视及晚近的网络通过机械、电子等科学技术将人类的视觉延伸至更为宽广的时空领域中,产生了"震惊"(本雅明语)效果,吸引着大众参与到文化的享受和建构中,产生了一浪高过一浪的文化大潮。

当人们沉迷于各种影像产品带来的刺激兴奋,直至疲惫和麻木时,面

---

① 转引自曲春景主编《中美电视剧比较研究·序言》,上海三联书店2005年,第2页。

对丰富又充盈的视觉文化现象,经常淡忘和疏离了因匮乏而产生的视觉文化源头和形成机制。绘画、雕塑等传统视觉艺术与人类的记录流传的渴念直接相关。出于对某种深刻印象和令人震颤的感觉的留恋,也因为这种美的现象逝去的不可挽回,人类将自身的情感浓缩在绘画作品或雕刻作品中。无论是弗洛伊德还是拉康,在探究视觉艺术的心理机制时,都将视觉艺术的原动力归结于个体成长过程中的心理"创伤"和性"缺失",因"缺失"而产生的困扰和渴求、转换和升华,导致了艺术行为。这种理论阐释虽不乏无限放大"性"功能的嫌疑,其"缺失"之说倒切中了当下繁华无限却始终难以缓释人们内心焦虑的症状。

这种情形在影视类的历史题材中也同样存在。自《戏说乾隆》开始,在中国内地及港台地区每年都有几十部历史题材出品(这类作品准确地说是古装戏)。这些量多质不高而又融合了各种正史、野史、艳史、逸事的影视剧特别是电视连续剧,虽然被影视编导者们以视听语言制造了所谓的"繁华",但在视觉文化现象的背后蕴含着的"正是文化的视觉危机"①,它使历史题材与传统文化及真实历史造成了分离和断裂。在这里,声像文化中的历史不仅缺乏应有的历史依据和精神信仰,而且普遍抹去了创作者的艺术个性和各种时空差异。于是,就变成了没有梯度、没有浓度、没有个性的一种平面景象,一种充满甜味、可口、易解的小玩意。这突出体现了在当下语境中历史和文化消费的快餐化取向。

与传统的艺术样式不同,影视剧在文本与观众间通过视觉感官建立的是"看"与"被看"的关系,"视觉化在医学上的结果最具戏剧性,从大脑的活动到心脏的跳动,一切都借助复杂的技术转换为一种可视的图式"②。以"看"的方式转换原来的"读"的艺术接受形态,单位时间内的影视文化的信息量大且速度快,使人们原有的认知模式发生了断裂和变迁。

一、"被看"对象的变迁——历史价值的分延

传统的叙事因阅读的接受方式确定历史价值。但在当下的影视剧中,历史文本不确定,不同的历史评判视角就会产生不同的历史文本,多元观念也产生了对历史事件的多重揭示,由此产生了正史、野史和逸事等多种历史版本。传统的历史观认为历史发展合乎社会进步的规律,而历

---

① 〔美〕尼古拉斯·米尔佐夫:《视觉文化导论》,江苏人民出版社2006年版,第3页。
② 同上书,第6页。

史人物的行为都是有目的的，对历史事件和历史人物的评判标准都是统一的。传统历史观还认为可以通过大量的历史现象发现历史意识，由许多历史个体的行为汇合成历史规律，从而获得认知深度模式。对于"被看"的对象而言，影像语言只是"想象的能指"（麦茨语）。在历史题材中，以影像语言为传输媒介时，被看对象能指（现象和事件）得以尽情表达，而所指（意义和价值）却被搁浅。因此对观看者一方来说，观看影视时的随意和间歇在面对电视剧中快速变换的各类场景、形象时，逐渐减弱甚至丧失了对意义的把握能力。这样，"看"与"被看"联系变得断续和零散，破坏了历史话语统一性，历史价值在不同角度和层次的分延言说使整体价值出现罅隙和裂缝。当影视剧尤其是连续剧以全景观的方式模拟历史现象时，活动在广阔的剧作中人物也获得了充分展示人性的机会。单一的性格往往难以涵盖电视剧中的人物形象，出现在荧屏上的"活生生"的形象通过演员的表演获得了艺术生命力，他们的人性是丰富又复杂的，甚至都是正邪对立的。如《小李飞刀》中的主要人物；如《杨门虎将》中就以杨四郎为核心人物，传统的《杨家将演义》在民间流传甚广，但是对这位曾经在敌方招赘入婿的杨家弟子却是着墨不多，因为这毕竟不是一段光彩的经历，无法为传统文化的忠孝原则所接受。然而，现代社会的个性主义却可以在此处大做文章，使之成为炫目的角色。

影视剧精神价值的分延还体现在历史人物评判上。如在《康熙王朝》、《雍正王朝》和《康熙微服私访记》这三部电视连续剧中，对康熙皇帝的塑造各自不同，并且各执一面。《康熙王朝》展示了康熙的一生，跨度最长，着力突出康熙的丰功伟业与人性魅力。《雍正王朝》中的康熙主要是作为戏中的雍正的背景和衬托，作品中塑造的是一个曾经辉煌却已至暮年，面对各种困难有些力不从心的老者形象。这两部作品表达人物的侧重面虽不同，但绝大部分还是采用了历史事实，依据历史事实进行人物刻画，而《康熙微服私访记》却是借助于民间的传闻，一点历史的影子，根据现代人的想象塑造的康熙形象，更多渗透了观看者的意愿。

视觉文化中，"看"与"被看"构成互动关系，影视剧中由于"看"者与"被看"的存在多维多向的映照关系且对应时方法方式的多样化，造成了"被看"对应的历史价值的分割和剥离。

二、"看"者的变换：女性意识与欲望女性

劳拉·穆尔维曾经指出：精神分析理论以父权制度为核心建构视觉

机制,将女性作为欲望表征的理论忽视、遮蔽、压抑了真正的女性表达,所以,在好莱坞风格的电影观看机制中,女性形象只能被作为男性欲望的编码而无法拥有完整的主体性,从属于男性的视觉快感。显然,与电影的观看机制相比,电视连续剧获得了更为宽松的氛围和民主的环境,并且,观众中女性比例也大大增加。因此,电视剧中由"看"这一端发出的信号要求"被看"的文本中富有更多的女性表达。电视剧中关于女性形象、女性主体在不断增多,与男性相比,女性更关注情感,因此,哪怕在正史的述说中,电视连续剧中的情感戏份都不会欠缺,而情感的因素在具有"春秋笔法"的中国历史述说中是大量被遮蔽和隐藏的,然而,这也提供了剧作者能够深入挖掘的细节和想象的空间。电视剧中女性意识的强化还体现在对历史女性形象的塑造上。男性意识主宰的中国历史中,女性的地位和作用大多被忽略和遮蔽了,电视剧的创作着力于挖掘有限的能在历史上留名的女性,使她们在荧屏上大放异彩。女性形象在古装戏电视剧中所占的比例不断上升,还有不少电视剧都为中国历史上的唯一女皇帝武则天翻案,认为她表达了中国历史上最为强劲的女性声音。

然而,历史题材与古代制度、思想和价值联系在一起,在影视剧中的女性意识毕竟是有限的,这种父权制度沿袭下来的审美习惯无法完全改观,女性的自主审美习惯并没有马上得以确立,美丽的、耀眼的明星从电视剧中缺省。影视剧红火之前,当代中国曾经经历过的一个色彩贫乏的时代。当代中国有较长的一段时期对感官欲望进行了遮蔽和压抑。"文革"时期,统一服装,"文革"结束后的喇叭裤的遭遇在人们的记忆中留下了深刻的印象。几乎整个时代现实都与禁欲联系在一起,人们对现实的感觉自然与晦涩和单调联系在一起。民族服装既能达成人们的民族认同感,又能合理地使人们享受到感官的盛宴(事实上这也是个误导,古代中国人的穿着都是有限制的,中下层的百姓都是以暗颜色,蓝、黑和皂色为主,但是在几乎所有的古装片中,其服装色彩都是斑斓五彩的)。哪怕是当下的影视创作,也有不少是借古装戏来展示欲望。大多电视剧在视觉感官方面极大冲击了观众的眼球,诉诸观众的欲望。"视觉在本质上是色情的,这是说它是以着迷——丧失心智的迷恋——而告终。"(杰姆逊)电视剧借助于视觉展示对感官的迷恋,这也是当下电视剧不断遭受批判的重点。女性意识和欲望女性矛盾地交织在电视剧古装戏的创作中。《武则天》、《大明宫词》明显受到了女性主义的影响,而女性主义原则和立场的产生来自于颠覆和反叛,而非建构,观众也难以有真正的属于女性价值立场和理想信念。正如拉康所说的,"凝视是他者的视线对主体欲望的捕捉",女性在观看这些充满着感官欲望的电视作品中,自我又一次塌陷了。

三、"被看"与"看"渠道的分化:言说的碎片化与全球化

在历史题材的影视剧中,不仅"看"和"被看"发生变化,两者之间的功能和链接也开始分化,对于历史题材的言说,多种说史的方式,正说、新说和戏说形成了众声喧哗的话语言说。正说意味着不仅历史题材要以历史事实为依据,而且还要维护正统的历史观,观看这类影视剧时,创作者非常注重文本的历史真实,强调的是当代对于历史经验的吸收,"看"这一端能够发挥的空间非常小。如中国古典名著的改编,《诸葛亮》等片子,今人从电视剧中看到复活了的历史事实,并从中吸取历史经验。新说则是有选择地借助历史事实,引证古人事迹来佐证言说者的论点,比起正说来,新说的主观性更强,采用新说的方式主要是有力地表达自己的观点。在电视剧中,真正的正说是做不到,大多数的片子都是在新说。如大量的各个王朝的宫廷戏,大多数都是采用新说方式。第三种戏说则是借用历史的一点因由,自由发挥。经常是有意避开正史的逻辑和事件,而专从民间寻找各种野史逸事来解释。如关于秦始皇的身世,几乎所有的电视剧都认定他是吕不韦的儿子,并由此而展开各种争权夺利,这样在完整的历史版图中,正史被分割成片断进行表述,不再是统一的历史价值下的现象,而是侧重日常生活经验。《还珠格格》就是典型的隐喻,虽然以宫廷为活动空间,但是其主要人物和故事框架都来自民间,甚至打乱了整齐有序的宫廷生活。灰姑娘的故事,英雄救美的故事,滴血认亲的故事,在如此多的故事中,没有一条是主线,不断地冒出新的惊险和传奇,就像有许多珠子,却无法串成链子。还有一些片子根本没有历史可稽查,只是一些影子,如《戏说乾隆》、《武林外传》等。有意思的是,在对本土的历史文化进行剪接和分割等碎片化处理的同时,面对影视空间,人们却获得了全球的想象的同步,影视成为全球的想象的共同体。在视觉文化发展中,人们因这种虚拟空间营造的虚拟现实而获得的虚拟体验越来越"真实"了。甚至人们的自主权(交互空间)还在扩大。从电影的被动接受到电视的点播再到电脑的互动界面,人们逐渐步入、扩展和深化着虚拟空间,同时也将虚拟空间"真实化"。

近年来,历史题材影视剧的繁荣,它一方面让我们看到通过影像语言

的表达消解了传统的知识结构和艺术样式,另一方面,我们也可以这样说,是现实生活自身的瓦解直接体现在大众文化的视觉艺术中了。"我们如今也能从大众视觉媒体中看到现实在日常生活中的崩溃"①。

影视艺术给现代人营造的虚拟空间有别于人们日常经验中的虚假印象,全景呈现了虚拟景观,成为人类区别于现实的另一文化实践空间。这些图像空间中,通过再现古迹空间,发挥想象,"讲述的是镶嵌在想象性的过去之中的种种故事"②,表达自身的情感诉求。当人们发现这种表达比现实的观照和评判更为通畅时,就产生了更大的虚拟空间生产的需求。从早期的借鉴到戏说,再到接着古人的外壳说着今人的故事,这就是虚拟性在当代影视生产实践中的发展和延伸了。"很显然,一种不同的自然向摄影机敞开了自身,而这是肉眼所无法捕捉的——只因为一种无意识地穿透的空间取代了人有意识地去探索的空间。"③在技术上的发展也是意义缺失的结果。历史题材影视剧的视觉模式的变迁昭示了两方面的危机,1. 关于现实社会的危机感,对现实和存在的不信任感导致了对古代的依赖。2. 关于图像形式的危机。我们对于看到的图像的不信任,转而化为对想象的依赖,"随意点染"的古代的依赖,无须考证,无须负责任,变成了漂浮的能指。移动的图像不仅体现在时间上,也体现在空间中。

无疑,影视提供给人们全方位的视觉感受超出了语言文字符号的诠释能力,在人们感叹传统样式的古装戏如何会复活在最为现代大众媒介中时,只是习惯思维方式的困惑,无法在新媒介中延续。影视艺术对于中国这个后发达国家来说,纯粹技术上的领先机会早已不再,传统艺术的虚拟方式延伸至未来想象中时,需要调和两者间的矛盾,而出现在荧屏上的历史题材影视剧恰好满足了这方面的认同。事实上,与其说荧屏上的古代生活方式已经是传统的生活样式文化生态的翻版和复制,不如说历史题材影视是影视视觉艺术以视觉性特征新造的景观。古代生活在现代人生活中是不可能存在的,但是能被现代人存储在想象空间中,这一点又契合了影视艺术的视觉性本性。留在人们脑海中的古迹可以被无限的想象应和影视艺术需要存储想象的全息图像的要求,从而形成了活跃在荧屏上各种色彩斑斓的镜头语言。执著于历史文化的语言文字符号及由语言

---

① 〔美〕尼古拉斯·米尔佐夫:《视觉文化导论》,江苏人民出版社2006年版,第21页。
② 同上书,第115页。
③ 同上书,第118页。

文字符号所铸就意义的人们不免困惑：这不是真实的历史，但是他们疏忽了，影视这种视觉艺术真正的意图就不需要由语言文字构成的既成历史，它们只不过借助于不同现实的通道，生出想象的翅膀，获得另一可以随意涂写的时空。然而，不断重复、套路固定的历史题材影视弥漫荧屏时，也造成了大众视觉感官的疲乏，当影视剧资源匮乏、新说不新的时候，历史题材影视需要冷静和反省了。

第三节　冯小刚的类型电影

讲到大众文学声像化倾向，似乎不能不谈冯小刚的类型电影。20世纪90年代以来，以他的《甲方乙方》《没完没了》等为代表的中国内地类型电影尤其是贺岁片，事实上已成为当下大众文化的重要领地。在这些影片中，冯小刚通过鲜活的现实题材、充满睿智的故事和细致入微的刻画极尽表达了当下极具中国特色的民情民意，形成了地道中国风味的类型电影品牌。冯小刚电影为什么能在中国当代电影痛苦的转轨过程中赢得观众青睐？除却其成熟的营销策略外，其根本原因在于他的作品触及中国当代大众的核心价值理念和意义系统，揭示了中国大众文化的丰富矛盾状态，以及既充满个性色彩又不乏调和意味的社会状貌。

一、价值取向：中国当代都市亚文化观

冯小刚类型电影不仅在题材上尽情展示转型期中国的都市文化理念，也彻底放弃了精英和政治的理想目标式的审视视角，而是更切实地着眼于当下中国人的生存现实，在机械单调、刻板平庸的生活中寻找都市人的传奇经历，并以乐观安命的姿态讲述发生在平实生活中的各色情事，这些平凡人的日常生活素材，经由冯小刚电影重新解读，成为银幕上充满诱惑的奇闻异事。冯小刚类型电影通过铸造市井坊间神话，消解了政治和精英的评判标准和道德立场，给予现代都市市民情趣的合法性定位和足够的精神支持。

首先，冯小刚类型电影中不起眼的小人物，无奈又无助的底层民众，惯于忍耐不反抗的弱者形象被塑造成富于创造力、想象力、生存智慧和生命激情的形象群体，使他们的灰色生活充满了新鲜和神奇的力量。《甲方乙方》通过创办名为好梦一日游公司实则谎言公司，帮人实现好梦，满足各种小人物现实中无法满足的癖好和各种奇思异想，确证他们存在的

价值。在目标的丧失和自我价值的缺失的文化环境中,通过这种异想天开的荒诞方式使他们得到精神的满足,而他们所需要的切实关怀即便荒唐而虚幻,他们也表现出强烈的需求,这表明小人物的要求是多么卑微,但即便是这样卑微的要求都难以得到满足!但影片却轻松地遮蔽了悲伤和痛苦,通过完全背离真实和现实的谎言公司化为幽默搞笑,将无法掩饰的痛楚内含的荒诞转化为他者爆笑。而《没完没了》则以中国现下经济发展过程中的债权无法得到保证为题材,塑造了一位胆小怕事的债权人只能通过极端甚至违法手段保证自己权益的故事。主人公韩冬是一位中巴司机,因多次向旅游公司经理阮大为讨债无果,绑架了阮大为的女朋友小芸,结果小芸却看不惯阮大为的行为反过来支持韩冬跟阮大为讨钱,不断出奇招,不仅成功地讨债,而且将阮大为弄得狼狈不堪,叫苦不迭,这位胆小如鼠的债权人不仅戏弄了财大气粗、见利忘义的欠债人,同时还致使他不断地走霉运,得到了很大的教训。韩冬之所以能够获得将不可能变成可能的超常力量,尽显英雄色彩和英雄情结,得益于冯小刚类型电影所表达的牢固的平民意识。冯小刚以平民的视角、充足的自信和自我救赎的姿态塑造了多位生活在底层的草根平民英雄,恢复了被政治意识形态和精英知识分子所抑制了的民间声音。

现代都市不同于乡土社会,获得一定经济基础的都市人并不满足于小人物的卑微地位,同时也要在政治地位上表达其精神需求,因此,冯小刚类型电影不仅通过喜剧的方式"化泪为笑",挖掘这些底层人物的神性力量,美化优化小人物的反抗手段,还为他们摆脱困窘处境提供了不增加新的伤害又能维持自尊的出路。在当下中国都市文化空间中,冯氏电影具有情感代偿功能。正如好莱坞电影体现了西方世界中男人对女人的驾驭和控制一样,冯小刚类型电影正体现了当代中国最大数量的小人物小平民赢得社会的梦想。冯氏电影深刻地洞察到现有社会的正道不是给小人物铺设的,小人物只有通过走旁门左道才有机会胜出,只有借助难得的偶遇才存在胜出的几率,才能维护他们所需要维护的基本权利和尊严。但只要小人物内心还存在着基本的善良,冯氏影片就一定挖空心思、绞尽脑汁使这些善良的小人物最终能够赢得世界,在狭小的生存空间和仅有的机遇中把握事态,主宰命运,以胜利者的姿态圆梦。《没完没了》中韩冬要钱是为了他的植物人姐姐,刘小芸是为了她作为女人的感情,而他们联手不仅使阮大为吃尽苦头,甚至还在精神上占尽上风;《天下无贼》中就为了朴实的傻根能够坚信"天下无贼"的美好愿望,偷盗绝技在身的王薄甚至献出了自己的生命;《集结号》中在解放战争中失去番号得不到身份确认的连长谷子地为了维护在解放战争中牺牲却得不到应有尊敬的死者,一直不懈地坚持对他们身后尊严和名誉的争取和维护。冯小刚类型电影感人之处就在于小人物总是通过善良的愿望坚忍地坚守着不被他人所理解的善意,以最为谦卑的姿态最积极的方式不遗余力地维护着底层小人物内心的善良。也由于他们最为基本的善良,所以在现有的社会制度中总是能够守住道德的底线,表达人性的极致状态却不犯忌。

二、叙事策略:都市丛林中的乡土表达

中国当代大众文化形成在空间上表现为都市在乡土中国的扩张,冯小刚类型电影在叙事策略上紧紧抓住历史转折中的文化心态,表达徘徊在都市与乡土间的国人精神动向。都市的诱惑促使当下中国人极速展开行动,而惯有的乡土观念又阻滞他们变化和更新,他们所有的矛盾、困惑和挣扎都基于都市新气象的询唤和乡土旧观念的羁绊,冯小刚类型电影选择了这一历史节点的各种冲突形态,既表现了都市人对都市生活的追逐,又体现了对都市生活中被掩埋的乡土气息的留恋;既呈现都市生存理念的势所必然,又不背离放弃根植在中国人内心深处的传统乡土观念,以包容的心态建立起当下都市化进程中的中国大众文化行动准则。

1. 牢固的生存观念承接传统道德意识

冯小刚类型电影之所以能在中国观众中产生广泛的影响,与它诉诸最为广泛的人群密切关注的问题和普遍情感有关。几乎在每一部影片中,都包含了基本的生存观念。这是由政治中心转向经济中心的现今中国最为活跃和最切实的社会问题,也是连接中国人个体情感和尊严的基础条件。生存观念跨越传统和现代的时代界限,既消弭了追求物欲造成的道德压力,又自然地与现代社会的消费观念相衔接。选择生存观念为人物展开活动的基础条件获得了观众最大范围的理解和认同,不管影片中的人物与观众有多大的观念上的差异或者道德上的偏见,在基本生存观念上都能被认可和理解。在早期的《永失我爱》中冯小刚类型电影就塑造了一位活在边缘状态的追求至真至纯爱情的青年,他的放荡不羁的性格却被视为不落俗套的最好诠释,而他为生活奔波的独立姿态和不拘小节的性格却成为他动人的优点;随后的《甲方乙方》、《不见不散》和《没完没了》等影片都表达了人们迫于生存压力而做出的过激行为,这些行为不仅不受指责,反而在影片中受到鼓励;而新片《非诚勿扰》中依然坚

守这一人物行为动机。影片中的主人公秦奋虽然是海归,依然生活在主流社会的主流生活之外,在都市的社会结构中,这些边缘身份的人物依然以解决生存问题为人生第一要务。他发明的所谓的"分歧终端机"和征婚经历都是为了解决基本生存问题。正是通过这些与观众无异,忙于生计问题的男男女女,误打误撞地制造了各种发生在身边的传奇故事,才使得观众产生广泛的共鸣。

基于牢固的生存意识,冯小刚类型电影塑造的小人物都具备了坚韧的性格特征和坚忍的人生态度。在激烈的竞争中,在生存资源不平衡的环境中,生活在底层的小人物处于劣势,他们不能通过暴力的反抗,只有通过不懈努力才能赢得机会,才能证明自身的存在价值。《没完没了》、《不见不散》中男女主人公都是"认死理"的犟劲,他们为了目标坚持不懈,不达目的不停手。《不见不散》中男女主人公在外在条件上并不般配,注定了他们不可能一见钟情,但是也正是男主人公的坚持,最终才赢得女主人公的芳心;《没完没了》中债主相对于欠债人来说,可谓是人轻言微,加之作为老板又是江湖老手,在欠债人女友的帮助下,对欠债人穷追猛打、死缠烂打,逼迫欠债人意识到自己耗不起那精神。《大腕》中接受操办丧事人物的摄影师搜肠刮肚、千方百计,直至住进了精神医院还在念叨着他的任务。《集结号》中谷子地为了能够找到他的部队,为死去的弟兄讨个公道,不顾一切困难,不计较成败得失,直至做出独自一人在广阔且深不见底的煤矿上挖掘尸体的疯狂举动。而他们执著的性格和坚强的意志力最终不负有心人,让他们获得难得的资源或机会,实现小人物的梦想。

2. 中国当代都市边缘人形象塑造

冯小刚类型电影不仅将都市与乡土间观念的挣扎视为影片故事推进的动力,还在人物形象身上体现了传统与现代的对接。他在影片中塑造了一系列都市边缘人形象,他们在生活形态上属于都市空间,但在精神形态上承接了中国道家传统。

组成冯氏电影故事的活跃分子是都市空间中的边缘人。他们虽然生活在社会的边缘,但是活得很潇洒,很滋润,也很自足。绝大多数的都市人都能在他的电影作品中感受到自身英雄般地存在,不再为自己在社会中的微不足道而惴惴不安,不必为自己的地位、从事的行业而妄自菲薄。在闲散人身上开展游戏,在小偷身上找冒险刺激。他们将严肃的压力化为轻松和搞笑,疏离了都市空间的主流生活,在忙碌平庸的都市社会中制造闲适传奇。现代化进展过程也是体制化日趋完善严密的过程,人的自由空间日渐被压缩挤榨。冯小刚类型电影题材虽然以都市社会为活动空间，但是活跃在他作品中的人物都是不纳入都市主流社会的社会角色，或者没有固定的职业，也不存在有特别严格的组织纪律的单位。《甲方乙方》中组建"好梦一日游"的人员都是社会闲散人员，而到此公司实现"好梦"的都是无法获得尊重的"书摊老板"、妄想成英雄的"厨师"、想象浪漫爱情的"失恋者"……都是生活在社会秩序和道德规范边缘的各色游民；《没完没了》中的人物主要活动的展开不是他们作为旅游公司的经理和司机的身份，而是为隐藏在另一空间中的作为弱势的债权人和债务人的经济利益关系；《不见不散》中的两位主人公都是虽然生活在海外却无法进入主流社会的临时职业；《天下无贼》中的触及的是正统社会之外的小偷世界，表达的是"盗匪"们的道德准则；《集结号》的主人公谷子地虽然在解放战争中浴血奋战，并且指挥他的连队完成了上级下达的命令，但是他及他死去的战友不仅得不到应有的肯定，而且在战斗结束后他们还因为部队编制的改变而艰难地为确证自己身份四处奔波……这些人物形象共同的特点都是被制度、秩序及规范遗失或者遗落的边缘人员，他们无法在社会主流话语层面找到行为的合理依据，只能游走于归整社会边界，采取不能被纳入理性、逻辑和规范的散漫和游离行为方式，如《甲方乙方》中的组建的"好梦一日游"公司难以用道德标准进行好坏善恶的定位；《没完没了》中的债务关系处理正是商品社会扩张过程中难以界定的经济关系……几乎无一而足地表达边缘人复杂、多元又散漫的行为方式。

冯氏导演中的"假海归"、有道德的"小偷"、失去部队番号的"战斗英雄"等，几乎都是些悖论角色，当社会进入归整的秩序化后，他们只能处于边缘地带，成为不被体制接纳的"闲散人员"，成为具有不同声音却不具备"颠覆性"的亚文化元素。而这些边缘形象，却能以更为清醒的态度来审视严整的都市社会，能在越来越严密的都市体制中找到精神自足的空间，持有独立的生活方式和生存理念。冯小刚类型电影既不是认同规范，也不是认同反规范，在中国当代大众文化表达上，并非延续"五四"启蒙精神以文明与愚昧的对比一味推崇现代化的都市社会批判乡土中国的精英态度，也不是固守传统截然拒绝都市文明的保守态度，而是借助都市文明的外壳，寻找乡土中国传统的扩张、渗透和延续，却提供了另一番的中国当代观众所期待的都市真实。冯氏电影找到了进程中的中国都市文化追求传奇色彩和闲适心态的双轨表达，既保留了古典浪漫气质，又吸纳了自由平等等现代理念，在观影效果上既适意于现代化充分带来的都市文明形态,又内化了中国文化传统的价值观念和审视世界的视角,取得了最大范围的认同和理解。

三、艺术手法:同构异质

基于当下大众文化的多种意义混杂的定位,冯小刚类型电影集中表达当下中国大众文化各方面的纠结、矛盾,同时,他又把差异、抵触等负面情绪化解融合在表层的圆满下,通过相应的艺术手法满足了当下文化语境中同构异质性的观众心理需求。

首先,通过无间缝合的镜头语言和大团圆的结局保证了流畅、轻松和诙谐的浪漫喜剧效果,使观众最终获得紧张之后的心灵的放松和精神的休憩。冯小刚类型电影尊重观众的普遍视觉规律和主观心理感受,也少有导演的强烈主观意识的倾注。冯氏电影少见陌生、难懂的视觉语言,没有风格化的镜头语言,既不追求影像的造型,也不追求氛围的营构,没有突兀的特写镜头,也没有烦闷的长镜头,也不出现充满新鲜和刺激的蒙太奇剪辑。他的镜头连接完全按照叙事的节奏进行,与剧情交代完全缝合,即便如《大腕》中精神病院中的具有神经质的开发商的强烈言语表达后的变形的脸庞特写,也契合观众对这一形象的心理感受。

看他的电影,观众的感受形如老朋友间拉家常式的表达,跟生活流程和叙述节奏高度一致。

当然,为了使电影更吸引观众,冯小刚类型电影利用离奇、反差、意外和悬念造成叙述的起伏,使观众保持足够的注意力强度,而他在故事的结尾总是安排了大团圆的结局,所有的险情都能安然渡过,所有的矛盾都能冰释。如《天下无贼》饱含悲情地安排了男主人公的死亡,却又安排他们得到灵魂的升华和解脱,安上了光环的尾巴。在人们的观影心理能够得到安全保证的前提下,故事过程中的惊险只会增添对故事趣味的享受而不会造成情绪上无法接受的恐慌、压抑等难以排遣的负面情绪,故事叙述过程的各种意外、离奇和惊险反而会增加故事本身的趣味性。

在和谐同构的外在形式中,冯小刚却能智性有度、曲折委婉又不失锋芒地表达中国当代文化中的异质性元素。

1. 设置关于谎言的游戏的情节设置

《甲方乙方》是各种闲杂人为排除无聊寂寞虚拟各种社会情境的游戏;《没完没了》通过被逼无奈的讨债出演一场假绑架的喜剧;《不见不散》从一开始就是女主人公被欺骗捉弄到最后发现男主人公牙齿也是假

的为止,整个过程就是一连串捉迷藏的游戏;《大腕》是关于大家翘首以盼的大腕布设的一场人间闹剧;《手机》讲述的是名叫严守一的人说谎又受谎言折磨,使自己情感生活变得一团糟;《天下无贼》就是关于偷窃者相互斗智的故事……几乎导演在极尽搜索发生在人世间的各色谎言,与观众的期待心理兜圈子,挑战各种想象力,造成平凡世界中的神奇效果。冯小刚类型电影以谎言为故事原型,本身就包含着丰富的智力因素和喜剧色彩。谎言之所以能够被接受,是因为说谎者充分掌握被欺骗者的需求和期待,能充分调动可以达到欺瞒的有利条件,造成谎言当真的结果。一部好的叙事作品就需要具有准确充分把握观众期待的心理;而且需要把故事讲得有起伏,引人入胜,又需要超越人们惯有的观念和成见,需要不同寻常的想象力。冯小刚类型电影的各种谎言能够被观众所接受,不是一般意义上的谎言,而是包含着对刻板的、成规和机械的生活的反叛和超越。冯小刚电影作品中的谎言不仅不令人反感,也不会造成伤害和痛苦,而是成为充满智慧和幽默感的轻喜剧。

更重要的是,冯小刚类型电影高明之处在于从一开始就表明这只是个虚假的谎言,充分尊重观众的判断力,令观众放弃信以为真的接受心理,以完全放松的游戏心态参与剧中人物假意表演的游戏。他在每一部片子的开头总是以夸张手法制造近乎神话传奇的情境,明明白白地告诉观众电影就是以这种夸张的方式讲故事,因此,即便他说的是谎言,观众也愿意接受。虽然从道德角度人们可以不断地谴责谎言制造者,但是不可否认在叙事中,使故事变得真实可信的连贯和完整需要虚构才能达成,从这一角度,任何人们听到的故事都是谎言,高超的叙事者都可能是高明的谎言家。这样,观众反倒获得了"看戏"的游戏真实心理,在观看过程中也拉开了与剧中故事的距离,从而获得了观赏的间离效果。

2. 不连贯、延异的结构安排

冯小刚类型电影在情节结构中放弃了传统的闭合戏剧模式,契合现代都市人的心理特征,采用片段组合、重复再现事件或场景造成不稳定、不规则、不连贯的叙事结构。

冯小刚类型电影不再遵循传统叙事的一致和连贯,放弃深度结构模式代之以片段的组合。片段间的组接不是沿袭严密起承转,而是淡化前后场景间的因果关系,给予每一片段更大的独立性。如影片《甲方乙方》由"好梦一日游"公司承接业务帮助各种特殊需求的人们完成现实生活中无法实现的八个好梦组成,各个"圆梦"片段也不存在情节结构上的关联;此后《不见不散》、《没完没了》、《手机》、《大腕》、《天下无贼》、《非诚勿扰》等影片虽然具备了一定情节性,但是在情节内部还是以单元平行串接,在照顾情节主线基本关联的基础上,又打破了刻板整体性,使得各片段各场景间都能在整个故事中保持着相对独立性,这样既充分尊重观众的观看心理,相信观众思考和判断的能力,同时也使得观众注意力集中长度降低,能够保持一种轻松的不费力的观影状态。

冯小刚类型电影不仅采用不连贯的跳接、大幅度剪切来应和现代人快节奏的观影心理,还运用停顿、重复等起到突出或者强化的效果,经常运用调侃镜头穿插在情节进程中,这些神来之笔虽然打断故事进程,却也反映现实世界的真实状态。冯小刚类型电影还会在不同的文本间运用互文,形成呼应。许多现代社会中荒唐的、悖谬的场景或者现象在同一影片或不同影片中还会反复出现:如卖墓地这一现代社会价值观难以抉择的地带不仅在《不见不散》中出现,还在《非诚勿扰》中出现;《没完没了》和《大腕》中用到了许多精神病人或者病院的疯癫元素,《不见不散》中出国人员在国外的生活和《非诚勿扰》中归国人员对自己在海外生活的交代。这些现象在不同影片中出现,也说明了当下社会发展过程中的价值模糊地带和当代文化身份的复杂暧昧。

3. 反讽的情境

冯小刚类型电影在反差中制造意外,造成强烈的反讽效果。在故事、意象、形象和主题内部探寻悖反性,致力于反讽情境的营造。《手机》片头部分借助于中国普通小镇上出现电话让观众回忆着通讯设备更新带来的新奇感受,进而引发观众对更新一代通讯设备手机的神奇色彩的无限遐想。手机作为现代化通讯工具,在带来便利的同时却也造成了无尽烦恼。《非诚勿扰》的开头利用重要政治事件、战争、瘟疫等重大历史事件的许多镜头画面为广告语,制造了严肃的氛围,然而,当观众正沉浸在高调的氛围中时,那依然有板有眼、正儿八经的画外音竟源于故弄玄虚、糊弄人的所谓的"分歧终端机"上,在这陡然而下的情感落差中,制造了令人喷饭的喜剧效果。男主角郑重其事地向投资者推荐的"分歧终端机"究其原理竟然是对儿童游戏"剪刀石头布"的包装和运用,观众一眼就能看出的、不戳自破的"谎言",影片中的角色却仍然在一丝不苟地、非常投入地表演,谎言的制造者似乎全然不知他说的就是谎言。

冯小刚类型电影大多选择青蛙王子的故事原型为其爱情模式,为角色位置卑微的男主人公安排了各种奇遇和偶遇,让他摇身一变,制造意外的惊喜,达到离奇的效果。冯氏电影广受欢迎,某种程度上也反映了现实世界中物欲化的情爱观的普遍性,青蛙王子的故事只能存在于幻想中,其影片文本与现实生活构成了强烈的反讽色彩。在人物语言的选择上,冯小刚电影吸收了王朔小说的语言特色,制造了许多反讽效果。如在影片《不见不散》中,装瞎子的刘元费尽心机地见到李清时,仿照被视为朦胧诗代表作《一代人》中的诗句,"黑夜给了我黑色的眼睛,你让我看着你。"这种改造事实上完全颠覆了该经典诗句的深刻内涵。冯小刚类型电影中人物经常运用一些台词造成移位、错位,昭示深度模式内在的荒诞感,从而达到解构的目的。

冯小刚类型电影的出现与当下勃兴的大众文化和消费理念密切关联,体现了都市化进程中对大众口味的自觉迎合。冯氏电影以狂欢却又不极致的表达提炼了都市社会中的各种时尚元素,吸引着观众进入影院感受现代化过程中都市的新奇和刺激。同时,在他所构造的充满现代感的光影世界中,又保留了乡村的眷恋。影片向观众传递了浓郁的乡土气息以及由中国乡土累积衍生的价值取向和人文内涵。都市化空间与难以舍弃的乡土情怀共同铸造着冯氏电影本土化类型化的品牌效应,贺岁片的定位又恰如其分地组织起电影现代艺术对传统文化气息嵌入的营销策略,使之成为契合乡土中国发展都市文明过程中影像范本。近年来,冯小刚不满足于这种相对稳定的叙事策略,开始开拓新的题材领域,甚至原有的拍片风格。他通过《集结号》、《夜宴》等片试图将原来严肃的有强烈政治意识形态的历史、战争和人性等话题赋以更浓厚的世俗色彩,借助传统历史和当代历史拓展自身的拍片路子,在深刻地挖掘战争的残酷,生命的荒诞,命运的无常的同时又能满足大众的心理期待。然而,在填补两者的鸿沟时却失于生硬反倒湮没了原有的个性,无法达到拍片预期,但冯小刚类型电影依然拥有很高的票房价值。

第四节 周星驰的无厘头电影

香港影星周星驰自 1992 年出品电影《赌圣》开始,在华语圈内确立了特有的无厘头表演风格,香港电影界制作了一系列以他的表演风格为核心,有着共同的精神表达和审美取向的影片:《逃学威龙》、《审死官》、《鹿鼎记》、《武状元苏乞儿》、《唐伯虎点秋香》、《九品芝麻官》、《大话西游》、《食神》、《少年足球》、《功夫》、《长江七号》等几十部独具特色的爆料搞笑电影,在导演为中心的电影制作机制中,独树一帜地突出演员的价值功能,成为相对模式化运作程序中的中国大众文化的典型文本。

周星驰影片的"无厘头"风格看似无明确指向和莫名其妙的行为,到处耍小聪明的刁滑举动,玩世不恭和不成调调侃的嬉皮士态度,通过活跃在底层社会的无赖痞子形象,以离经叛道的恶搞反叛正统社会的价值标准和行为秩序,却在深层次契合了社会转型期中国大众文化精神价值和审美需求。具体体现在以下几个方面。

一、颠覆"看"与"被看"权力关系

近现代以来中国社会语境和时代危机萌蘖了中国启蒙思想,面对深受传统道德影响的中国民众,鲁迅以"被看"对象替外族当间谍遭枪毙的悲惨境遇和"看客"们面对苦难和屈辱麻木不仁精神景观涵盖了中国亟待启蒙的社会现实。在这一极具概括力的社会图景中,那些获得"看"的权力的围观"看客",在启蒙知识分子眼中,被视为不具备认知差异的统一整体,也不存在个人处境的差别,他们的境遇等同于受苦受难的任人宰割的"被看"对象。虽然他们在"看""被看对象"的悲惨遭遇,但是他们也与"被看"的对象一起被置于"铁屋子"中,共同构成中国民众普受生存苦难和精神愚弄的惨景,成为启蒙者急需进行思想启蒙和灵魂拯救的对象。在中国启蒙知识分子设定的"看"与"被看"的启蒙图式中,通过启蒙者——"看客"——"被看"对象的三层视觉功能圈的设定,形成了在精神价值上外围的"看"高于内圈的"看",并且逐层递减的"看"与"被看"的关系设定。"看"与"被看"的圈层结构造成了认识世界把握世界的功能差:最为内核的"被看"对象处于基本生存权利和物质基础都匮乏的状态,他们的人生境遇最为悲惨,在社会中能够掌握的资源不管是精神还是物质的都最少,连最基本的生存权利都被剥夺;处于中间层的"看客"略优于"被看"对象,但是他们虽然暂时生命无虞,但是他们却是需要进行灵魂拯救的对象,并不具备智性的自觉意识和清醒的认知能力,面对同胞被虐杀的惨景依然无动于衷,灵魂麻木。处在这一功能圈外围的是启蒙者,他们对于现代社会资源尤其是知识能力的把握上高于中间层的"看客",最为清醒最理性,其精神位置也最高,他们需要对"看客"进行启蒙,唤醒"看客"获得清醒的认知,从而实现社会的根本转变。

通过这一认知功能圈的设定,中国近现代启蒙思想确定了对知识权力的价值认定和启蒙者的合法性基础。无论是"被看"对象还是"看客",

他们都是沉默的，没有自己的见解，也不具备自己认知世界的知识和技能。鲁迅多次谈到中国民众的沉默无语和与之相对应的精神麻木现象，启蒙者面对启蒙图景中的集体失语，获得了足够的话语权灌输给他们先进的现代思想和理性精神，唤起他们的生命激情，不至于使他们在沉默中死亡。然而，在世纪末的大众文化浪潮中，周星驰的"无厘头"电影通过银幕提供了另一"看"与"被看"的充满喜剧色彩社会景观。

1. 置换"被看"对象的社会角色

周星驰"无厘头"电影中的"被看"对象，不再是启蒙图式中社会被压抑被伤害的阿Q、祥林嫂式的底层民众，受着社会权威压制遭受苦难并承受着周遭"看客"精神压力的最为悲惨的人群。虽然他们的社会处境、地位相当，活跃在影片中，却是展示人生风采的社会小人物，激情洋溢地展示着他们的草根文化。这些"装疯卖傻"的下里巴人从事的皆为正统的生活方式和生存习惯所鄙夷的职业，但是影片中的主人公从不妄自菲薄，也不自轻自贱，而是在他们的职业领域内自得其乐，如鱼得水，无论是有着特异功称雄赌场的赌徒（《赌圣》、《赌侠》），还是有着灵敏嗅觉细致入微辨认各种口味的食客（《食神》），或者是落草荒漠称霸一方的盗匪（《大话西游》），还是才华横溢却深藏身迹卖身为奴的才子（《唐伯虎点秋香》），或者是身藏绝技却藏匿市井的武林高人（《功夫》），他们都存在正统正规正面的社会体制边缘，生活在被冷落和漠视的社会"灰色地带"。虽然不是主流意识形态大力推崇和盛赞的正面形象，甚至还是道德舆论极力否定的反面形象，却能充满自信地游走于社会正常秩序和正规轨道边缘。这些受主流意识形态否定的形象系列利用了主流意识形态无法控制的边缘地带或者道德空子，在严密归整的体制化的社会生活中，反倒获得了相对自由的生存空间和宽松的心态。

2. 改写"被看"对象的生存境遇和精神面貌

作为活跃在社会边缘银幕中心的"被看"对象，他们时常游离于社会规范和刻板的社会生活，却深谙自身领域内的生存规则，在他们的生存空间中，显示出非凡和超常的技艺本领，最大限度地证明自身存在的价值。《赌圣》中的左颂星就利用与生俱来的特异功能，打败了赌场上的恶霸，既为长期受压的底层小人物出尽恶气，自身也由此获得爱情和幸福；《大话西游》中的斧头帮帮主原来是孙悟空的肉身，几经受挫和磨难，终于换得真身，踏上保护唐僧西天取经的漫长道路；《武状元苏乞儿》中的苏乞儿虽然目不识丁，却神功盖世，在关键时刻总是能够得到天助之力，最终在平定天理教的叛乱中荣立大功,但他却宁愿选择奉旨乞讨的逍遥自在日子;这些生活在边缘地带的人物,不为主流意识形态和精英知识分子认同,他们不顾及旁人的评价,也豁免于社会道德压力,不管他们在其传奇表现中能否获得社会价值,在洗尽铅华的平凡人生中,都能够自得其乐,以充满自信的姿态在自己的人生舞台上精彩地表演;这样他们获得了自身和社会价值的双重实现,获得人性最大满足和幸福,不再等同启蒙图式中的物质、精神都极度匮乏的可怜可悲的"被看"对象,在人生舞台上自得其乐,尽情展露风姿,涤除心灵压抑和精神困惑,获得有滋有味,多姿多彩,远非主流意识形态和传统道德观念定见所能够涵盖的。

3. 颠覆了"看"与"被看"对象间的精神等级关系

由于"被看"对象社会角色的改变,作为"看客",不再具备任何道德优势和心理高度,面对"被看"对象不断地爆发出新鲜和刺激的表演,只有以惊羡的目光紧追不舍,时而还作出一些拙劣的模仿,造成滑稽的效果。这样,"看"与"被看"间惯有的社会权力和心理优势在视觉化重视表达的社会语境中被彻底否定。围观人群中的"被看"对象不再是受压迫被奴役被剥夺基本权利的凄惨面貌,而是充满了自足自信甚至带有炫耀故意吸引人眼球的新的价值认定。面对"被看"对象和"看客"间关系的大众文化图景,"看"与"被看"价值功能圈层间的等级关系不能成立,加之大众文化功能圈中的"被看"对象或者"看客"都成为活跃的而非沉默的群体,处于功能圈层外围的启蒙者虽然可以审视这一文化图景,但是也就不再具有精神高差,无法套用"五四"启蒙文化构建的"看"与"被看"的文化图景,而是不断地感受到大众文化强劲抵触的尴尬,在启蒙话语式微的同时带来了大众的狂欢表达。

二、奇观化的世俗神话

周星驰主演的类型影片不仅打破了中国现代化进程中的启蒙话语中的"看"与"被看"既定秩序,打破了启蒙话语所建构的"被看对象"与"看客"之间固有意义链,改写了社会面貌,抬升了社会边缘小人物的价值意义,还将他们从传统的深度价值观和理性深度认知模式中形成的遭抑制被遮蔽的社会角色中释放出来,以颠覆理性的反常规手法将他们的社会活动纳入琳琅满目的图像、影像的场景中,纳入炫目耀眼的荧光灯下,使他们灰色的生活变得多彩灿烂,平凡的人生遍布各种偶遇奇遇,以充溢的想象力挖掘都市生活和大众意识中的传奇性,在平庸和世俗中寻找神话力量,远远超越了观众的预期心理,在日常生活中缔造着奇观化的世俗神话。

首先,周星驰电影选择传奇的题材赋予神谕,造成奇观效果。周星驰饰演的电影大致有两种题材,一是古装传奇,这种类型的电影采撷传统的民间轶事或者已经深入人心的各种传奇故事,如《大话西游》、《唐伯虎点秋香》、《武状元苏乞儿》等,以现代人的心理或者行为方式对他们进行改写和置换。这些流传于民间的神话传奇本身就具有强烈的传奇色彩,但是由于已经形成相对固定的意义阐释模式,同时也形成了定见从而限制了对神话的丰富内涵的接受。如《西游记》中的孙悟空已经成为中华民族智慧、勇敢和反抗强权的集中体现,作为已经存在于民族集体情感中的正面形象,孙悟空的形象是确定和鲜明的,他十足的神性已经使得这一形象完全脱离了民间烟火而成为一个僵硬和固化的概念;《唐伯虎点秋香》这则民间传说源于人们对才子风流韵事的想象,故事中的唐伯虎成为才华横溢的风流文人的典型代表,通过这则故事,显示了男性在两性关系中的绝对成功和胜利的姿态,甚至透露了中国文化给予男性的特权意识的炫耀心理。面对着神话形象的含混性和传统文化观念的渗透,周星驰饰演的电影以现代意识和现代人的行为心理改写和再度铸造了现代社会中的神话传奇,以现代人的意识和日常生活模式填补和润饰传统神话的苍白空洞的概念,使之进入世俗世界的各个百姓家。如赋予《西游记》中从石缝间进出来无性的孙悟空经历情感的折磨;给予在女性面前所向披靡的唐伯虎不断遭受失败的挫折。对于观众来说,传统神话的时空条件和传输神话的历史语境被改写后带来的强烈心理震撼,恢复了神话自身的假定性,与现代人的心理对接达成了艺术的真实性,造成视觉再造神话奇观的效果。

二是现代社会传奇现象。这种题材的传奇性的形成主要是借助于现代社会中不能在正轨上运转,无法以现代科学知识进行条分缕析的自然生理现象,挖掘现代社会中吻合世俗趣味的传奇性,淋漓尽致地进行夸张和变形,铸造现代市民社会中的传奇色彩。如《赌圣》具有透视的特异功能,《食神》具有辨味的特异功能,《功夫》中的超常武功本领。现代社会中,科学成为人们理解世界和阐释世界的强大工具,但是,在自然界中,依然存在着现代科学知识所无法解释的自然现象,这也是人类社会在远古时代产生神话传奇的缘由,表达了对无法掌握和解释的自然界的一种朦胧和混沌的心理反应,电影通过影像语言建构的现代社会契合了人类远古时代沿袭下来的集体无意识心理,也提供了现代社会人类幻化个体神性力量的不可压抑的神话心理。

无论是古装戏还是现代戏,在周星驰饰演影片的题材中总是寻找能够突破人们习惯常思维,寻找现代人与神话传奇的共同表达,所以,他的影片充分表达了生活在各种规则条例下的现代都市人的想象,为理性、刻板和单调的现代人不断制造着现代"奇观",激发着他们对于现代理性主义形成的压抑下片刻的规避和逃逸,获得宽松和轻快。

其次,在周星驰饰演的影片中,在选取神话题材的基础上还以现代人的理解建立了现代神话的叙事模式,现代世俗神话的演绎往往需要经历神性的发现——神性的锻炼——神性的确证三步骤的完整过程。

周星驰电影神话实施的第一步是为陡然发现生活在社会底层的名不经传的、其貌不扬的、平凡无奇的人物身上的神性力量和传奇色彩。影片给定主人公平凡庸常形象的初始设置,与之相匹配的局促空间和寻常环境都难以适应其身上的神奇光芒,于是就出现了因忽然的巨大差异造成的荒诞、离奇的喜剧效果。《赌圣》中的来自内地的寒酸青年身上的透视功能,《食神》中的主人公的辨味的味觉功能,《大话西游》中至尊宝即孙悟空转世的特殊身份……第二步为神性的锻炼。由于主人公身上的神性与主人公的寻常身份及周遭环境是如此格格不入,在周围人看来这些异人身上是不可思议和匪夷所思的,于是就导致了对神性的考验过程。小人物就在人性与神性、异常与寻常间反复历练和挣扎,如《大话西游》中的孙悟空经历的痛苦的人性人欲蜕化最后跟随唐僧走上取经之路的过程;如《食神》中的食神特异辨味功能被人指认作假只得在街头巷尾求生存的过程;如《赌圣》中的透视功能忽然消逝却又不得不接受对手的生死相搏的挑战……主人公身上的神性由于无法与既有的条件和环境对应,已突显的神性力量还需要经历一个被消化被吸收的过程。接下来需要体现的是神性力量如何与现实的世俗力量痛苦的对接。周星驰影片往往将光芒四射的神性力量落实在世俗世界,由此为神性设置了脱胎换骨人欲神性交织争斗的过程,使神性能够真正转为民间的力量发出神采。第三步是神性的确证过程,经过痛苦的神性"祛魅"和主人公磨难,不管是外在的权威还是因外在权威造成的遮蔽而使得该领域内的欺诈和霸权都在此过程中抖落了披在身上的华丽外衣,然而神性终究是神性,最后还是被证明是"真金"。经历此过程实现平民化的回落,融入都市社会,代表着底层民众的意志和精神之维,使神话真正成为衍生于民间的神话,通过大起大落的人生经历、出其不意的情节设置和不断超出预期和意外的行为方式充满激情地实现了心理的满足和心灵的回归。

现代社会理性思想对人远古以来就依赖的神秘主义思想形成了极大冲击,随着文艺复兴中理性主义的充分发展,神话思维在现代人的思想观念中已无法成为主导,现代神话故事能够被现代人接受需要跨越理性思维的障碍。因此,周星驰主演的影片需要激发残存于现代人心里的文化记忆,在现代科学知识化的基本认可基础上寻找科学理性尚未企及的领域。这样,颇具神秘气质的世俗神话叙述过程必须伴随着对理性主义的规避和绕道,不过最终在将信将疑中,现代人的匮乏感和焦虑症形成的现代社会的渴求通过艺术思维的假定性和神话原型的集体无意识共谋,还是完成了现代艺术的奇观化过程,为现代人留下了可资逃避和躲藏的想象空间。

三、表演的视觉化

中国社会现代化进程中,文字文化以其极具概括力和抽象性的符号占据文化的主导地位,受其影响,以视听语言为载体的影视艺术未能获得足够的艺术独立性,20世纪20年代的左翼电影、五六十年代的"前十七年电影"、七八十年代的"新时期电影",很多优秀作品都改编自文学作品。囿于强大的理性意识和传统道德观念的蕴藉风格,压抑了视觉艺术对视觉感官的挖掘,影视的表演从属于理念的强调和传输,形成了低调克制的表演风格。

但是,周星驰却放弃了这种从属于意念的体验式的表演风格,而是选择了不同于影视微相表演的表演元素,他通过彰显身体的动感释放了被压制的身体,以夸张的表情、大幅度的肢体语言、极度松弛的肌体状态、充满快感的运动节奏突出了表演的地位。周星驰突出了表演的假定性,有意区分了表演与真实的差异,不管是喜怒哀乐的表情动作,还是举手投足的形体动作,都夸大动作幅度和有意扭曲体态,展示了高于生活和超越现实的明确的演员角色意识。在这种快节奏大幅度的肢体动作和语言风格中,形成了高密度高强度的表演模式,使观众在演员的表演冲击中眼花缭乱、应接不暇,不知不觉中放弃了对意念、叙事的注意,把注意力集中在演员极富表现力的表演,也形成了以角色表演为中心的影片类型。《大话西游》《审死官》《武状元苏乞儿》等影片的导演都不同,但是只因为它们都是以周星驰为主角,全都成为统一的周星驰风格的"周星驰作品",周星驰以其亮丽多彩的表演遮蔽了电影导演的主导位置。周星驰影片使得观众感受到通过演员的外部表情和动作就可以感受和触摸到人的丰富情感,哀愁忧喜一切都尽入眼中,人与人之间的多重障碍被撤去,人与人之间的沟通交流变得顺畅,表演对身体的解放带来的人与人之间的自然、清新和透明的交流。

周星驰的表演选择了与神话假定性相一致的游戏风格。放弃了对观众在体验方面的要求,放弃了对形象塑造能指上的要求,放弃了追求逼真的努力,有意突出其失真的效果(如《长江七号》中作为反面形象的曹主任,当周小迪帮他捡起掉在地上的钢笔时,他不仅要小迪放回到地上,还用一张雪白的餐巾纸小心翼翼地包在外面才捡起来,通过这种细节的夸大突出了他对小迪势利眼般的偏见)。周星驰通过形体有意强调了角色的外部动作,放弃了对角色内心世界的体验和感受,也拒绝观众的直接参与而导致的移情和忘我。这样,观众对演员的表演既不完全排斥,也不完全融入,演员获得了不受限于角色、生活的最大自我表达空间,演员通过语言和动作的个性意识得以充分展开,充分展示演员的主体性。由于角色外部生活环境的移植和错位,使其内部世界的表达也被顺利置换。好像他不停地与观众进行交流,将观众的需要和情感融入影片的语言中。周星驰在影片中时常表现出沉浸在自我陶醉和自我享受中,以热情如火的夸张表演丰富甚至扩展角色内涵,在获得表现的极大满足感的同时,充溢的情绪往往也感染了观众,形成表演场域内的共鸣状态,从而使他的表演一直处于充满自信和自足的状态。

虽然影视表演不同于戏剧表演,要避免虚假、过火的表演,要避免程式化、脸谱化的表演,要拒绝表演中的"演戏感",但是周星驰饰演的类型片本身就是不拘泥于现实的神话题材,当面对你要表现的主题和内容都是众所周知的虚假时,以假演假反而拥有了说谎者勇于承认谎言的真实效果,因此他的表演风格与其影片的题材、叙事内在的审美倾向性是一致的。通过偶在的冲动的表演动作割裂了表演能指和影片能指间的固定关系,突显了现代社会边缘状态的世俗神话的传奇性,他在表演过程中对传统形象塑造模式的突破,起到了彰显现代世俗神话中的反常性和给观众带来的"震惊"效果。使观众感受到,即使是喜剧表演,即使在社会的角落中,依然可以有鲜活的生命状态,高调地展示了民间草根文化。

四、充满魅惑和冲击力的声像语言

与影片的审美风格相对应,充满魅惑和冲击力的声像语言又强化和固定了周星驰的表演风格。

在单元镜头语言中,扩大被摄对象和物件在银幕上的比例,大量地使用近景镜头和特写镜头,造成占满银幕空间的视觉感受,强化某些具有特殊功能的形象,甚至形成强烈的对比。如在《长江七号》中,先是奔驰轿车的徽标持续了好几秒钟,而后才是逐渐显现的奔驰汽车的车身,接着就是一双打满补丁的皮鞋在银幕上又延续了很长时间,然后是穿着这双鞋子的小男孩;这一组镜头的组接的含义通过时长和画面内涵不言而喻;压缩镜头的焦距,强化短焦距镜头,减少镜头的纵深度,造成强大的心理压迫感。传统中国风格的影片习惯于通过远景、全景及空镜头造成深远的意象,形成注重氛围意味的镜头语言,但是周星驰的喜剧电影不仅强调镜头的真实感,还强化了镜头的逼真和冲击力。《食神》中为了强化食物的色欲,运用大量的特写镜头通过光、影的修辞功能,对食物的色、香、味、体从不同角度进行塑形定格,将获得的强烈刺激诉诸人的视觉感官。《唐伯虎点秋香》中将书法创作的过程转化为身体的书写过程。为了突出画面的神奇效果,周星驰电影还通过将神奇效果定格的手法使观众扩大从一些画面中获得的"惊颤"感受,导演将主观意识通过改变现实的时空感觉投射到镜头上,强化视觉感受。想象主导的镜头语言完全改变了古典视觉艺术强调抒情表意、意境空白的表达方式,使演员的身体语言表达的主观意识在运动节奏的改变中得以展露。

在镜头组合中,通过大幅度、快频率的切割形成快节奏的运动镜头,通过拍摄视角的转化,大幅度地变换视角、大量跳接转接镜头造成的快节奏和突兀,形成强烈的视觉冲击。周星驰电影在关键人物出场或者故事发生转机的关键时刻,往往都是运用蒙太奇手法,将大量的短镜头组接在一起,从而形成强烈的视觉冲击,牢牢地吸引观众的注意力,制造动人心弦的镜头叙事效果。如在《功夫》中运用了快切镜头和有意延长感受的慢镜头组合,突显深潜市井的江湖高手的高超本领,使观众感受到场面转换很快,场景间的快速拼接,演员的身形动作转换很快。周星驰电影紧紧抓住各种事件发展的关键时刻,通过节奏的把握,营构具有强大张力的动感镜头,观众感知到的令人眼光缭乱的镜头语言往往是通过速度、密度和大容量的光色组合达成的,在《大话西游》的打斗场面中,在《赌圣》的猜牌较量中,在《食神》的厨艺大赛中,在较短的时间中通过集中和提炼制造强烈的刺激和兴奋,这种快速高效的影像效果符合商品经济高度发达的日常生活中的视觉经验,满足观众庞大的视觉容量。

运用浓烈的色彩、对比反差明显的光影和混杂的声音制造强烈的观影效果。周星驰电影在光色的选择上是浓烈和抢眼的。如在《食神》中对食物的色香味的形塑、《赌圣》中赌场的各种彩色灯光的运用,《大话西游》中用大块统一的橙色构成的荒滩戈壁环境,《唐伯虎点秋香》中用大幅的中国画为底色形成的氤氲感觉;《武状元苏乞儿》背景布置放大了的中国古典建筑亭台楼阁造成的历史沧桑和洞透人生的空旷感;《长江七号》中布满镜头的破烂屋子中各种杂乱物品和晕眩灯光潜藏的底层关怀和温暖……周星驰电影通过特定内涵的光色元素给出了影像背后的隐喻,也框定了影片的价值取向。这些纷繁亮丽的色彩诉诸观众直接的视觉感受,唤起感官化的欲望表达,不仅扩大受众数量,还在视觉语言上构筑了狂欢风格。与镜头语言相匹配,周星驰电影的声音语言也形成自己的特定风格,它肯定和强化了画面内涵,使画面存在意义获得时间长度而得以延续。为强化影片的"无因反抗"和"无厘头"表演风格,周星驰电影的声音丰富甚至杂乱,即便是日常生活中平实的对话交流,也往往被处理成大声喊叫、欢呼等与激烈情绪一致的强烈表达,加之环境混响的共同作用,体现了颠覆和反抗"理性"中心正统秩序的激情涌动,而多元混杂的声音形态却契合了瓦解中心主义的环境架构而代之以取缔中心的平等姿态,解构了"看"与"被看",台上台下间的话语权力关系,形成了多种声音并存的狂欢氛围。

周星驰电影将语言元素的选择和运用转化为其影片的大众的文化趋向、对主流意识的规避和颠覆的具体实践,避免使影片的文化动因流于"理念"层面,从而在观影过程中悄无声息、潜移默化地以"快乐"的方式达到规避既定社会秩序和文化传统掌控的目的。

周星驰饰演的类型电影折射了世纪之交中国社会大众文化浪潮的涌动和由此衍生的都市社会中大众狂欢心理,以"无厘头"的反叛姿态隐去自身明确的价值追求,从知识权力结构的改变、主题内容的表达、表演主体性的强调和影像语言的直观化方面建构了新的喜剧片模式,也为20世纪中国大陆的喜剧片的创作和变化提供了交互的话语资源和文化平台,与张建亚的影片和冯小刚的贺岁片共同铸就了当代喜剧电影的辉煌,也带来了电影界喜剧元素的广泛运用。

(陈力君)

第三章 官场文学

第一节 官场文学及其创作类型

本章所谓的官场文学,是指内容反映现实生活中由于一些政府的公共权力异化而导致各种社会丑恶和社会腐败现象产生,作家对此进行揭露、批判从而达到警诫目的的这一类文学作品。

中国文学自发端以来就不乏揭露、批判社会阴暗和官场腐败的文学作品。我们在汉赋、唐诗、宋词、元曲中都可以发现关于封建官场尔虞我诈、倾轧斗争、贪污腐败的描写。但是这时这些文学作品只是表现生活的一个侧面,并不是作者的主要意图。以暴露社会的腐败和丑恶为主要题材的官场文学正式出现在晚清时期,并且掀起了官场文学的第一次潮流。

清末,官场文学以曾朴的《孽海花》、李宝嘉的《官场现形记》、吴沃尧的《二十年目睹之怪现状》、刘鹗的《老残游记》为主要代表,这类小说在当时"群乃知政府不足与图治,顿有掊击之意矣。其在小说,则揭发伏藏,显其弊恶,而于时政,严加纠弹,或更扩充,并及风俗。"故鲁迅先生将其命定为"谴责小说"。① 在"谴责小说"中,作者指摘社会时弊,怒斥腐朽吏治,主张政府体制改革,鸣大众心中不平之气,在当时的文坛引起极大轰动。

但是,随着民族危机加深,战事频繁爆发,诸多社会矛盾激化,作家们把视线的焦点从官场的腐败和社会的黑暗转向了民族的救亡和关心民生疾苦的运动中;革命文学开始占据主导地位,官场文学沉寂下来。新中国

---

① 鲁迅:《中国小说史略》,《鲁迅全集》第9卷,人民文学出版社1981年版,第282页。

成立后,人民大众对新社会、新生活怀有极大欣喜和热忱,在高扬社会主义,多歌颂少暴露的文艺政策的指导下,文艺界一片"大唱赞歌"的氛围,鲜见以披露、警诫为主题的文学作品。即便当时出现诸如王蒙的《组织部新来的青年人》、李国文的《改选》、耿龙祥的《入党》、南丁的《科长》等有关讽谏官场政治的社会小说,但那也只不过是蜻蜓点水式的轻轻触及某些阴暗面,未有深入的剖析和批判,也难以发社会之深省。

到了20世纪80年代末,随着改革开放步子的加大,政治环境逐渐宽松,民众对反腐期待的日益加深,以及影视传媒的推波助澜,官场文学在社会上引起巨大反响,再呈蓬勃之势,形成文学史上第二次潮流,成为当今极受关注的文学现象。

当代的官场文学,亦被称为"反腐倡廉文学"。它兴起于20世纪80年代末,繁荣于90年代中后期,侧重于对当代社会上形形色色的腐败行为予以揭露、抨击和劝诫。与清末的"谴责小说"不同的是,当代的官场文学不止于暴露,作者更是追根问底,对产生这种种腐败现象的社会根源、文化根源,乃至人性根源进行探寻,官场文学也由此达到一个新的高度。

当代官场文学前期以中短篇为主,主要的阵地是《啄木鸟》等一些大型杂志。较为受人关注的有梁寿臣的《花脸县长》、李继华的《绑票》、胡飞扬的《破产》等作品。总体而言,此时的小说视阈比较狭窄,往往是在某一封闭的空间内、单一的权力网络中来表现官场的现象和官员生活。小说的情节比较简单,人物存在明显的模式化、概念化的痕迹。这个阶段的作家在小说中更多的是描述权力腐败的现象,还未深入思考腐败产生的根源,因此小说的批判和警诫的力度和深度显得不足。

90年代中后期,官场小说发展势头猛烈,形成蔚为壮观的景象。具体表现在小说的规模宏大,由中短篇发展成以长篇为主,甚至出现百万字数的系列鸿篇巨制,如周梅森的反腐三部曲:《人间正道》、《天下财富》、《中国制造》。其次,小说创作的数量不断攀升,自1995年以来,图书市场上的长篇反腐小说如雨后春笋,不断涌现,每年不下数十部,较为著名的有陆天明的《苍天在上》、张平的《抉择》、阎真的《沧浪之水》、王跃文的《国画》、李佩甫的《羊的门》等等。除了量,小说的质也大为提高,小说可读性、思想深刻性不断加强。小说从官场、商场、情场,行政、司法、金融等多个方面来揭露社会的腐败,刻画人性的变异,探讨腐败产生的体制产生的根源,反映问题深刻而全面,也产生了深刻的社会影响力。

整体观照当代的官场小说,大致可以分成四种类型:一是围绕经济贪污的反腐斗争小说,二是围绕司法腐败的反腐斗争小说,三是表现官场中人性、伦理道德与现实的冲突、对抗小说,四是表现对官场体制的深入思考和探讨小说。

第一类围绕经济贪污反腐斗争的官场小说,故事的背景往往是某大型国有企业经济腐败案件。一些不法分子在国有企业改革重组过程中,投机钻营,利用手中的权力行贿受贿,中饱私囊,结果令国有资产受到重大损失,底层百姓生活陷入困境。反贪斗争在权力、金钱的角逐中展开。

例如张平的小说《抉择》,表现的就是由大型国有企业中阳纺织集团的"职工闹事风波"从而牵扯出的公司高层腐败与反腐斗争的故事。中阳纺织集团原是一家经营有方、运转良好、资金雄厚的国有企业,曾是本市重要的经济支柱。但由于集团内部大小贪官的舞弊贪赃枉法让这家原本资本雄厚的国企不几年就陷入了负债累累、面临倒闭的困境。中阳的数万名工人下岗的下岗,被拖欠工资的拖欠工资,生活没有保障。在民生哀怨的情况下,市长李高成亲自挂帅带领工作组进驻中阳,查处"中阳破产案"。在李高成一步步深入调查案件的真相过程中,小说充分展现了私欲与正义,权力与金钱的殊死搏斗。又如晋原平的《权力场》中也是围绕国企华光集团被上下贪官蛀虫蛀空破产的案件展开。高官与暴发户、高层领导与投机小人用权与钱勾织出一张庞大的利益之网,反腐战士姬厚生为撕毁这张黑网,在查处华光问题的过程中,他与腐败集团展开生死搏斗,生动表现反腐败斗争的艰巨和复杂,深刻揭露了政治腐败、权钱交易带来的严重恶果。权力有时是一把双刃剑,当权力仅为私欲服务,当权力成为金钱的奴仆时,那么这把剑在刺伤他人的同时,也将刀刃逼向了自己,酿成的后果只会是损人又害己。作者是要在小说里向当权者告诫莫使手中的权力误入金钱的陷阱。

第二类官场小说主要表现的是权与法的斗争与交量。这类小说的反腐斗争往往借助侦探小说的模式,以案件侦破为贯穿全文的主线,展现权力与法律的交锋。典型之作有陆天明的《大雪无痕》和张平的《十面埋伏》。

在《大雪无痕》中,陆天明把侦探与反腐巧妙结合,展现公安警探与腐败分子斗智斗勇的过程。故事首先设置了周副市长的张秘书被枪杀的凶案悬疑。主人公警探方雨林在步步深入的侦查过程中发现"12·18"

的枪杀案件还与"东钢30万股票贿赂案"有微妙牵连。凶杀与腐败交织在一起,故事里的斗争显得更加惊险激烈。最后通过方雨林等干探的艰苦斗争,冲破重重阻力,最终使得案情真相大白,案件的主推手副市长周密也受到了法律的制裁。

张平的《十面埋伏》通过扑朔迷离的案件来讲述血案背后权与法的斗争,集中揭露了司法和公安系统的腐败。小说中震惊全国的"1·13"血案被拖延14年未破,其深层的原因竟然是当地的司法腐败。由于金钱的魔力和影响,王国炎等人的犯罪集团拉拢和腐蚀了上至市政法委书记、省人大常委会主任,下至监狱的监狱长、狱政科长、狱警……并由此而结成了一张巨大的黑色之网。这一批捞尽好处的贪官污吏,为苟全自己的利益,上下沆瀣一气,不惜践踏法律的尊严,利用手中权力,钻取法律空隙,千方百计维护主凶王国炎,使得抢劫杀人的王国炎在狱中依然能为所欲为、横行无忌,享受着别人想都不敢想的优待。后来当案件真相逐渐浮出水面,那些领导干部眼见事情即将败露,他们又利用手中的权力假借法律的名义,想方设法除掉这个会暴露他们的犯人。《十面埋伏》触及的是政法部门的腐败。公安、司法是监督、惩治腐败的部门。在诸种腐败中,司法的腐败性质最为严重。法律是国家的根本、轴心,但是如果它被玷污了、染色了,那么国家的威严、自立、自强又从何谈起?正如小说中提到的监狱里的一位老服刑人员所说的:"如今外面的风气简直不能再提了,只要你有钱,就没有办不到的事情。可让我说,国家就是再有问题,还能让监狱劳教这样的地方出问题?要是这地方出了问题,那还有什么去处能让那些坏人、恶人心惊肉跳、规规矩矩的?这地方出了问题,那这个国家还不彻底完了?"作者通过描写正反两种势力惊心动魄的较量,既显示了当前反腐斗争的艰巨性,又显示了人们在这场斗争中正义必将战胜邪恶的坚定信心。

第三类是表现官场中人性、伦理道德与现实的冲突、对抗,揭露社会腐败的风气。这类小说也常常被称为"新反腐小说"。不同于前两者的是,这类小说打破了以往官场小说一贯精心表现官场中权力腐败、经济腐败、司法腐败的传统,另辟蹊径,把矛头指向了官场生活中的人伦道德。它主要讲述以知识分子为主体的官员面对浑浊的官场现实,冷漠无情的生存规则,内心不断接受传统伦理道德与残酷现实的双面夹击。在腐化的诱惑面前,他们中一部分人经受起灵魂、人格的拷问,坚守自己最初的理想;而另一部分人则在经历了抗拒、挣扎、动摇之后最终走向了堕落。

这类小说拓宽了以往惩戒小说的创作领域,反对腐败由反对贪官污吏,深层发展到反对社会成员的腐败心理和整个社会的腐败风气,这个任务比纠查几个腐败官员要更加任重而道远。在这类小说中的影响较大的有阎真《沧浪之水》。

《沧浪之水》记录的也是官场小职员池大为在社会、家庭、自身的多重压力下,放弃了原来的追求自我人生价值的崇高理想,最后不得不屈从于现实的官场游戏规则的过程。小说主人公池大为是一位有远大理想的医药学硕士高材生,他为人正直,敢于仗义执言,看不惯官场尔虞我诈、明争暗斗的勾当。初出茅庐的池大为因在一次所谓的"民主沟通"会议上,指出了卫生厅公车私用、到基层借调研之名实去吃喝享受等一些假公济私的现象,触犯了领导的利益,受到冷落,不久被厅长下放到中医学会这个"冷宫"里去"锻炼"。生活的穷困、妻子的埋怨、同事丁小槐的高升、旁人的眼光,所有的压力让池大为喘不过气来。终于池大为决定改变自己的人生道路。他放弃了作为知识分子的价值底线,宣布要杀死过去的自己,重新做人。当池大为向官场的权力低下自己高傲的头颅时,他的命运竟就有了意想不到的变化。从此池大为平步青云,一路高升至省卫生厅厅长,与此同时,他也占尽了各种利益好处。但是,生活的日益优越并没有减轻他精神上的痛苦,相反他内心不断受到煎熬。小说的最后,池大为在父亲坟前虔诚地忏悔:"而我,你的儿子,却在大势所趋别无选择的现实之中,随波逐流地走上了另一条道路,那里有鲜花,有掌声,有虚拟的尊严和真实的利益。于是我成为一个被迫的虚无主义者。"这一段内心独白令人震撼,同时这段对白也感叹出了作者内心的忧郁与悲愤。

第四种类型表现的是透过腐败现象,思考与探讨官场的体制问题。权力的腐败说到底就是制度的腐败,制度的弊端往往是导致权力的膨胀、滥用的根源。周梅森堪称这方面的代表性作家,他用人文知识分子的眼光,对现行的官场体制进行了认真思考与叩问。

如代表作《中国制造》,借助新上任的平阳市委书记高长河的视角,揭示了蒸蒸日上的平阳经济背后的巨大隐患。平阳市的部分领导好大喜功,为追求自身政绩不惜搞面子工程,从国外进口不合格的机器,暗中捞取回扣。领导干部假公济私,借出国考察之名,挥霍公款旅游享受。国家的资产暗中流失、人民的利益不知不觉中受到损害。同时,周梅森还敏锐地看到所谓的"集体腐败"现象。小说中烈山县委书记耿子敬利用职权倒卖土地,以他为代表的烈山县党委政府集体腐败,让当地百姓蒙受极大损失。周梅森指出"集体腐败"现象的出现,其实是制度弊端造成的。"人治"的陈规陋习,政治体制的不完善,这让腐败分子有机可乘,成为经济发展的重大障碍。

当代的官场小说侧重于描写、揭露、批判官场生活和官场腐败现象,探究其内在的原因。它虽然发展时间不长,但在短暂的发展历程中,无论是在作品数量上还是在思想艺术上,都达到了官场小说发展史上前所未有的高度。在创作意旨上,当代官场反腐小说承继了传统官场小说关注现实、批判社会的创作品格和创作精神的历史积淀,它以反对官场腐败为最终的创作目标,试图通过对官场中权钱交易、美色诱惑、人性堕落、枉法弄权等一系列官场黑暗的揭露与批判,表达建立和谐官场秩序、官场生态、政治文明、法制文明的热切期望。应该说,当代官场反腐小说所体现出来的崇高的社会责任感和神圣的历史使命感,以及其博大的现实关怀与人文关怀,是令人热血沸腾的,读者无不为其心系民众的气魄感染而动容。

第二节 官场文学的批判向度与警世作用

政界官场是权力聚集的中心,也是最容易滋生腐败的地方。"只要存在公共权力,就难免产生腐败行为"。① 20世纪80年代改革开放以来,经济体制的急速转型,政治与法律制度的不完善,价值评判体系与道德规范的混乱,给投机钻营分子以可乘之机,社会的腐败现象屡禁不止,日益成为社会广泛关注的话题。90年代,作家们继承现实主义文学的优良传统,以直面现实的极大勇气揭露和抨击社会上的种种腐败行为,官场文学的"崛起"吸引了众人的目光。

当代作家通过自己犀利的笔触,对当代官场中污秽面给予全面地揭露与批判:权力的腐败与倾轧,权钱交易的丑恶现象,情欲下的扭曲人性。在讽尽官场事相的同时,一些优秀的作家,还进一步剖视与批判了深藏在腐败现象背后的一些腐朽的官场文化,及其对政府官员的支配和异化。总而言之,当代的官场小说主要从权、钱、情、文化四个方面对当今社会的腐败现象予以深刻批判,对现实官场起到告诫、警示作用。

---

① 郑利平:《腐败的经济学分析》,中共中央党校出版社2000年版,第28页。

一、对权力的腐败揭露与批判

英国社会学家吉登斯说权力是"实现某种结果的能力","是实现自由或解放的手段"。① 公共权力是在公共监督下实现公共意志的能力,但是当监督与约束缺乏或不足时,就会容易导致权力的滥用,它的后果是可怕的。

对权力腐败的揭露和批判是当代官场小说的最基本的审美所在。在当代官场小说中,读者随处可以见识到"独断专权"的杀伤力。如王跃文的《头发的故事》里,小马一句"满头烦恼丝",就在无意间开罪了发质不好且凌乱的陈科长,因而迷迷糊糊地就被发配到农村去扶贫了。《天气不好》里,小刘在新县长的第一次办公会议中因喷嚏而酿成"千古恨",仅因为这个被视为"昂首望天"、"目无尊长"的喷嚏,小刘彻底葬送了自己的前程。《抉择》中也有精彩片断对绝对权力加以描述。在省委常委会上,腐败的严副书记以寥寥数语便给李高成定了罪,而当权力更大的许书记及时赶到时,几乎不置一词便又宣告了李高成的无罪。在这里,确定罪与非罪的不是法律,也不是事实,而是权力。权力就是事实,权力就是法律,权力代表着一切。

权力的滥用不仅对官员个人带来危害,更严重的是,它会使公共利益蒙受损失。张平的许多小说就表现了权力腐败对公共利益造成侵害。如周梅森《至高利益》中的副省长赵启功为了自己的政绩,不惜劳民伤财,制造了一个后患无穷的"民心工程",给峡江市的经济、环境造成了无可估量的危害。

官场小说不仅揭示了官员自身的权力腐败,有的作品还犀利地揭示了权力腐败的另一种存在:"权力辐射的腐败"。所谓"一人得道,鸡犬升天","夫荣妻贵",权力的能量不仅供给它的拥有者,也辐射到所有者的四周。权力者周边人员自身并没有实权或者没有足够的权力,但是他们凭借自己特殊的身份染指权力的延杖。有些作家已经敏锐地看到这点。周梅森的《绝对权力》就对"权力辐射腐败"的现象作了深刻的揭示和鞭辟入里的批判。镜州市委书记齐全盛是个励精图治、尽心尽力好官员,他为官一任,造福一方,但却对身边人员疏于管制,他的妻子高雅菊、女儿齐小艳依仗他的权力非法聚敛钱财,他手下的干部打着他的旗号贪赃枉法。

---

① 安东尼·吉登斯:《社会的构成》,李康等译,三联书店1998年版,第377页。

无独有偶,书中的省委副秘书长刘重天也惊讶地发现他的小舅子利用与他的关系,胆敢私自答应释放关押人员。而身为服刑犯的祁宇宙竟能用管教干部的手机牟取私利等。作家张成功的小说《黑洞》也批判了这种裙带关系的腐败。聂明宇是龙腾集团董事长,但是他有一个更加重要的身份,他还是副市长聂大海之子,为了自己集团的利益,为了个人的利益,他利用父亲的背景,收买海关各级人员,走私贩私,谋取暴利。官场小说中,对权力腐败的揭示无疑具有很强的警世意义,透露出作者对当下我国民主制度、法制体系不完善的隐忧,要杜绝权力的腐败现象,还要不断完善我国的政治制度和法律体制。

二、对金钱腐败的揭露与批判

金钱腐败,即用政治权力换取金钱。经济腐败是权力腐败的衍生物,这两者往往紧密地纠结在一起。贪官污吏以权谋私,这大概是自官场产生以来就有的现象,中国的历史书籍(如"二十四史")和文学作品中有不少记载。著名的史学家吴晗在著作《论贪污》中曾说"贪污这一现象,假如我们能细心翻读过去每一朝代的历史,不禁令人痛心地发现'无代无之'意与史实同寿。"①历史延续到今天,政界官场中的贪渎现象并未消失,相反,自 20 世纪 80 年代改革开放以来,经济体制的市场化转型,让社会上的腐败行为加倍生长起来,腐败的现象更加突出。从当下查处的一些腐败案件中看,当代社会的腐败程度更加骇人听闻,一些官员私下受贿的财富达到上百万,甚至上千万元巨额。同时它造成的损失与危害更加严重,不仅让公共资产落入个人口袋,还有的让国家财富,甚至是无法量价的资源流失到境外,因此人民在情感上更加深恶痛绝。

经济的腐败主要通过权力的腐败来实现。在现代社会里,经济急速发展,财富快速累积,但社会制度建设脚步却相对的落后,少数人的手中掌握着巨大的市场资源配置和利益分配的权力。面对巨大的财富诱惑,一些人通过权力寻租方式,贪婪地吞噬着人民的血汗钱,败坏着社会的风气。官场小说主要从两个方面披露了权钱交易的腐败:以权捞钱和以钱谋权。

以权捞钱主要表现为官商勾结,商人用金钱贿赂政府官员,官员则利用手中的权力,给行贿的商人提供种种便利,使其得到更大的好处。这种

---

① 吴晗:《论贪污》,转引自黄书泉《长篇小说阅读笔记》,《小说评论》2000 年第 1 期。

现象在国有企业腐败案件中最为典型。小说《抉择》就披露了国企中阳纺织集团破产的背后一些集团领导、政府官员的腐败。这家原来经济效益很好的大型国企是被大大小小的领导官员纷纷吸取"唐僧肉"而破产的,数千工人下岗,生活没有保障,民怨沸腾。在所有被搜查的领导干部家里,无一例外地都搜出了来源不明的大量财物,他们无一例外地都持有长期的外国护照和拥有大笔的外币。有各种各样的贵重首饰,有豪华的私人住宅……该小说对国有企业经济腐败的揭示具有很强的典型性。又如陆天明的《大雪无痕》中,省委顾副书记接受了港商的"好处",便授意九天集团的冯祥龙将价值 5000 万元的橡树湾基地以 500 万元的价格卖给港商,导致国有资产大量流失。毕四海的《财富与人性》对经济腐败的揭示更是骇人听闻。身为省行副行长的毕天成竟敢私自挪用巨额资金为黄金公司的孟广太走私黄金提供财源,孟广太不仅用重金铺平了通向省委副书记林之文权门的道路,还用黄金为自己修建了一座地下坟墓,经济腐败程度令人咋舌。

只要有权力,就可以获得利益,正是这种意识刺激了权力欲望的膨胀。通过权钱交换,获得更大的权力。以钱谋权是官场文学表现金钱腐败的另一个方面。"贿赂"是权力建构中经常出现的行为。《国画》中朱怀镜的升迁,除了他对官场之道的娴熟把握和对官场心理的谙熟之外,其对皮市长和柳秘书长的贿赂也是一个直接的原因,加上朱怀镜善于把握机会,长于钻营人际关系的空子,因而轻而易举地得到了上级的信任,官位一再升级。《抉择》中的反腐败战士李高成的市长职位,也是郭中姚等人向省委副书记严阵贿赂的结果。当代官场文学通过对权与钱问题的集中书写,充分表达了高度的社会责任感和对权力构建的深切忧患。

三、对腐化的情欲揭露与批判

情爱是文学作品中不可缺少的一部分,爱情往往表现为纯洁的、高尚的、美好的。但是在官场小说中,爱情腐化为赤裸裸的权色交易,男女之间的这种交换关系是作家们剖视批判腐败的又一个叙述主题。在大部分的小说文本里,男女之间的相互吸引并不是建立在精神交流的基础上,而是为了相互利用。男人利用职权,在女性的身体上获取感官欲望或发泄情欲的满足。女人则出卖美色,从男性身上换取权力的庇护或因权力带来的物质利益,权力与金钱的介入侵蚀了两性的情感世界,扭曲异化了人性。

"贪官"与"魔女"是当代官场文学中表现情感腐败的一种叙述模式。

"贪官"往往情感生活糜烂,他们有的是搞婚外情。如《沧浪之水》身为省卫生厅医政处副处长的池大为,借着外出疗养的机会与疗养院的一个比自己小16岁的护士孟晓敏搞婚外情。有的以色相诱,想方设法接近手中有权的人,进行"性贿赂"。而那些贪官虽然知道美色背后的陷阱,但仍然来者不拒,一旦被拉下水,便会为求一时之欢而不惜出卖原则、出卖灵魂,直接以权力为对方服务,走向腐败的深渊而不能自拔。如《至高利益》中的陈仲成,为了当上公安局长,不惜将自己的新婚妻子献给当时还是市委书记的赵启功,赵启功则利用自己的权力使陈仲成如愿以偿地在官场平步青云。

在当代官场小说中,女性形象一方面被物化,沦落为权色交易中男性欲望征服的客体,地位却在权力与金钱之下。所以,当权力与情爱发生冲突时,小说中的这些男性几乎一致地会义无反顾地把天平倾向前者,抛弃后者。如《沧浪之水》中的池大为,当卫生厅里有人打报告检举他的生活作风问题时,为求安全他毅然与情人孟晓敏断绝了来往。在赤裸裸的情欲刻画中,女性成为作家们手中的可以任意揉捏的面团,完全沦为男权文化和男权意识的牺牲品。而另一方面女性又表现为欲望的化身、贪婪的象征,她们往往被作者刻画成"魔女",传统意义上的贤妻良母形象是缺失的,充斥在官场小说中的是随时可见的按摩小姐、三陪小姐、情妇等"魔女"形象。女人是堕落和邪恶的化身,她们被看做是致命的和难以抗拒的魅惑力的源泉,而男人总是难以抗拒这种诱惑。最典型的是其中的情妇形象。这些女性不直接拥有政治权力,她们是利用自己的美色来诱惑贪官,当贪官陷入色欲的泥潭无法自拔时,就以和贪官的暧昧关系为筹码,诱骗或要挟贪官利用手中的权力为自己谋取私利。在这里,贪官的情妇们和传统的婚外恋中的第三者不一样,她们不要求贪官通过离婚的手段赋予自己合法的妻子身份和家庭地位,她们只想长期保持与贪官不正当的交换关系,出卖自己的身体换取非法但却可观的利益。比如周梅森的《至高利益》中,奸商赵娟娟为了能够寻求庇护、打赢官司,竟毫无人格地用自己的身体向各级官员贿赂。《大雪无痕》中的杜海霞,贪图钱财,宁愿充当比自己大十几岁的有妇之夫冯祥龙的情妇。在腐败问题产生的过程中,这些女性起着"推动者"的作用,而最后贪官的腐败问题的暴露也往往是由于他们身边的情妇。在腐败行为中,女性无论是处于被动还是主动地位,似乎都成了不祥之兆。这也昭示了当代官场小说的作家其潜意识中对女性群体的那种"红颜祸水"的价值判断。

四、对"官本位"的社会文化心理的揭露与批判

所谓"官本位"就是"以官为本"的思想,人们把任官视为最优的职业,对一个人成功与否的判断建立在其官职的高低上,正是这种思维方式导致社会上对官位权力的不断追求。官场小说作家在对当下社会腐败现象揭露的背后,其深入批判的是"官本位"的社会文化心理。

"官本位"意识传承于儒家的"学而优则仕"的思想,在封建社会政治体制的影响下,对官场的向往,对官员的敬畏和趋附,"官本位"的思想积淀为民族的文化心理。中国人心中形成一种官的情结。鲁迅曾严厉批判"中国人的官瘾实在深,汉重孝廉而有埋儿刻木,宋重理学而有高帽破鞋,清重帖括而有'且夫''然则'。总而言之:那魂灵就在做官—行官势,摆官腔,打官话"。①"官本位意识"影响了一代又一代国人,前些年帝王戏、清宫戏的热播,正与人们对"权力文化"的迷恋有着密切联系。虽然今天的政界干部和昔日的官僚有着本质的区别,但根深蒂固的"官本位意识"还顽固地存活于当今一些政府机关人员的心中,并成为其腐败的内在深层根源。

刘震云的小说《官人》是表现"官本位"思想的典型作品。作者从一名小小的清洁工切入,揭露其打扫机关办公楼厕所的奥妙,表现了"官本位"思想在人们心中的根深蒂固。"别看老头很实干,心眼也不傻,他打扫卫生有个分别,楼层不一样,卫生搞得也不一样,于是弄得上下都满意。比如,领导层都在二楼,二楼的卫生就搞得比较仔细,便池的白瓷抹擦得可以照出东西;一楼三楼、四楼五楼、七楼八楼等其他楼层是各处室办公的地方,人多便杂,搞干净也没有用,于是就相对马虎些;但六楼东头的厕所,老头又搞得比较干净,因为在六层东头办公的是总务处,临时工的雇用归总务处管。"打扫厕所也分三六九等,这从一个侧面深刻地反映出官位大小与利益取舍衡量事物的畸形心态。小说用漫画化的手法,一针见血地揭示并批判了当下社会"官本位"的文化心理。

"官本位"的产生固然与我国古代官员的特权制度、社会的等级制度密切相关。现今,社会组织体制已经发生了根本性的转变,但人们的"官本位"心理依然相当顽固,显露出一种权力的欲望与为官的热情。这与官职带来的唾手可得的巨大的现实利益相关。正如《沧浪之水》中的池

---

① 鲁迅:《华盖集续编》,《鲁迅全集》第3卷,人民文学出版社1981年版,第206页。

大为所说:"有了职称,又有了位子,好事要送到你鼻子底下来,不要都不行。我的工资一年里提了二次,厅里又给家里装了电话,每个月报销一百块钱电话费。想一想这一年的变化,真有一点要飘起来的感觉。老婆调动了,房子有了,职称有了,位子有了,博士读上了,工资涨了,别人对我也客气了,我说话也管用了。权就是全,这话不假,不到一年,天上人间啊,再往前走半步,真的可以说要风有风要雨有雨了,这半步的意义实在大得很,不追求不行啊。"职务的晋升具有极其现实的物质意义,这就深刻地揭示了"官本位"心理的实利驱动因素。

第三节　官场文学的叙事范式

每一种类型文学在其发展过程中,都会随之形成一套利于自身主题表述的叙事范式。当代的官场文学在其成长繁荣进程中,也形成了一套稳定的叙事范式。这套叙事范式主要有三种类型。

第一种叙事范式是权力的三级行政级别结构模式。当代官场文学中的反腐争斗往往是在政府机构的三级行政级别中发生的:"县镇级—地市级—省部级"。

文学作品中,县镇级、地市级、省部级这三级的分工是有差异的。地市级往往是腐败事件的发生原始地,也是反腐斗争的主要战场,因此这一级的官场斗争是文学作品主要表现的内容,地市级在整个作品里充当的是主角角色。腐败与反腐的争斗以地市级为基点,向上向下分别延伸至省部级与县镇级。省部级在这一权力模式中扮演的是两种角色,一种是省部级分管某一块业务的高级官员,往往是副省长、副书记等副职,他们或因权力腐败、或因经济腐败而卷入了地市的反腐斗争案件,为了遮盖自己的罪恶,维护自身的利益,他们利用手中的权力对反腐败行为从中阻挠,他们成为下一级腐败官员的保护伞,而反腐的斗争也往往因为他们介入变得更加复杂与严峻。与之恰好相反的是,另一种省部级政府官员角色充当的是力挽狂澜的救星角色。当地市的权力争斗进入白热化的状态时,省部级的重要领导,一般是省部级中的最高行政领导,他在关键时刻代表党和国家,做出英明决策,加重正义方的砝码,让局面变被动为主动,扭转了整个反腐局势。这一角色类似中国传统小说中的"包青天"的角色,他们是反腐败行为成功的决定者。县镇级同样扮演的也是配角的角色,在三级权力争斗的叙事范式中,县镇级扮演的是腐败推动者的角色,县镇级部分官员的贿赂行为成为地市级官员贪污腐败的原因之一,但是在腐败案件的处理过程中,他们却又为地市级官员所抛弃,成为地市级官员保全自己利益的替罪羊。

三级争斗的叙事范式在当代许多官场小说中都有运用,如陆天明的《大雪无痕》、《省委书记》,周梅森的《至高利益》、《中国制造》,王跃文的《国画》,张平的《抉择》等。在这些小说中,三级权力脉络清晰,作者严格地套用了这种模式。《大雪无痕》反映和揭露的是北方某省会市的腐败现象,它以当地副市长周密的张秘书被害的凶杀案和东钢股票贿赂案为双重线索,探讨官场集体腐败的问题。秘书长周密为爬上副市长的高位,向九天集团董事长冯祥龙"暂借"10万人民币,购买了东钢企业30万份内部职工股股权证,向省里某领导(极有可能是省委顾副书记)行贿。东钢的职员廖红宇向省里写举报信,举报有人拿内部职工股行贿。东窗事发后,周密为掩盖其罪行杀人灭口,枪杀了事情的知情人秘书小张。凶杀案发生后,以市公安局副局长马凤山、警员方雨林等为代表的一批共产党人,不顾危险,不惧困难,誓与腐败作斗争,最终查处了周密、冯祥龙等一批贪污分子。小说中市级的腐败与反腐败斗争构成了二元对立模式。省委副书记顾书记扮演了周密、冯祥龙等腐败分子的提携者和保护伞的角色,而省委章书记则是反腐斗争的有力支持者,最后,正是因为章书记亲自干预案件,才让原本举步维艰的破案工作得到顺利发展,才将周密等人绳之以法。小说中充当县镇级角色的是东钢集团、九天集团的领导班子。他们中如冯祥龙等人最后沦为高官腐化堕落和官场权力争斗的牺牲品。

张平的长篇小说《抉择》更是将"县镇级—地市级—省部级"三级权力模式展示得淋漓尽致。《抉择》中的县镇级的角色扮演者中纺集团领导层集体腐败,这些人大肆侵吞国有企业资产,把企业推向破产的边缘,数万名职工面临下岗、被拖欠工资的困境。企业的钻营投机分子与市府机关的贪官污吏相互勾结,形成了一张罪恶之网,而这张网的后台却是省委副书记严阵。市长李高成欲用正义之剑刺破这张罪恶之网的时候,他与省委副书记严阵形成了激烈冲突。严阵是李高成的上级领导,又是一手提拔李高成的恩人。在与严阵周旋的过程中,李高成感受到了来自官场权力和传统道德观念的双重压力。在案情山穷水尽疑无路之时,象征"青天"角色的省委书记万永年站出来,李高成在他的大力支持下,才取得反腐斗争的绝对胜利。在这部小说中,中纺集团、李高成的市府领导班子和省委机构之间的斗争构成了"县镇级—地市级—省部级"的三级权力叙事范式。

第二种是腐败者与反腐败者的二元对立叙事范式。在官场小说中，作者往往并没有正面去描写县、市、省各级别中的权力结构以及相互之间的关系，而是描写个人的腐败行为，形成腐败者与反腐败者的对立模式。如上文提到的小说《抉择》中，地市级腐败官员有郭中姚、吴爱珍等人，反腐败者是李高成、杨诚等，而省部级的双方角色是由省委副书记严阵和省委书记万永年代替的，这几个人之间的恩怨斗争便构成了腐败与反腐败斗争的叙事方式。

在这个范式中，腐败行为者或为了敛财，或为了夺权，或为了争名，放弃了信念与道德，忘记了法律与责任，走上了腐化堕落的道路，但是这些贪官的生成并非一蹴而就，导致他们违法犯罪的因素是多方面的。作家们在文学作品中阐述了社会环境、生活现实、官场文化和思想性情等内外方面的因素，深入探究他们变贪的根源。作者并没有简单地把他们塑造成大奸大恶、彻底的反派，而是更加的"人性化"，把笔触伸入到他们的内心，表现矛盾与斗争。作者除了描述外在言行，更在心理层面对他们加以剖析，由此小说的内涵更加丰富与深刻，它的反省与告诫的作用更加有力。典型的人物有《大雪无痕》中的副市长周密、《沧浪之水》中的池大为、《国画》中的朱怀镜等。他们都是知识分子官员，信奉的是传统的道德伦理观念，他们曾有过高远的志向，但是在官场遭遇一次次挫折后，受到官场的某些阴暗文化熏染后，他们向现实低下了头，选择了同流合污。在作品中，作家们努力去表现一个官员由理性正直到信念动摇再到贪污腐化的发展过程，从而构成了贪腐官员的"堕落"模式。《大雪无痕》中的副市长周密就是这样一个角色。周密的形象写得合情合理，人物的丰富复杂的性格得到了较好的展示。他出身寒门，年少时勤恳上进，曾是长辈眼中的好学生。当他踏入官场时，他曾有造福一方百姓的志向。在官场上他靠着自身的努力奋斗，爬上了中层领导的位置。他受过良好的高等教育，保留着一些好的品质，如生活俭朴、对人彬彬有礼，但在仕途升迁的关键时刻，他听从了秘书的劝说，拿东钢内部股行贿，然而事情"不幸"败露，几十年奋斗毁于一旦，他恼怒、疯狂，人性之恶暴露出来，将枪口瞄准了知情的张秘书。在误入歧途的过程中，作者向读者清晰地展示了周密所经历的灵魂拷问和人格煎熬的痛苦过程。作者陆天明从内在的角度追问腐败，使得周密这个反面人物形象立体丰满。《沧浪之水》的主人公池大为原本是一个理性正直的青年，但在社会、家庭的多重压力下，他逐渐放弃对自我人生价值的追求,走进所谓的官场规则。作者细腻地刻画池大为在人格与现实发生冲突时的心灵挣扎,详细地描写其一步一步放弃自尊而融入官场现实的"堕落"过程。这类人物不能用简单的"黑"与"白"、"是"与"非"的标准去评价,他们身上融合了"正"与"邪"的双面性。面对权力与金钱的诱惑,同为知识分子的当代作家似乎更能清楚地认识到这些对知识分子精神的冲击与腐蚀作用,更能体会那些文人官员在人格与现实矛盾时的痛苦内心,因此作品中这些腐败分子往往让人又恨又怜。

相比于腐败行为者的多面性格,当代官场小说中的那些反腐行为者就显得概念化、符号化。小说家对反面人物的描写能淋漓尽致,但写正面人物却往往浅尝辄止。在反腐小说文本中,反腐败行为者似乎仅仅是作者理想信念的符号,他们廉洁高尚,为了正义,他们奋不顾身与腐败分子殊死搏斗。在战斗过程中,他们不曾受任何诱惑,面对压力与挑战,他们也没有丝毫怯懦与动摇。与内心有反复激烈斗争的腐败分子相比,小说中反腐者的形象就显得单薄。这也是当代官场文学为很多人所指瑕的原因之一。

当代官场小说中这类反腐者的形象也有很多,《抉择》中市长李高成就是其中的一个典型。作者笔下的李高成可谓是"高、大、全"式的英雄,他廉洁清明、疾恶如仇,他心系民众、为民请命,为维护百姓的利益,坚决与腐败分子进行彻底的斗争,即使他斗争的对象中有对他恩重如山的老领导,有与他同床共枕的妻子,他也绝不姑息。在反腐斗争中,他大义凛然、大义灭亲。纵观小说,作者对李高成不惜溢美之词,把他的崇高表现到了极致。

第三种是文学作品中大团圆的结尾模式。在当代的官场小说中,无论腐败势力有多强大,腐败关系网有多庞杂,腐败分子有多狡猾凶恶,反腐斗争有多困难曲折,故事的结尾总是案情水落石出、真相大白,犯罪分子被绳之以法,反腐斗争取得了绝对胜利,正义最终战胜邪恶。如此大团圆式的结尾似乎已经成为当代官场小说创作中的一条定理、一个公式、一种范式。正义战胜邪恶,人性之善战胜人性之恶,通过这种方式实现圆满的结局实际上表达了中国传统的道德价值观。正所谓"魔高一尺,道高一丈",善恶的决斗中,恶势力的力量虽然强大,但邪终不能压正,所以,代表人民正义,代表天理公道的反腐反贪者必定会取得胜利。《大雪无痕》中的方雨林虽然仅仅是一名小小的警探,连个刑侦队的队长都不是,但他却查处了高高在上的副市长周密,廖红宇也只是九天集团的一名毫无权力的员工,但她却告倒了九天集团最高的腐败集团,甚至还牵扯出了省市一级的腐败案件。在作家眼里,反腐者对腐败者的胜利是人性之善对人性之恶的胜利,这才最终导致大团圆的结尾。

大团圆结尾模式是作品中正面人物与反面人物的正邪人性斗争的结果,也是作家们有意与读者进行了换位思考,准确地把握了读者的情感需求的结果。其实大团圆结局一直是中国文学的传统,满足了读者期望圆满、追求美好的愿望和情感需求。政府官员的腐败最直接的受害者实际上是处于社会底层的人民,贪官污吏实际上是利用人民赋予的公共权力侵害百姓的财富,所以人民群众对腐败是深恶痛绝、势不两立的,他们渴望将腐败现象消灭,把腐败势力清除,因此圆满的结尾满足了人民渴望,慰藉了他们质朴的情感,增强了他们反对腐败的信心。大快人心的结局让这些通俗文学的作者赢得了读者,也赢得了市场。

当然也有不少的声音对这种大光明的结尾提出质疑,批判作者盲目乐观。现实中的官场反腐败斗争是沉重与艰难的,反腐斗争的结局有不少是失败的,有些即使是成功了也很难如作品中表现得那般彻底,所以近来也出现了一些并不是以彻底的胜利而告终的作品,在这些作品的结尾中,作者或多或少地给读者安排了一些遗憾。比如,周梅森的《至高利益》的结局:峡江市在经历一场政治的暴风雨后,虽然因热衷于阿奉领导、搞政绩工程的市长钱凡兴被调离,但无私无畏的市长助理贺家国反而被削职下放,接替钱凡兴的新市长陈秀唐是出了名的作风霸道、好大喜功,这样的结局似乎有些挫伤读者的感情和斗争的锐气,但实际上我们应该看到,这也是作者在向读者暗示反腐事业任重道远,决不是轻松容易的,提醒人们要警钟长鸣,保卫胜利的果实,维护自己的利益,决不能对腐败掉以轻心。

考察当代官场小说的叙事范式,发现在以上几种叙事结构中,个体的主观能动性被异乎寻常地夸大了,从李高成(《抉择》)、黄江北(《苍天在上》)、贺家国(《至高利益》)等刚正不阿、为民做主的"父母官"到万永年《抉择》、钟明仁《至高利益》等力挽狂澜的"青天大老爷"式的省部级领导,作者在塑造清官形象的同时,似乎有意无意地阐述了解决腐败的途径要依赖于英雄式的反腐人物和明察秋毫的上级领导出现。作者将反腐斗争的胜利完全寄托在"道德化"的个人身上,而回避产生和解决腐败问题的法律体制、行政体制方面的问题,显然这样的反腐斗争是"治标不治本"的。这种"青天模式"正反映折射出当下我国政治上"人治"的症候,这是值得深思和反省的。

  "青天模式"体现了作者美好的政治理想,满足了大众"乌托邦"的情感,但是要完成真正意义的"反腐"叙事,不是停留在"反腐"表面,而是要探寻更深层次的腐败根源,对产生腐败现象的现实中各种不合理的社会秩序和体制结构进行不留余地的揭示和批判,不断地探入到权力结构的潜在部位,努力发掘权力体系中所隐藏的丰富复杂的文化内蕴和人性本质。在文学创作中过分显示"清官"的力量是很不切实的,在精神层面是具有相当误导性的。无论作家的愿望怎样美好,这种文学表现给人很强的迎合感和功利感,客观上掩盖或回避了现实社会生活中腐败现象后面的很多深层次本质性的问题,这就使作品的艺术深度大打折扣,同时也大大削弱了作品的艺术感染力和艺术生命力。

(徐　青)

第四章 侦探文学

第一节 80年代以前的侦探文学及其成因

在文学大家族中,侦探文学是一个年轻的成员,从诞生之日成长至今只有160多年的历史。1841年4月,世界上第一部侦探文学在美国作家埃德加·爱伦·坡笔下诞生。这部名为《莫格街血案》的小说不仅首次出现了杜宾这一私人侦探的形象,而且还确立了侦探文学经典的情节结构:"案发—侦查—破案"。这种情节结构设置一直被沿用至今。爱伦·坡的作品,除《莫格街血案》之外,还有《玛丽·罗热疑案》、《金甲虫》和《窃信案》皆属于侦探文学的范畴。正如有研究者指出:"这四部侦探小说的先后发表,是侦探小说美学特征的逐步完善的过程,一种既神奇又令人信服、既荒诞不经又符合事理的小说题材经爱伦·坡之手出现在世界文坛上。"①因而,爱伦·坡被公认为侦探文学之鼻祖。

在爱伦·坡之后,侦探文学蓬勃发展,并在英国出现了它的第一个高峰。这在很大程度上归功于英国的柯南·道尔。这位著名的侦探文学作家进一步扩大了该文体的题材,使之广泛触及社会政治、经济、文化等各个方面。"英国的南非战争、法国的贵族策反、美国的淘金狂热、意大利的黑社会、波希米亚上流社会丑闻⋯⋯那个时期发生在欧美的一些重要事件,它几乎都涉及到了;国王、大臣、贵族、平民,甚至沦落街头的妓女⋯⋯社会各阶层的各种人物,他都把他们概括在小说之中了。迄今为止,还没有一个侦探小说作家具有柯南·道尔这样廓大的创作视野。从

---

① 范伯群主编:《中国近现代通俗文学史》,江苏教育出版社1999年版,第749页。本章不少观点和材料借鉴此书,特作说明并向作者致谢。

某种意义上说,柯南·道尔不是在写案例,而是写案例之后的一个政治、经济或历史、文化方面的传奇故事。"①同时,柯南·道尔所创造的侦探福尔摩斯几乎成了侦探文学的一个代名词。在文学史上,人们可能不知道柯南·道尔,但不可能不知道福尔摩斯。福尔摩斯之于世界读者,就像是包公之于中国读者。然而福尔摩斯并非像包公那样被塑造成一个神,而是一个自傲、苛刻,甚至吸食毒品的不完美形象。而且,柯南·道尔还为福尔摩斯安排了一个助手华生,小说通过医生华生的视角来叙述福尔摩斯如何侦破案件,华生也成了沟通读者和福尔摩斯之间的一座桥梁,使读者打消了现实与文学作品的隔阂,积极将自己置于案件的侦破中,同时又能把福尔摩斯非比寻常的推理能力和分析能力在华生的陪衬下显得更加突出。福尔摩斯—华生的组合成为侦探小说中的永恒经典形象,这样的"搭档模式"被后来的许多侦探文学作家所模仿和采用。

当英国的柯南·道尔潜心创作之时,正值晚清时期的中国社会思潮风起云涌。各类西方法律书籍被大量译介进来,民主、法制、人权等许多新的思想观念逐渐为人们所理解和接受。维新派代表梁启超提出"欲改良群治,必自小说界革命始;欲新民,必自新小说始。"把小说视为"改良群治",开启民智的关键。而对于中国传统小说,梁启超将它当做"中国人妖巫狐兔"和"中国群治腐败"之"根源"。他的评论虽明显失之偏颇,但却在一定程度上说明了中国古代小说总体上的落后。在这种情况下,作为西方先进文化表征的文学作品随之大量翻译介绍进入中国,掀起了近代自然科学翻译、社会科学翻译之后的文学翻译热潮,就显得很自然而然了。而在这股热潮中,有一道十分亮丽的风景线,即侦探文学,其中尤以侦探小说的翻译成一时之风气。1896 年,柯南·道尔的四篇侦探小说以《歇洛克·呵尔唔斯笔记》之名经由张坤德翻译在上海的《时务报》刊出。对于看惯了模式化、雷同化传统"公案小说"的中国民众来说,侦探小说给他们带来的别样新奇是显而易见的。在读者的热烈追捧下,侦探小说的翻译在近代中国以燎原之势发展起来。紧跟着柯南·道尔德作品之后,爱伦·坡的作品《金甲虫》被周作人冠以《玉虫缘》翻译为中文发表在《女子世界》5 月号上。自此之后,侦探小说的译介便一发而不可收,形成蔚为大观之势。阿英在《晚清小说史》中说:"先有一两种的试译,得到了读者,于是便风起云涌互应起来,造就了后期的侦探翻译世界。与吴趼

---

① 范伯群主编:《中国近现代通俗文学史》,江苏教育出版社 1999 年版,第 754 页。

人合作的周桂笙,是这一类译作能手,而当时译家,与侦探小说不发生关系的,到后来简直可以说是没有。如果说当时翻译小说有千种,翻译侦探要占五百部以上。"① 就晚清侦探小说译家而言,约有三四十人。其中有周桂生、周瘦鹃、披发生、许卓呆、林纾、程晓庆、刘半农、周作人、严独鹤、常觉、觉迷、天虚我生、陈家麟、魏易等等。

这股侦探小说翻译热潮在1907年前后达到高峰,世界各国著名或流行的侦探小说铺天盖地地涌入中国,且翻译的速度几乎与原著的出版同步。侦探小说极度风靡,市场巨大,乃至"所译侦探案,不知凡几,充塞坊间,而尤有不足以应购者之虑"②。侦探小说的流行,在一定程度上说明了其大众性和通俗性,而正是其大众性也影响了许多评论者和学者对侦探小说和侦探小说家地位的极高的认可度,"时人有看不起西方言情小说、社会小说乃至政治小说的,可没有人不称赞西方的侦探小说"③。甚至连外文修养颇高的恽铁樵都认为:"欧美现代小说名家,最著名为柯南达利"。④ 更有甚者,刘半农还把福尔摩斯探案故事称之为"二十世纪纪事文中惟一之杰构"⑤。这些判断显然与侦探小说在当时中国的流行程度有极密切之关系。

读者和评论家们把侦探小说推举到一个很高的地位,促使一些本土作家开始创作侦探文学。诸如周瘦鹃主编的《半月》及其续刊《紫罗兰》等刊物就为中国作家的侦探文学写作提供了一个展示空间。如现代小说家张天翼即以张无铮之名在《半月》推出了他的《徐云常新探案》系列小说,张无铮总是以历史悬案作为他小说的素材,他善于运用悬念的技巧。但张无铮的侦探小说却有繁琐和冗长的毛病,不厌其烦地向读者交代每一个小问题,这种交代有时显得多余,影响了读者的阅读效果。此外,国内侦探小说的初创作品还有姚庚夔的《鲍尔文新探案》、王天恨的《康卜生新探案》、吴克洲的《东方亚森·罗平新探案》等系列小说。然而,起步阶段的中国侦探文学创作多为模仿之作,依葫芦画瓢,在艺术上显得生

---

① 阿英:《晚清小说史》,东方出版社1996年版,第217页。
② 海风主编:《吴趼人全集》第7卷,北方文艺出版社1998年版,第72页。
③ 陈平原:《中国小说叙事模式的转变》,北京大学出版社2003年版,转引自张昀:《论清末民初侦探小说翻译热之原因》,《福州大学学报》2006年第2期。
④ 铁樵:《作者七人》序,陈平原、夏晓红,《二十世纪中国小说理论资料》第1卷,北京大学出版社1989年版。
⑤ 半侬:《福尔摩斯侦探全集·跋》,中华书局1916年版。

硬。虽然这些侦探文学的"初学者"们试图把侦探文学和中国社会环境和时代特色相融合而创作出具有中国特色的侦探文学,但由于他们对于侦探文学的美学认识不够,同时无法摆脱作家个人身上传统的影子,因而他们所创作出的侦探文学往往显得有些力不从心。在这些作家的某些作品中,侦探并没有进行什么侦查工作和逻辑推理,或者众多的破案线索都是在侦探们单独活动时由作者交代给读者。

毋庸置疑,侦探文学在中国草创阶段是很稚嫩的,其所取得的成就也比较有限,但这并不能抹杀他们在文学史上应有的地位和价值。无论怎么说,这些作家的探索毕竟摆脱了中国传统小说的藩篱,开始运用一种新的思维和方式来进行写作,为以后中国侦探文学创作和发展奠定了基础。在这其中,比较有代表性是这样两位作家:

程小青(1893—1976),原名程青心,上海人。程小青不仅创作侦探小说,而且在侦探小说的翻译和理论研究方面都颇有建树,被誉为中国侦探小说第一人,1914年,21岁的程小青受福尔摩斯这一著名侦探形象的启发,在上海《新闻报》副刊《快活林》上发表了题为《灯光人影》的侦探小说。原来这篇小说中的侦探叫"霍森",由于排字工人的失误,成了"霍桑",程小青将错就错,在以后的侦探小说创作中干脆就把侦探叫做"霍桑"。程小青因为这篇小说而一举成名。之后,他就以霍桑为主人公,创作了30多篇侦探小说,其中较为著名的有《血匕首》、《舞宫魔影》、《血手印》、《案中案》等。

程小青曾多次参与翻译柯南·道尔的福尔摩斯探案小说,因而他本人所创作的侦探小说深受福尔摩斯系列小说的影响。正如福尔摩斯与医生华生搭档一样,程小青笔下的霍桑则有一个是小说家的助手——包朗。与福尔摩斯一样,霍桑并非是以官方的代表警官或警探的形象出现,他来自民间,是一位私家侦探,在小说中他协助官方的警探们侦破案件,却又同时保持身份上的独立性,他尊重法制和科学,在小说中以现有的材料和现场的情况,凭借自己丰富广博的知识结构和惊人的推理能力,侦破了一个又一个案件。侦探霍桑的形象由于程小青的成功塑造而深入人心,霍桑一身正气、勇于探索、富于正义感和同情心,有很强的人格魅力。程小青侦探小说中的人物都是城市中下层的小人物,深刻反映了中国30年代的社会问题,具有一定的认识意义和社会价值,同时他也常常把社会中的大事作为小说的背景进行创作,增强了他侦探小说中的时代气息。

程小青在侦探小说的创作实践之外,在国内较早地进行了关于侦探小说的理论研究。1929年3月，针对国内部分批评者视侦探小说为"旁门左道"的看法，在《紫罗兰》第3卷24号上，程小青发表了《侦探小说在文学史上之地位》，极力为侦探小说正名，争取其在文学史上应有的地位。1929年和1933年，又相继发表了《谈侦探小说》和《从"视而不见"说到侦探小说》，详尽地论述了他对侦探小说文学价值观的理解及对侦探小说功利观的认识，提出"侦探小说是化装的科学教科书"的观点。之后，程小青又在《侦探小说多方面》和《侦探小说史》两篇文章中，梳理了侦探小说的整个发展历史，同时还谈到了侦探小说中自叙体的运用及侦探小说内容、题材的设置，结束和开端艺术，及小说篇名技巧等。程小青在侦探小说理论方面的探索为人们更全面地认识侦探小说以及作家创作出更好的侦探小说打下了良好的基础。

孙了红（1897—1958），原名咏雪，浙江宁波鄞县人。1925年他在参加大动书局出版的《亚森罗苹案全集》的白话翻译时，因在《侦探小说》上发表自己的原创作品《傀儡剧》，成功塑造了"东方亚森罗苹"侠盗鲁平形象，从此在文坛上崭露头角。40年代初，他是通俗文学重要刊物《万象》的主要撰稿人，在该刊上发表了一系列的侦探小说，进入他创作的成熟期。代表作有《血纸人》、《三十三号屋》、《鬼子》、《蓝色响尾蛇》、《紫色游泳衣》等。

与当时众多的侦探文学作家不同，孙了红从事的是一种反侦探小说的创作。事实上，反侦探小说也是侦探小说的一种。与侦探小说一样，它仍需要通过分析，追寻犯罪事实，探究犯罪真凶。不同的只是，反侦探小说的主人公往往不是侦探，而是"侠盗"，他并不需要将罪犯绳之以法，而只要揭示犯罪事实就行了。孙了红创造的侠盗鲁平的形象，一方面明显受到法国作家勒白朗《侠盗亚森罗苹》这部作品的影响，另一方面则是由于中国的传统文化、国民心态和阅读习惯的影响，是《水浒传》中"替天行道"、"杀富济贫"思想的一种传承。孙了红把曲折离奇的情节建立在中国传统文化观念和伦理道德的基础上。相对于其他侦探小说，他的反侦探小说读起来让读者感觉更亲切。

孙了红的侦探小说有其自身独特的风格，他把叙述的重心放在犯罪心理分析上，在故事的叙述中一步步向读者揭示关键人物的心理变化，把罪犯为何犯罪的心理因素赤裸裸地展现在读者的眼前。如他的《窃齿记》便是这类"犯罪心理小说"的很好代表。同时，孙了红还善于在作品中制造恐怖、神秘的氛围。如《鬼手》这类作品在故事一展开时，便用恐怖的氛围为小说奠定了一个叙述的基调,强烈吸引着读者继续往下阅读。

除程小青、孙了红之外,还有俞天愤、陆谵安、张碧梧、赵苕狂等人。他们在侦探文学领域的建树虽不及程、孙二人,但也颇有各自的特色,值得注意。

1949年新中国成立之后,中国大陆侦探文学中的私人侦探被代表国家利益的公安司法人员所取代,因而人们往往又将建国以后大陆的侦探文学称为"公安文学"或"公安法制文学"。在这不算太短的60年中,侦探文学大致又可分前后二个阶段:在开始的"前三十年",一方面,由于新的国家、新的政权、新的社会制度一诞生就面临着强大的境外敌对势力,严峻的形势要求文学要为革命事业服务,当时的文艺政策和导向也要求文学为政治服务。另一方面,刚成立的新政权受苏联影响很大,苏联文学及其有关的思想主张几乎主宰了中国文坛的整体走势。周扬1952年在一篇文章中说:"摆在中国人民,特别是文艺工作者面前的任务,就是积极地使苏联文学、艺术、电影更广泛地普及到中国人民中去,而文艺工作者则应当更努力地学习苏联作家的创作经验和艺术技巧。特别是深刻地去研究作为他们创作基础的社会主义现实主义。"①而对有关的侦探文学,当时的苏联却认为:"就内容来说,侦探这一体裁完全是资产阶级的",在当时的苏联通行的主要是反间谍的题材类型。正是这样特定的内外政治背景下,深刻影响和规约了50—70年代的侦探文学创作,因此"反特防奸"这一充满阶级斗争火药味的严峻话题成了当时小说家所热衷描写的主题。至此,侦探文学完全抛弃了程小青、孙了红等人的叙事模式;当然,它也有别于传统的"公案小说"以及诸如个人恩怨、财产争夺等传统写法。正如有论者指出的:"与早期侦探小说不同的是,以反特防奸为题材的侦探小说无论是创作思想还是艺术表现都体现了极强的人民性。一方面在思想创作上它们都以满腔热情讴歌新制度的优越性和人民保卫新生政权的豪情;另一方面,在艺术表现上,它们无一例外地塑造大众化的侦探形象。"②

反特防奸的侦探文学,它的情节模式化、人物类型化、脸谱化的缺陷是显见的。其所描写基本可纳入这样的模式之中:境外或国民党间谍欲在大陆窃取机密,或进行破坏活动,而公安部门的侦察员有勇有谋,或是

---

① 周扬:《社会主义现实主义——中国文学前进的道路》,1953年1月11日《人民日报》。
② 胡和平:《试谈中国侦探小说》,《理论与创作》2001年第6期。

跟踪追击,或是打入敌人内部(卧底),最终挫败了敌人的阴谋。而在这样故事中的正面人物也就是公安司法人员一律是高大威猛、智勇双全、沉着冷静的"高大全"形象,而敌对分子总是丑脸、恶脸。这一时期的代表作有白桦的《无铃的马帮》,陆石、文达的《双铃马蹄表》,公刘的《国境一条街》,林欣的《"赌国王后"牌软糖》,史超的《黑眼圈的女人》。这些作品大多被搬上了荧幕,受到群众欢迎。

"文革"时期,整个中国变成了文化沙漠,而"地下文学"却在悄然流行,侦探小说也以手抄本的形式在民间继续广泛传抄,如《一双绣花鞋》就是这一时期手抄本侦探小说的典型代表。

粉碎"四人帮"以后,侦探文学在伤痕文学、反思文学这股解冻之流的带动下,出现了《大墙下的红玉兰》、《刑警队长》等作品,反思"文革"中人性的失落以及人在精神上所受创伤,开始向"人学"的本质回归,从单纯的描写阶级斗争转向写人本身,力图对人的性格、人的内心、人的生存作深入探讨。不少作品以一丝苍凉代替原来的正义必然战胜邪恶的乐观信念。与此同时,随着经济的开放和国门的洞开,侦探文学的译介又达到一个的繁荣期,外国各种流派的侦探作品开始大量涌入中国的文化市场。民国时,程小青写《霍桑探案集》时案头只有爱伦·坡和柯南·道尔,建国初,作家们也只能借鉴苏联一国的反间谍小说;但进入了新时期的中国作家面对的却是侦探小说界异彩纷呈、百花齐放的景象:以柯南·道尔、克里斯蒂维代表的英美古典派、以乔治·西姆农为代表的心理悬疑派,以松本清张、水上勉、森村诚一为代表的日本社会推理派以及20世纪后半期在欧美兴盛的以希尔·哈梅特为代表的硬汉派、以约翰·巴肯为代表的惊险派,以克雷洛·莱斯为代表的幽默派等侦探小说开始影响着中国作家,使大陆的侦探文学创作也进入了一个新时期,并逐渐形成了一个初具规模的侦探作家群。在这个群体中,既有钟源、蓝玛、汤保华等职业作家以及何家弘等法学家作家;也有尹曙生、王建武、胡祖富等许多来自公安司法一线业余作家。尽管它还显得有些"稚嫩",但毕竟有了良好的基础。以后侦探文学的发展,就根源于此。

侦探文学在80年代的再度兴起,既与当时时代精神有关,也与20世纪文化特别是城市文化密切有关。上世纪70年代末以来,中国这块相对封闭的大陆上吹起了改革开放之春风,中国的城市化进程也由此展开,城市文化的迅速发展开始冲击在商品经济下日渐式微的传统文化。不同质的文化之间容易产生碰撞甚至冲突,冲突在某种程度上就能演变成犯罪。

因而,绝大多数侦探小说家笔下的侦探小说其故事背景就是城市。

在某种意义上,侦探文学也可以说是城市文化背景下"德先生"(民主)与"赛先生"(科学)合作的产物。"正如现代性不是一个时间概念,城市化也不是一个地理概念。城市化不是指人口的集中,而是指摆脱农业文明的生活方式,学会尊重并运用科学与理性、民主与法制、学会正式并吸收外来文明,学会一种开放性、创造性的思维方式。而法制意识、理性精神以及创造性的思维方式是创作侦探小说所必备的思维要素。"①伴随着这样一种城市化以及现代化的过程,侦探小说的繁荣既是这一进程的文学化表现和载体,同时也通过侦探文学的流行化和大众化成了这一进程核心价值的积极推动者。

在民主、法制之外,科学也是产生侦探小说的要素之一。在中国古代传统的公案小说中,清官在进行案件的侦破时虽然也有现场勘查和取证,但很多案件的证据多为神鬼怪异的超自然力量所提供,或是全凭官员的个人主观经验判断,有一些案件的侦破过程漏洞百出,完全经不起读者的推敲。正如程小青在《论侦探小说》一文中谈到的:"西人曾说:'每一个人都是天然的侦探。故而侦探小说实有受多数人爱读的可能'。这话自然是实在的;但在素来不注重科学的我国,一般外象所表现的,他似乎会令人怀疑。因好奇心虽是天赋的本能,但因着家庭的教育,传统的迷信,和社会的影响,种种势力前后的夹攻,往往把好奇心压迫得无由发展。我们若用冷静的眼光,观察我们社会上形形色色的人物,除了儿童,青年和一部分受过科学洗礼的人以外,大多数中年以上的人好奇心都是很薄弱的。无论怎样的疑问怪事,在他们眼中似乎都不以为奇。他们因着科举的流毒,缺乏启发性的教育,谈鬼说怪的普遍流行,数百年来他们的好奇心早已降服在重重宿命、颓废、迷信势力之下,以为一切都是自然而然的,用不着空费心思去探隐究微。……长此以往,如果把我们的后一代的好奇心修养到了零度以后,在这个科学行政管理控制整个世界的时代,我们民族的前途,未免太危险了!"②从程小青的深刻论述中我们不难看出科学精神的缺失使得我国很难依靠自己的传统文化酝酿出侦探小说。而到了80年代,四个现代化全面展开,我国的科技水平进步迅猛,使得"科技

---

① 郑晓薇、马建明:《试论侦探小说的创作土壤》,《湖北公安高等专科学校学报》2000年第5期。

② 程小青:《论侦探小说》,原载1946年上海艺文书局《新侦探》创刊号。

是第一生产力"的论断深入人心。而此时的侦探小说更是以科学技术为依托,从最新的科技进步中得到启示,在经典的侦探文学类型中,出现了依靠先进的技术手段和证据来探案的侦探小说。

侦探小说有其独特的创作要求,即它需要一套科学的知识体系作为其创作活动的工具,这个知识体系除了包含对文学一般规律的认识,更包含着许多文学范畴以外的专业知识,如侦察学、心理学、解剖学、医学、社会学等等。这种独特的要求使得新时期的侦探小说家们呈现不同于以往的专业背景,他们不再只是由单纯的文人或是在公安一线的工作过的小说家组成,具有丰富科学知识的一批科学工作者进入了这个领域。如毕业于清华大学动力系的侦探小说家钟源,我们从他的代表作《夕峰古刹》便可窥见科学技术为侦探小说注入的新的血液和活力。小说开篇写夕峰寺一带百姓谣传鬼魂作法起怪风,纷纷杀死自家牲畜抬着牛头马面,到起风处祭祀鬼神。刑侦队长陈庭认为这不是一般的迷信活动,于是他与刑警队员严萍、石满乔装打扮进驻夕峰寺。通过一系列的侦察,陈庭根据自己已掌握的情况进行周密的分析推理,终于破获了这蛊惑众人的怪风真相。原来怪风鬼风的形成是因为唐纳利用其公司生产的涡流发生器,利用其本身储存的能量,借助二泉生成的温差,在极短的时间里,在二泉之间产生巨大的空气涡流,这就是所谓的怪风鬼风,以此达到其盗窃地下宝物的目的。小说阶情节纡曲有致,陈庭、严萍的智慧也在情节的发展中得到一步步体现。小说因社会学、历史学、民俗学、地理地貌学等知识的融入而使案件扑朔迷离,从而获得了全国首届侦探小说佳作奖。

侦探小说宣扬法治,追求人权,要求科学实证,正是带着这些特点,侦探小说走过了在中国发展的近70年历史。

第二节 80年代以后的侦探文学及其创作新特点

进入上世纪80年代之后,中国大陆的侦探小说创作进入了一个新的阶段。正如有研究者指出的:"在短短的十年间,侦探小说的数量和质量都有了突飞猛进的发展。这一兴盛期与本世纪初至三四十年代和新中国建立后五六十年代那两个兴盛期相比较,既有同,也有异。相同的是,它们都是以外国侦探小说的大量译介作为前奏曲,都是以外国侦探小说作为艺术参照,都是以中国的现实生活作为创作的源泉,在中国现实生活的土壤上探索侦探小说的艺术道路。所不同的是,新时期侦探小说作家们拥有的艺术参照系比以往任何时候都广阔繁复,新时期纷纭复杂的社会生活提供给侦探小说作家的创造素材比以往任何时候都丰富多彩。因而,新时期侦探小说作家的艺术探索就比以往任何时候都更具有独创性和民族性。"①

如果说 80 年代以前的侦探文学主要局限于反特防奸的单一描写的话,那么 80 年代以后随着社会文化的演进和作家思维理念的调整,则显得开放开阔多了。"侦探小说作家成为一个活跃的作家群,他们的视野几乎无所不包,他们以敏锐的艺术感受力及时捕捉转折时期新的生活矛盾,然后迅速地反映到小说里来。"②在这里,除了传统的仇杀、情杀、谋财害命和敌对阴谋之外,作家把笔触伸向社会的各个角落、各个方面。这就促使侦探文学在题材选择、内容描写、人物塑造等方面都出现了前所未有的变化。

如计红绪和梁晓喻最先敏锐地把关于反走私、反毒品等领域的斗争题材文学化地表现出来。计的《九马疑踪》和梁的《黑夜,潜伏着危机》大胆走进新的题材领域,为今后出现大量反毒品、反走私题材的侦探文学作了开路工作。1998 年获全国首届侦探小说大赛特别题材奖的《鱼孽》(朱恩涛、杨子合著),堪称此类题材的代表作。再如蓝玛、张平有关反经济犯罪和反腐败题材的创作。前者《地狱的敲门声》,主要描写神探桑楚来到 K 市,在侦查一起宾馆凶杀案时发现此案的背景是该市的科学宫倒塌的悬案:当警察将为非作歹的"二十八兄弟会"四头目捕获时,审查记录的材料却不翼而飞。于是,侦探桑楚巧试计谋终于拨开迷雾,挖出了承建科学宫的"二十八兄弟会"背后掌握生杀予夺大权的副市长,从而抨击了这个位居高位,灵魂被金钱腐蚀了的副市长的丑陋人格。后者《十面埋伏》,通过古城监狱险象环生、高潮迭起一个侦破故事的讲述,从服刑犯人王国炎身上发现新的重大犯罪嫌疑后的曲折而艰难的侦破过程中,发现并牵扯出社会上带黑社会性质的犯罪团伙,以及与这个犯罪团伙相关联的省人大副主任仇一干等一批腐败分子,成功地以文学话语提示当今最敏感的话题之一——司法腐败的严重性。

当然,以上只是举例性质。如果作面上的形上概括,80 年代以来的侦探文学较之以前的作品,它的"新意"主要表现在以下几个方面:

---

① 宋安娜、黄泽新:《中国侦探小说的发展趋势》,《天津师范大学学报》1996 年第 5 期。
② 同上。

首先,当代"前三十年"的侦探文学,从战斗故事脱胎出来,它的主题相当明确,即剿匪防特反奸。那时的侦探文学也和其他文学一样,只讲阶级性,极端宣扬所谓革命理念,所有的侦探文学作品都洋溢着强烈的革命英雄主义和革命乐观主义色彩,对现实生活进行政治化、概念化的图解,文学题材与模式都显得非常单一。经过那场十年浩劫,80年代之后,政治上的极"左"思想得到了一定程度的纠正,侦探文学批判"文革"给人们带来严重"伤痕"的同时,也开始了由阶级性向人性人道"回归"的探索。"从文革的坩埚中提炼出来的是人性、自由、生命等所有美好的东西,作家用一种杜鹃泣血般的悲壮讴歌它们。这些东西被美化、诗化、升华,于是在"文革"结束后的公安文学中,象征性和寓言化成为主要特征。象喻成为深沉思想和沉郁情感的载体,营造出一种庄严神圣的氛围。"① 而这类作品中尤以《大墙下的红玉兰》为代表。80年代中后期,随着海岩《便衣警察》、魏人《刑警队长的誓言》、张卫华《女民警的坎坷经历》等作品的涌现,侦探文学又进而从对社会的批判转向对公安干警精神层面的探究。《女民警的坎坷经历》中的女派出所长刘洁,担负着派出所所长和家庭妇女的双重责任,然而一直努力工作的她却被无辜撤职,由于秉公办事不被家人理解导致婚姻的破裂。从愤怒委屈到平静接受,女民警再一次超越了自己。在小说中,女民警刘洁的人物个性和思想境界是作者要表现的核心,各种事件只是作家用来为塑造人物服务的。"在紧张惊险的对敌斗争或平淡琐碎的日常生活中描写他们(警察)带着沉重负荷的人生,还原他们作为人的个性、品格、情操,表现他们在复杂现实和理想人生中深刻的精神矛盾,呼唤全社会的理解和关怀。多年前那种把警察描绘成神,没有人情,甚至没有人的正常欲望的作品,早已悄然绝迹。这是公安文学发展中最可喜的事,具有划时代的意义。"②

20世纪90年代以后,侦探文学继续在写人自身和人与人的关系上走向深入。这一时期,除了海岩小说中大量出现的对人性、人情的集中描写之外,侦探文学的另外一些作品把笔触伸向了生活中的凡人小事、警民关系。话剧《同船共渡》描写的就是在风雨飘摇中,警民双方互相支持,携手共渡难关的故事。平民化的创作趋向使"新"公安文学越来越贴近生活。此外,1991年作家陈源斌发表的小说《万家诉讼》(后改编为电影

---

① 朱维莉:《公安文学观念的演进》,《公安教育》2000年第10期。
② 王晓元:《公安文学主题与创新》,《四川警官高等专科学校学报》,2001年第2期。

《秋菊打官司》）以农妇告状为故事主线,层层深入,展现出广阔的社会画卷,以及民众心中萌动的法律意识,这部小说的现实性在侦探文学作品中是十分突出的。90年代以后的侦探文学"不再以悲怆的格调和'殉道者'的姿态对社会的黑暗进行批判,而是以冷静的态度和'建设者'的姿态对社会制度的弊病进行反思;对人物的精神追求上也不仅是从平凡的生活之中讴歌崇高的精神境界,而是从文化和道德的层面展示人性的美好或剖析人性的堕落。"[1]

其次,在正面人物的塑造方面"前三十年"侦探文学作品中主体单一,多为"高大全"的完美形象。其共同特点是外貌英俊,体型魁梧,阶级立场坚定,政治方向明确,忠诚而富有智慧,无私无畏,不会犯错误,没有缺点,甚至缺乏正常人的七情六欲。在危急时刻总能神机妙算、化险为夷。一副面孔,一种声调,人物完全是程式化、概念化的,缺乏外延性格的丰富性、多样性和立体性。这种完美警察的形象,直到80年代才有了改变。"从20世纪70年代末到80年代初,伴随着思想解放运动的浩大声势和文学理论现代性的历史解缚,久被压抑的文学创作和理论探讨领域双双发出'人'的呼唤,突破了谈'人'色变的历史禁区。到80年代中期以后,随着新时期人本主义文艺思潮的深入人心以及文学创作和理论研究领域'人'的主体地位的一般肯定过渡到对文学主体性理论的具体论证。……文学理论上对人性的重新确立,促使公安文学作品中的主体变成有人性弱点的英雄,故事情节开始贴近现实,作品感染力增强。"[2]因此,文学作品对警察形象的描写逐渐从概念化中走出来,把警察请下神坛,人物形象摆脱高大全的模式,走向多元。在警察形象的塑造上,一方面在保持原有的英雄主义传统的同时,开始深入挖掘他们作为普通人的一面,给他们添上人情、人性的色彩。警察作为有血有肉的人,同常人一样无法摒弃七情六欲,不能回避生老病死。他们不再仅仅是侦破案件、抓捕罪犯的国家专政机器,而是有着独立的主张、独特的手法和自主的意识,有着事业、家庭、爱情之间的矛盾和斗争的人物形象。在侦探文学作品中,塑造警察形象比较成功的有魏人《刑警队长的誓言》中的刑警队长傅冬,张策《无悔追踪》中的老民警肖君,海岩《便衣警察》中的周志明。

---

[1] 范伯群、孔庆东主编:《通俗文学十五讲》,北京大学出版社2003年版,第208页。
[2] 张勇:《当代公安文学主体多样性的生成及其原因》,《湖北警官学院学报》2006年第3期。

在中篇小说《刑警队长的誓言》中，作家并未把刑警队长写成面对危险没有丝毫畏惧的英雄，而是真实地描摹他的内心世界，小说一开篇便叙述了傅冬的内心矛盾："我总感觉我会死于非命。站在楼顶上被人推下来喝水时被人放了毒开车翻了车游泳呛了水……。"傅冬的私生活也并不幸福，他的妻子有了外遇而与他离了婚。傅冬面对危险时的心理障碍、不完满的婚姻生活、现实生活的困窘并没有使他放弃对自己警察工作的热爱，他说："我不会放弃刑警这行当！我永远是罪犯的天敌。"正是这样的描写使得傅冬这一形象更加深刻、立体，使傅冬具有人性的光辉而不是神性的光环，使读者更觉得这个形象可信、可亲、可敬。

90年代之后，侦探文学作品中的警察形象愈加立体化，与我们传统所说的英雄有了很大的不同，英雄逐渐走向大众化和"平庸化"。传统文学中对理想主义的炽热追求，对人生价值及意义进行艰难探索的执著被日常性的生存经验和"好好过日子"的世俗性号召所取代，英雄不再成为炙手可热的崇高名词。如张宇的小说《软弱》中的反扒高手于富贵，是一个兼具自卑和骄傲双重性格的警察，一方面总觉得同事、家人看不起自己，另一方面在面对小偷时又成了精神焕发的斗士。他的私生活不检点，与妻妹通奸还生了孩子。然而最终他还是履行了自己作为警察的职责，将犯了罪的妻妹送进了公安局，向妻子坦白一切。

与正面人物的转变相类似的，反面人物在侦探文学中也有了从脸谱化到立体化、个性化的转变。因此，从新中国成立到1966年的17年间，新中国的侦探文学中出现的人物，无论正反派，绝大多数都是"扁平人物"，他们按照意识形态的需要，带上各自善恶忠奸分明的脸谱，在公式化概念化的叙述中演变成了极容易被贴上标签的"符号"。而这样的情况，在80年代之后，随着政治领域改革的推进，文艺思潮也发生了很大的变化，侦探小说中的这些人物性格上更为立体，内涵上也更为丰富，这样的改变也满足了读者的审美需求的变化，或者说一种新的审美形式——"审丑"开始出现在侦探小说中。这其中，《英雄无悔》中的公安局副局长胡永煌便是一个突出的例子。本来作为一个被金钱腐蚀的党的领导干部，往往会被刻画成一个十恶不赦的堕落分子，然后这个人物在小说中却被塑造成一个"充满父爱，关心妻子，同时，作为一名警察，他也有荣誉感、廉耻心。在他意识到自己的罪行暴露后，毅然冲进火场救险。对于这个人物结局的处理，观众不难发现对胡永煌的'审丑'随着人物冲进火海的那一瞬间得到了升华……这个结局无疑为丰富人物内涵起到了关键作用,同时也为观众对艺术角色的命运走势留下了自我评判的想象空间"①。

新时期以来,侦探小说在文体上又有了新的发展,在科普科幻侦探小说和纪实侦探小说创作上较为突出。例如叶永烈的创作就是科普科幻侦探小说的典型代表。他的侦探小说集科学知识和探案故事为一体,使得读者在阅读侦探小说的同时,既能增长科学知识,又能被作者瑰丽的科幻想象力所吸引。纪实侦探小说,顾名思义,就是在真实案件的基础上加工而成的侦探文学作品。这类侦探小说在刚出现的时候,创作上并未呈现猛烈之势,然而随着90年代以来大众媒体的日益发展,大量纪实侦探小说在改编之后走上电视银幕,由此也引发了这一题材创作上的兴盛。此外,儿童题材的侦探小说也值得关注。儿童题材的小说大致可分为两大类:以儿童作为主人公,充当侦探的和以儿童为潜在读者的,但小说中的侦探是成人。前者的代表作有《小侦探》、《鸡场奇案》等,后者有《归魂》。②

侦探小说在上世纪80年代的再一次兴起和革新,一方面是由于侦探小说自身发展的一个艺术规律的影响;另一方面,我国法制健全和法律意识的传播也是侦探小说获得蓬勃发展的一个极其有利的外部因素。"改革开放后,新旧观念随着改革的深入而冲突加剧,在中国建立社会主义市场经济体制所涉及的一系列法律问题导致法律观念和体制的重大转变和根本性重构,而善恶斗争在市场经济的大潮中更加复杂激烈且形式多样。……可见,在整个文坛呈现价值观念与艺术追求持续多样的选择与变异的盛景之际,侦探小说作家没有放弃关心民瘼和鞭挞丑恶的社会良知与责任。他们在致力于发掘侦探小说审美功能的同时,弘扬了社会主义法律思想,将法律思想与侦探小说的唇齿关系体现得淋漓尽致。"③

第三节 侦探文学中的"海岩模式"

在当代侦探文学中,海岩的小说可谓是传遍大江南北,从20世纪80

---

① 郑晓薇:《公安文学创作中的"审丑"及其意义》,《湖北警官学院学报》2003年第4期。
② 参见宋安娜、黄泽新:《中国侦探小说的发展趋势》,《天津师范大学学报》1996年第5期。
③ 胡和平:《试谈中国侦探小说》,《理论与创作》2001年第6期。

年代的《便衣警察》、《死于青春》到90年代以后的《一场风花雪月的事》、《你的生命如此多情》、《拿什么拯救你,我的爱人》、《永不瞑目》,以及近几年的《平淡生活》、《玉观音》、《深牢大狱》,《河流如血》,他的这些小说依靠改编为电视剧的方式,在中国大陆掀起一阵阵"海风"。无疑,海岩可以称之为一位成功的大众作家。在当今文学相对沉寂的社会中,海岩连续七年,平均每年发表80万字,作品赢得了一大批各个年龄层的忠实读者和观众,海岩当之无愧地成为当下的一个文化品牌。

海岩赢得市场的利器在于他小说创作中的"海岩模式"。首先在题材的选择上,刑侦加爱情是海岩作品的主要题材取向。在商品经济的大背景下,在扑朔迷离的刑侦故事中,穿插男女主人公的爱情纠葛。海岩的大众性的文学观在很大程度上决定了海岩小说的故事性特别强。为了把故事讲好,海岩不得不走类型化的路子,为解决类型和非类型之间的关系,他尽量在情节上海阔天空地虚构,讲究叙述的起承转合、变化多样,描写极尽曲折迂回之能事。海岩小说的情节可谓是悬念迭起,疑点层出不穷,谜团层层剥开。在讲故事时,决不和盘托出,而是吊足人们的胃口。

王朔曾戏称海岩是一只披着狼皮的羊,公安题材是他的外表,言情是他的内衣。这种说法确实揭示出海岩的小说在情节上的模式:刑侦＋爱情。海岩抓住了三大热门题材:言情、刑侦、商业,而在这三种题材中,中心是言情,其他两类题材为中心题材服务。海岩在他的《深牢大狱》的篇首曾写道:"我要讲的这段生活,是关于一个人的命运,命运无常啊!是关于年轻人的爱情,年轻的爱情总是美丽多姿!没有爱情的故事,还叫故事吗?"

在《便衣警察》中,案件还是海岩着力描写的主干部分,人物的情感世界和感情生活则是在案件辐射之下的副线,人物形象的丰富也是依靠着案件的发展而逐渐变得有血有肉的。而在海岩接下来90年代以来创作的8部小说中,案件与爱情两条线索间越来越表现出相互依存的关系,已经很难分出孰重孰轻,谁主谁辅了。《永不瞑目》中的肖童是为了接近钦慕对象女警欧庆春才愿意当警方的卧底,而他之所以能进入贩毒集团,却是源于毒枭之女欧阳兰兰对他的爱,而肖童最终也以自己年轻生命的消殒而完成了自己的使命以及对爱的承诺。新世纪以来海岩创作了4部小说,没有一部能脱离这样的情节模式。即使被评论界称做海岩的成功转型之作的《河流如血》,仍然没有逃离这种模式的影子。

而在"刑侦＋爱情"这一故事模式的结局,往往是爱却不能得其所爱的。除了《便衣警察》、《深牢大狱》之外,在海岩的作品中,伴随着爱的逝去,主人公的命运多以悲剧结局。《永不瞑目》中的肖童牺牲了,《拿什么拯救你,我的爱人》中龙小羽自杀了,《深牢大狱》中的刘川失去了亲人和爱人。这些主人公的悲惨结局,给读者和观众的心灵带来了巨大的震撼,使之久久不能平静。爱情的悲哀与死亡的残酷紧密相连并发挥到极致。在海岩的作品中,爱情推进了死亡的进程,死亡使爱情更加深刻。

然而,作为大众文学作家的海岩似乎又不愿给读者和观众留下太多遗憾。在《拿什么拯救你,我的爱人》中,罗晶晶虽然有意躲避韩丁,但在故事结尾,韩丁又一次见到了罗晶晶,这给人们留下了破镜重圆的可能性。《玉观音》中,作者在结尾明确告诉读者安心没有死,她又投入了新一轮的缉毒工作,而杨瑞也放弃了优厚的生活条件,决定终生守候,这也使人们盼望着他们重逢的那一天。

除了情节上的"刑侦 + 爱情"的模式外,海岩在小说人物塑造上有中国古典文学中传统的"才子(或财子)+ 佳人"的模式。海岩的小说中大多会出现一对痴情青年男女,并且男女主人公或是相貌上出众或是家境殷实,总之貌与才(财)之间必占其一。如《一场风花雪月的事》和《你的生命如此多情》,便是用情专一的富家公子爱上了平凡的女性。当然,也可以换一换性别,家庭条件优越的女公子爱上工薪阶层的男子,《永不瞑目》、《河流如血》即是这种。而在情节上,海岩又设置诸多磨难反衬出恋爱双方的有情,当然同时也写出了他们走向勇、走向成熟的心理历程——"九九八十一难",只为了最终的"修成正果"。

海岩笔下的女性往往美丽而又善良,同时一些性格上的缺陷让她们在感情生活和个人工作中显得不那么的完美,然而正是因为这样的不完美使得小说中的人物关系更加复杂与纠结,为故事情节的展开做了具有说服力的铺陈。《玉观音》中与毒贩有感情纠葛的缉毒女警花安心便是其一。正是这样一些女性形象引起了读者对女主人公命运和情感生活的高度关注,也是这些让人揪心的美丽女主人公的故事形成了读者对于海岩笔下故事发展的巨大期待。而海岩的小说回应读者这种巨大期待的便是故事情节中男女主人公的多角恋爱关系。从上世纪 80 年代的《便衣警察》一直到现在的《河流如血》,多角恋已经成了海岩小说中的一个重要元素。肖童与欧庆春、郑文燕、欧阳兰兰(《永不瞑目》),杨瑞与安心、钟宁、贝贝,安心与杨瑞、张铁军、毛杰(《玉观音》),而海岩描绘这种多角恋关系的目的并非只是为了表现青春时期爱情的多变与感情的纠葛,更重要是要为男女主人公的感情提供一块天然的"试金石",经过这块"试金石"考验的感情或许在某种意义上更能获得读者在情感和价值观上的认同。

如果说海岩小说中存在"刑侦 + 爱情"的模式,那么他的小说文本中就必然存在"情"与"法"冲突的问题。海岩一直试图让自己的小说承担一种道德教化的功能,借爱情表达命运观、道德观,以及这些观念之间的冲突。《你的生命如此多情》中的吴长天本希望他的儿媳妇林星为他的罪行保守秘密,而作为记者的林星却有着强烈的道德感,在亲情和法律之间她在做着艰难的抉择。《拿什么拯救你,我的爱人》中,作为律师的韩丁为了成全爱人,为情敌奔波取证。正是通过小说中私情与公德,小爱与大爱,付出与得到的辩证追问,我们能感觉到海岩不仅仅希望读者能够被他笔下主人公的历经考验的爱情所感动,更希望用自己的小说传递社会核心道德伦理以及关于什么是"爱"的全新认识。海岩把案件作为一个背景,在这个背景下探索我们这个时代的人所面临的情感的、人生的困境以及他们可能的选择。

(罗　婷)

第五章　言情文学

第一节　从"鸳鸯蝴蝶派"和张恨水说起

要讲言情小说,"鸳鸯蝴蝶派"和张恨水似乎是一个绕不过去的话题。这个流派和作家,对20世纪以降的大众文学产生了深刻影响。因此在进入正题之前,有必要对此作一番溯源。

钱理群等所著的《现代文学三十年》中,对"鸳鸯蝴蝶派"的定义是,清末民初专写才子佳人题材的一个文学派别,"卅六鸳鸯同命鸟,一双蝴蝶可怜虫"是他们常用的语词,而《礼拜六》是1914年开始兴办的一种娱乐消闲周刊,前后出满200期。在现代文学研究领域中,"鸳鸯蝴蝶派"的外延和内涵界定是不甚清楚的。范伯群认为,"将民初写言情小说的称为'鸳鸯蝴蝶派'是顺理成章的,但这一名称无法负载社会、黑幕、侦探、武侠等众多题材,而'礼拜六派'倒似乎是可以包罗万象的,取其消遣、娱乐功能,'一揽子'塞进这个大筐子。但是,在现代文学史中却不用'礼拜六派',而是通用'鸳鸯蝴蝶派',约定俗称地用'鸳鸯蝴蝶派'来涵盖一切……这不过是中国现代文学史中的一种习惯性的约定俗称(约定俗称有时就不再讲究科学性了),似乎就狭义而言,是指言情类的通俗文学作品;而就广义而言,也可用来指谓一切娱乐消遣类的作品。"[①]所以他认为采用"鸳鸯蝴蝶—礼拜六派"最为妥当,也最能代表这一类文学以言情为骨干,情调和风格偏于世俗、媚俗的总体特征。

此外,袁进在《小说奇才张恨水》一书中的说法也很有代表性:"'鸳鸯蝴蝶派',最早指的是徐枕亚、李定夷、吴双热等人创作的骈文小说。

---

① 范伯群主编:《中国近现代通俗文学史》,江苏教育出版社1999年版,第25页。

后来，它又包含了民初小说家创作的文言小说和白话章回小说。1949年后，'鸳鸯蝴蝶派'作品几乎包括了除新文学作家创作的小说之外的所有通俗小说，这一概念之所以能够不断扩大，因为当年新文学作家如茅盾等人批判'鸳鸯蝴蝶派'时，给它的定义是'游戏的消闲的趣味主义'文学。因此，在'鸳鸯蝴蝶派'作品中泥沙俱下、鱼龙混杂是毫不足怪的。"

我们认为，"鸳鸯蝴蝶派"五字，应该只指民国初年以徐枕亚《玉梨魂》为代表的骈文小说潮。这风潮与民初自由恋爱观念萌芽有关。这类小说风格哀感顽艳、感伤多情，同时又被称之为"哀情小说"。最早"鸳鸯蝴蝶派"名称之由来，也只指这些小说。而多数现代文学史谈到"鸳鸯蝴蝶派"时，无不以鲁迅《上海文艺之一瞥》的认识为标准："这时新的才子+佳人小说便又流行起来，但佳人已是良家女子，和才子相悦相恋，分拆不开，柳荫花下，像一对蝴蝶，一双鸳鸯一样。"①所以，"鸳鸯蝴蝶派"顾名思义，应纯指民初写作才子佳人相悦相恋，似一对蝴蝶、一双鸳鸯般凄美一类的小说（如徐枕亚《玉梨魂》等以四六骈文写成的哀情小说）。而其实，"鸳蝴派"，原不是一个有组织的文学团体或流派，当时新文学阵营将所有"非我族类"的小说一律归之为"他者"，大肆发动文攻。而后来的研究者，也顺此思维，将1912年至1949年不属于新文学的作家作品统称为"鸳鸯蝴蝶派"，并戴上"旧派"的帽子，踢出"现代小说"的范畴。这种归类和划分，相对写作风格相去甚远的、阵容庞杂的这批作家作品来讲，显然有失简单。

正因"鸳鸯蝴蝶派"现有定义之庞大浮泛，所以"鸳鸯蝴蝶派"绝非指一种柔媚软糜的情调，也绝非只指言情小说群，或者是"通俗小说群"、"小说流派"。他们的多数杂志出版都是涵盖中西新旧的各种文类形式，其中包含如：散文②、杂文、随笔、译著、尺牍、日记、诗词、曲选、小说、笔记、新闻、笑话、影评、戏评、弹词、古典剧本等等。不管是写世态、写风物、写掌故、写趣闻、写游记、写观感，"鸳蝴"作家个个是此中写手。

语言的形式也极其复杂，其中就有骈文、古文、口语白话、欧式白话、历代白话、各地方言等交错出现。至于题材内容更是交杂错综，就小说而

---

① 鲁迅于1931年讲于上海社会科学研究会。《二心集》，《鲁迅全集》第4卷，台北：唐山影印版，第92—93页。

② 袁进编：《鸳鸯蝴蝶派散文大系》可谓"鸳派"资料面世在观念上的一大进展。前言中提及"鸳派"散文沿袭古代小品与笔记传统，颇具见地。东方出版中心1997年版，第3页。

论,言情、科幻、侦探、历史、宫闱、翻译、政治、滑稽、社会、武侠、党会等等,绝不是仅仅"通俗"、"言情"或者"小说"几个词语所能涵盖的。其中趣味、风格与各自承袭的传统十分多元复杂。且其中时间跨度颇长,50年间,各种文风文体语言变化极大,绝非以一语简单概括。

从数量来看,其中光小说可数者何止千部。报刊光上海一地,杂志就多达113种,小报四五十种,大报副刊也有四五十种。这么大量的作品,被归到同一派,只因它们不属新文学体系风格的作品,这不但容易招致误解,也不合适。但是因为谬误相因,导致却仍需以"鸳鸯蝴蝶派"一词称呼这些文本,这是研究上最吊诡的地方。

说到鸳鸯蝴蝶派的代表人物,我们不能不提张恨水。张恨水(1895—1967),原名张心远,祖籍安徽潜山,被誉为中国现代通俗文学史中的第一号人物,以写社会言情小说擅长,这与他特异的艺术才秉以及丰富的社会阅历有关。他早年对中国的传统叙事文学极有感情,对传统小说的叙事智慧及抒情艺术有着深刻的领悟。他又是一位生逢社会文化转型的作家,有意识地吸收外来营养,直接立足社会历史与现实,转益多师,别开生面,自铸一种风格。以他为标志,中国通俗文学摆脱了传统叙事模式的限制,从《礼拜六》派的叙事模式中走出来,把通俗文学种植在生活土壤中。在他的叙述天地中,"社会"是作家驰骋才华的广阔天地,"社会"在此不仅具有题材意义,更具有叙述学意义,蕴含着相当丰富的艺术意味。"言情"是张恨水征服读者的一大武器,他的"言情"手法与新文学作家的"言情"风格不同,他笔下的言情故事,不一定"合理",可"合情",在感情逻辑中是能自圆的。张恨水的言情故事中加入了较多的传奇成分,情节的起承转合时有突然的神来之笔。意外的斗转不一定贴近生活真实,可贴近感情真实。不过,张恨水是能把社会、言情两类叙述糅合于一体的作家,社会、言情两类题材,叙述风格如盐在水,很难分别。

在张恨水的社会言情小说中,给他带来声誉最多的三部作品是《春明外史》、《金粉世家》和《啼笑因缘》。小说《春明外史》在言情线上,描写了主人公杨杏园与纯真雏妓梨云和高洁才女李冬青之间缠绵悱恻的动人爱情,显示出张恨水"风流才子"的一面;在社会这条线上则广泛展示了北京三教九流的人情百态,显示出张恨水优秀记者的一面。当时许多读者也确实把《春明外史》当做"新闻之外的新闻"来看,因为小说中的大量人物和情节都有真实的原型和花絮、逸事。即使时过境迁,百年以后的读者也可以把这部小说看做北京当年的风俗画卷。难能可贵的是,作者没有停留在"八卦新闻"的奇观展示上,而是以极大的勇气把社会批判的矛头指向了当时的达官贵人。《春明外史》在艺术上取得了多方面的成就。一是超越了单纯的才子佳人小说和谴责小说,上承李涵秋的《广陵潮》,为社会言情小说打开了一个新天地。二是塑造了杨杏园这一正直文人形象,写出了近现代转型期知识分子徘徊于新旧之间的巨大内心冲突。三是语言典雅隽秀,充满文学魅力。然而,《春明外史》在结构上经营得十分涣散,由于故事的铺展面十分广阔,来不及对社会生活作深入细致的揭示。作者忙于追逐故事情节,穷于应付,技术处理上显得粗糙。

《金粉世家》则克服了《春明外史》技术上的不足。结构严谨圆满。作者明智地把题材范围缩小到"家"中,这样就有足够的精力、才力加强有限题材空间的有效开发。对生活的领悟,把握较为深透、娴熟,人物形象也不再是单面、苍白的了。故事的维度不再是线性的,或平面的,而趋于立体化了。除了小说结构外,《金粉世家》在对社会小说的理解上比《春明外史》有了明显发展。作者明白不一定搜罗包罗万象的社会事件才是表现社会,通过描写大家庭的兴衰,小儿女的恩怨,同样可以反映出那个时代的社会生活轨迹,他把"言情"和"社会"穿插成一条线索来写,而非分开两头写,在描写主人公的生活和恋爱的同时,很自然地插入社会生活的众生相,显得有机统一。《金粉世家》里还写了几对次要人物的恋爱故事,有使女小怜和富家公子柳春江的恋爱故事,有燕西大嫂的妹妹与燕西的同学卫璧安的恋爱,还有金家八小姐与燕西同学谢玉树的恋爱。这三对恋人的恋爱,都是成功的。让人觉得作者对这种半新半旧的自由恋爱还是赞成的,可是当落实到现实生活,化为美满的婚姻,又显得不那么容易。所以说,《金粉世家》不仅是言情小说,更是社会小说和世态人情小说。

《啼笑因缘》在数以千计的现代通俗小说中脱颖而出,因为它标志着社会言情小说的成熟和最高成就,真正把"社会"和"言情"两种因素达到水乳交融的状态,它在保留通俗小说长处的同时,尽可能地靠拢新文学,充分吸收了新文学敢于揭露和反抗的优点。而在叙事方式上,语言格调高雅,脱离了一般鸳蝴派小说中的趣味。此外,优美的景物描写,细致的心理描写,都和新文学一般无二。而《啼笑因缘》最突出的特点则在于,作为社会言情小说的扛鼎之作,在观察和叙事角度上具有自己的特色,与同类主题和内容的新文学作品不同。作者在描写主人公的恋爱故事时,时刻突出金钱和经济因素在言情中的叙事作用,金钱仿佛是小说中的一个重要角色,人物的金钱观也成为作者叙述这个爱情悲剧的重要角度。

1930年发表了《啼笑因缘》之后,张恨水在20世纪30年代接连又创作了大量社会言情小说,仅其中比较出色而且写完了的就有《似水流年》、《落霞孤鹜》、《太平花》、《天河配》、《满江红》、《现代青年》、《美人恩》、《燕归来》、《小西天》、《艺术之宫》、《北雁南飞》、《夜深沉》、《秦淮世家》等等,基本上沿着《啼笑因缘》的路子下来,都是由三角或多角恋爱组成,恋爱情节都是在具体的社会生活环境下展开,而小说的主人公多为社会中下层人物,摆脱了"才子佳人"气,换成了社会上的小人物。这些小说对言情空间的开创、题材领域的拓展和社会主题的深入等方面,都作了进一步的探索和努力,对后世言情文学的发展提供了有益借鉴,产生了举足轻重的影响。

第二节 琼瑶的经典言情小说

台湾的言情小说形成创作潮流是从20世纪60年代开始的,琼瑶、华严、玄小佛、朱秀娟、杨小云等都是活跃于60年代文坛的言情小说家。而其中影响最大的就数琼瑶。随着影视剧的煽动,琼瑶作品走红港台,风靡大陆,至今热潮未尽。

琼瑶原名陈喆,祖籍湖南衡阳,1938年出生在四川成都。自1963年发表小说《窗外》之后,她平均以三四个月一部小说的速度进行创作,自2004年9月宣布封笔时已创作了五六十部小说。

琼瑶的创作有着很强的生命力,前后风格发生了较大的变化。她的创作可以分为三个时期,第一个时期是她和平鑫涛结识前的初期(1963年),这一时期她婚姻不幸,生活艰难,作品以爱情悲剧为多,"悲剧,是此时的琼瑶所偏爱的"①。第二个时期是和平鑫涛相恋并结合的时期(1979年琼瑶和平鑫涛结为伉俪)。在和平鑫涛相识相恋的过程中虽然她也经受了感情的折磨,但她的作品比起创作初期色彩要明快很多。同时她开始把自己的作品拍成电影,电影市场衰落后又拍成电视剧,并形成一整套影视歌一体的创作娱乐运作模式。第三个时期始于20世纪90年代,这一时期风格完全转向喜剧,作品中所有的人都真诚而善良,过着一种没有欺骗没有阴暗的生活,并开始尝试清宫戏,为迎合市场,"先编剧,后拍

---

① 方忠:《台湾通俗文学论稿》,中国华侨出版社2000版,第178页。

摄,再出小说"①。《梅花三弄》(1993)是她的第一部清宫戏,《还珠格格》在大陆播出后掀起了全国性的"小燕子"热潮。《还珠格格》虽然仍写爱情,人物塑造上却一反以往的表达方式,在琼瑶看来"小燕子这个人物,集叛逆、率真、豪放于一身,是个很现代的女子。她的不拘小节、直来直去、热情奔放,都是我最喜欢的典型"②。许多孩子因为模仿"小燕子"的言行引起了家长和社会的忧虑,于是"琼瑶公害"的呼声再次高涨起来。人们对琼瑶作品的评价可谓毁誉参半,不过,她在言情小说创作上的贡献却也得到了越来越多的认可。

琼瑶小说的人物都带有浓厚的理想化色彩。作者对人物的外貌、气质、性格、感情都加以美化处理。男主人公大都接受过高等教育且事业有成,既刚毅坚强又善解人意,既英俊潇洒又博学多才。女主人公则如花似玉,热情似火,冰清玉洁,楚楚动人,富有美丽的幻想,充满青春的气息。她们大致可划为两种类型:一是现代型,一是传统型,而以传统型居多。这类人物深具中国妇女的传统美德,对爱情专一,但又性格柔弱,缺乏主见,她们执著地追求爱情,饱经磨难而至死不悔,在挫折面前她们孤独、矜持,如段宛露、江雁容、涵妮、李梦竹、杜小双等。现代型的女性则具有较为坚强的个性和不满现状的反抗精神,爱憎分明,按照自己的意愿过着一种热烈奔放、充满活力的生活,如陶丹枫、江雨薇、陆依萍、唐可欣等。总的来说,这些人物形象缺乏深度,作者用人性的单纯代替了人性的复杂,用人的性格、感情中美好的东西掩盖了丑陋的甚至是卑劣的东西,从而使人物形象失之单一、肤浅,这是理想化倾向带来的必然结果。

而主题上,情与爱永远是琼瑶小说的中心。琼瑶这样阐释她的爱情婚姻观:"男女间的爱情,在我看来,不应说是初始于'一见钟情',而是'一见好感'而已。待有好感后,便要发誓,发誓还不够,便要请众亲好友做见证,并共签一纸契约,诉诸有形,这就是婚姻。拥有一份'完美'的爱情,是每个人心灵深处的一个梦。"③琼瑶纯情小说中的爱情可以不讲任何条件,有爱就意味着拥有了一切。《几度夕阳红》中的李梦竹是小家碧玉,何慕天家世富贵,他们相爱却又阴差阳错地错过了。李梦竹和杨明远的女儿杨晓彤与何慕天的侄子魏如峰相爱,他们的爱遭到前所未有的挫

---

① 王基国、余学芳编:《爱情教母琼瑶》,广东旅游出版社、新疆人民出版社2003版,第341页。
② 同上。
③ 同上书,第398页。

折,但上一辈人未实现的爱情梦想终于在他们身上实现了。《庭院深深》中出身贫寒的章含烟嫁入豪门,被柏家逼走,之后柏霈文双目失明,数年后,章含烟化名方丝萦再度回到女儿和丈夫身边,历经波折破镜重圆,是中国版的《简爱》。《窗外》中的江雁容和国文老师康南年龄相差悬殊,但爱情还是不可避免地在他们心中迸发,直到两败俱伤。

琼瑶描绘的爱情都不是凡人肉体的爱,而是像但丁在《神曲》中所描绘的那种天堂里的超凡脱俗的爱。琼瑶小说爱的主题不是建立在现实生活的基础上,不是凡人肉体的爱,而是植根于理想的王国,这常常为人所诟病。究其实,琼瑶不是按生活本来有的样子再现生活,而是按应当有的样子来表现生活。人们尽可以说她的小说肤浅、幼稚,但她决不是在粉饰现实。由于较大限度地舍弃了政治和历史背景,缺乏丰富深广的现实生活内容,琼瑶小说自然无法与同是言情文学的古典名著《红楼梦》相比,但我们无法忽视其文化背景,更不能否定琼瑶小说在表现爱情生活过程中所呈现出来的丰富的文化价值。

就情节结构而言,琼瑶小说仍是言情文学传统的"钟情—遇阻、冲突—回归、团圆"的模式,而落实到程序的每个具体步骤,便可见出琼瑶的艺术匠心。琼瑶小说的开篇偏爱一见钟情式,随之很快便进入热恋状态,生死相许。但如果一任其顺利发展,一则情节缺乏魅力,二则作品内涵必然也大打折扣,琼瑶就安排了各种各样的障碍来折磨笔下心爱的人物。这里有家庭的阻力,如《我是一片云》中的孟樵与段宛露,《窗外》中的江雁容与康南;有情感和理智的冲突,如《烟雨蒙蒙》中陆依萍和何书桓,《船》中的可欣与纪远;有人物性格的撞击,如《船》中的可欣与嘉文,《我是一片云》中的段宛露与顾友岚;有疾病的折磨,如《彩云飞》中的孟云楼与涵妮;有思想的分歧,如《在水一方》中的杜小双与卢友文。此外,还有年龄差异的困惑、社会干预的压力等等。这些都加剧了作品的矛盾冲突,使情节发展扑朔迷离,引人入胜。传统的言情文学基本上都以大团圆结局,这固然能满足读者的阅读心理,但与悲剧相比,缺少了一种震撼人心的力量。而琼瑶有许多作品以传统的大团圆方式结局,使有情人终成眷属,也有相当一部分作品以悲剧结局,这里既有人物肉体的毁灭,也有精神的毁灭和道德的沉沦。这种结局能使读者以丰富的想象去填补本文中的空白,产生发人深省的艺术效果。

琼瑶小说还存在着明显的语言模式。作者非常善于把古诗词融进小说,或点明题旨,或渲染气氛,或揭示人物独特复杂的心态,或以此协调和控制整部作品的旋律节奏。她的每部作品几乎都有一首或几首婉转清丽、优美动人的诗词,《心有千千结》中,"问天何时老?问情何时绝?我心深深处,中有千千结!"的主题诗句随着主人公江雨薇与耿若尘的恋情发展而不断变化出现。《在水一方》中,每当情节发展到关键处,人物深陷于感情旋涡中时,脱胎于《诗经·蒹葭》的主题歌《在水一方》便出现了。它的凄婉迷离的情调为作品笼罩上了一种忧伤的气氛,令人荡气回肠,对古诗词的巧妙化用使琼瑶小说成为深具民族特色,充满诗情画意的言情小说。实际上,琼瑶小说从书名到人物的名字乃至细节描写,都古色古香,富有诗意,沁人心脾,飘逸出东方文化的独特风采。

而琼瑶小说中优美诗词所营造的那种宁谧秀美的意境,更是令人寻味。在她的故事里,用夕阳、寒烟、彩云、浪花等美好的意象,再配以柔情缠绵、纯洁忠贞的爱情,营造出一幅幅精致的活的画面,如《彩云飞》中云楼梦到了死去的涵妮:"……穿着白衣服,飘飘荡荡在云雾里,她在唱着歌……歌词却唱得非常清晰:夜幕初张,天光瞖瞖,眼中景物尚依稀。阴影飘浮,忽东忽西,往还轻悄无声息。风吹袅漾,越树越枝,若有幽怨泣欷。你我情深,山盟海誓,奈何却有别离时。……唱完,云雾盖了过来,她的身子和云雾糅合在一起,幻化成一朵彩色的云,向虚渺的弯苍中飘走了,飞走了。"作者凭借女性作家特有的细微的观察力,用纤细笔法,描写了主人公的心理变化,把那一份生死别离的怨泣、无奈,表现得细腻入微。又如《烟雨蒙蒙》中何书桓与依萍在碧潭游玩,"春天,一切都那么美好,山是绿的,水是绿的,我们,也像那绿色的植物一样发散着生气。划着一条小小的绿船,我们在湖面享受着生命、青春,和彼此那梦般温柔的情意……于是,他唱了一支非常美丽的歌:溪山如画,对新晴,云融融,风淡淡,水盈盈。最喜春来百卉荣,好花弄影,细柳摇青。最怕春归百卉零,风风雨雨劫残英。君记取,青春易逝,莫负良辰美景,蜜意柔情!"这如诗如画的青春、爱情与美景的结合,一方面是作品故事情节的需要,警示了后文由于依萍的不可遏制的报复心而导致爱情的易逝,另一方面也是体现作者文学修养、作品艺术特色,吸引读者注意的需要。我们说,所谓意境,不仅仅是作品中所出现的对情与景的描述,从深层次上来看,它所出现的效果,无疑将是作者与读者审美意识的某种交融,也是双方对生活目标、生活情趣、生活质量的某种追求的映照。琼瑶身为高素质的知识女性,她的审美意识深深地留下了小布尔乔亚的烙印,在她的作品中,理想与山水、自然与人性融合成充满诗情画意的图像,而她的这种情趣正符合了青年男女对人生、爱情、理想、幸福的憧憬,正是这优美辞藻下营造的意境让她的作品拥有了大量的读者。

诚然,琼瑶小说宣扬的是一种唯美的纯洁爱情,拿这个标准付诸现实生活是难以实现的,因此,激烈的批判也是难免的,她的小说被认为是一种"新闺秀"小说,是缺乏现实意义的"梦游的记录"和"美丽的谣言"[①]这些批判虽有不少情绪化的色彩,却也说出了琼瑶小说的最大的弱点,即生活面的狭窄和现实意义的薄弱。不过,琼瑶小说的意义并不在于现实生活和文化的挖掘,她也写人生,写文化,但根本的目的是写爱情。她正面地明确回答爱情是什么,她认为真的爱情是有的,而且是美好的。她认为爱情是一种真实的感情,而且是纯洁的。她认为爱情是要经过磨难的,而且经过磨难后的爱情的价值超乎一切。她的这种爱情诉求对很多人来说,觉得像梦一般;觉得苍白无力,但是她却满足了人们对爱情是什么的心理探求,满足了人们"真的爱情"的美好模式的心理期待,满足了爱情遐想的浪漫情怀。琼瑶小说对那些朝秦暮楚,见异思迁,把爱情当儿戏的浪荡哥儿是具有一定的鞭挞、警醒作用的,而对于时下社会上那些越来越淡薄的婚姻爱情观,那些傍大款找富婆的爱情金钱至上观,琼瑶笔下的爱情要纯洁得多,高贵得多,这起码是一种陶冶情操的文学。20世纪的华人文学是瑰丽多彩的,而琼瑶小说是其中最诱人的一朵小花。有人说"即使不能成为崇高而可敬的路遥,创造出斗士的文学兼济天下,走进文学史的辉煌,起码也应成为浪漫而可爱的琼瑶,创作出淑女的文学独善其身,走向文学瞬间的轰响。"[②]淑女文学的琼瑶小说有众多的读者群,这就是她的价值。

第三节 梁凤仪的财经言情小说

与台湾不同,香港的言情小说作家们则因为地域和社会文化的差异,反映的是在激烈的社会竞争和生活重压下女性的情感成长历程。岑凯伦的作品一方面沿袭着传统爱情故事的神貌,另一方面其中的一些女性已经有了女强人的精神气质。有着"香港的琼瑶"之称的亦舒,其笔下的很

[①] 参见古远清《台湾关于"琼瑶公害"的批判和"三毛伪善"的批评》,《通俗文学评论》1994年第2期。

[②] 王金城:《世纪末大陆文学的两个观察视点》,《中国人民大学学报》1999年第5期。

多人物都是坚强而自立的现代女性,可以把她的创作看做是女强人小说的代表,她的作品和梁凤仪的叱咤商界的女强人的作品是现代香港社会的两支奇葩,为现代女性所喜爱。这一节我们要重点讲讲梁凤仪的财经言情小说。

当今时代,经济对文化的渗透成为无法回避的必然。为数不少的作家无可奈何地走进了一种"失语"或"自言自语"状态。而另一部分作家,则在努力适应并驾驭文学世界中的经济元素,不断呈现新的叙事特色和美学原则。以财经小说而名噪文坛的香港作家梁凤仪,就是这样一个创作理念的实践者。她的三十多部作品,由于巧妙地契合了现代知识经济社会中大众的心理接受模式,再加上梁氏炉火纯青的商业运作,使得"梁旋风"在上世纪90年代席卷大陆。同时,这些作品在"九七"回归前夕香港光怪陆离的社会背景特别是商界背景中,为我们刻画了性格各异的人物,创设了波澜起伏的情节,并于其中透出深邃的思想内容、真实的人生感慨和别样的审美价值。更为难得的是,上个世纪世界范围内的文学一直处于一个消解英雄消解理想消解崇高的发展趋势中,世纪初的激情经过百年来的剥蚀,到最后只剩下颓废、虚无、性、暴力和死亡,一股世纪末的情绪笼罩着文坛。而梁凤仪则异军突起一路高歌,带着一种属于经济领域的昂扬悲壮的情绪冲入文坛,为20世纪末的中国文坛抹上了一种别样的亮色。

梁凤仪,1949年1月17日生于香港,原籍广东新会。是近些年来在香港深受欢迎的女作家之一,又是香港商界和出版界事业有成的女强人。作为现代知识女性,她曾在香港和英美等地修读过文学、哲学、图书馆学及戏剧学,获香港中文大学博士学位;作为企业家,她曾在银行及公关机构中屡任高级职务,并创办了香港勤+缘出版社;作为著名女作家,她几年内连续出版长篇小说二十余部,散文集二十余本。由于才华出众,经验独特,她的小说多以香港风云变幻的商界为背景,以自立奋斗的女强人为主人公,以缠绵悱恻的爱情故事为中心情节,并将财经知识和经营管理知识融于悲欢离合之中,创造出与以往言情小说风格迥异的"财经小说"系列,为当今香港小说增添了新品种。

梁凤仪的财经小说之所以走俏海内外,当有三种机缘作用其中。其一,香港1997年回归,国际政经界视为大事,海外急需了解港人心态、港府对大陆的政策,特别是各财团的临归状况及筹谋,凡此各端,梁凤仪的作品有可供咨询之处。其二,自大陆改革开放以来,香港的政治经济地位日见显要,人们急切希望从这条"小龙"身上借鉴种种缔造现代文明的经验。梁凤仪的小说,真有"香江财经小百科"的价值,能部分满足这种欲求。其三,大陆的广大读者,正处于商品大潮的陶冶之中,梁凤仪作品中所述及的内容,迎合了阅读大众日益增长的关于股市、债券、自由贸易、商业人际关系等知识的追求。

在梁凤仪的小说中,我们不得不提到女性形象尤其是女强人形象的刻画,在梁的笔下,绝大多数的主人公都是才貌女子,她们或是出身低贱,或是备尝艰辛的落难女子,或是富商巨贾之女,或其本身就是商界中人,然而无论她们的出身如何各不相同,有一点却是共通的,即她们都拥有美丽绝伦的外貌。梁凤仪笔下的女主人公,都是些不可多得的人间尤物,是上帝的完美杰作。如《红尘无泪》中的方子昭,第一次在港岛亮相便艳惊四座,"每个人都像看到了一件人间的极品艺术雕像,心甘情愿地在这一瞬间摒弃了牵丝拉藤的所有人际关系杂念,以纯欣赏的眼光去对之表达衷心的仰慕"。在小说中,梁凤仪擅长用一些直抒胸臆的手法从小说人物的视角、感观去描述对女主人公的感性认识。例如在《激情三百日》中作者对商界女强人乐秋心的描述,文中开篇写道:"乐秋心仍然是一只色泽鲜明、神采飞扬的粉蝶,身上那件齐膝宽身湿漉漉的嫩黄色雨衣,娇艳欲滴得近乎反叛与放肆,黄雨衣使乐秋心的周围像捆上了一条淡金的边,把她与人群分割,让她超然独立,继续发挥她的魅力与光芒。"此处只字未提乐秋心的外貌,但是这样一段文字却无疑向人们昭示了一个美貌异常的女子,正所谓"不着一字尽得风流"。

梁凤仪的小说十分注重女性自身是否具有完整的人格精神。在对女性自身性格和情感发展的思考和探索上,她的小说较之于大陆女性文学主力军张洁、陈染、池莉等作家有很大的不同,梁凤仪的小说并没有愤世嫉俗的夸张,也没有赤裸裸地宣泄对女性偏宠的激情。虽然主人公一般都是职业女性,在激烈的商海浮沉中必须更多地保有一份犀利的眼光与睿智的抉择,但是追求完整人格的梁凤仪竭力使她的主人公在现代身份中保留着传统品格,善良真诚、宽容无私。例如《花魁劫》塑造的容璧怡,她原为温柔怯懦的小妾,二十多年来在巨富贺敬生设就的金丝笼中生活,备受大太太聂淑君及其几个子女的刁难与污辱。然而,在丈夫去世后的家族危机中,她凭自己的睿智与胆识,挽狂澜于不倒,掌握了贺家大权,却对贺家一家大小采取了包容的态度,并且为使家庭成员免于不幸而挺身而出,对以前常常出言不逊的贺家二小姐贺敏也伸出了援助之手。作者对容璧怡这种由忍到容的性格描写,无疑就是在实践自己追求的所谓完整人格,希望从容璧怡身上重现她所固守的某种传统伦理精神,而这种东西也是现代人正日益失去却又十分留恋与憧憬的,所以,在情感上十分容易引起读者的共鸣。

总的来说,梁凤仪的小说涉及女性文学创作的一个基本母题:女性从困境中走出,在寻找自我中实现价值。"女性要收复她为人类丢失的一切,不再仅仅充当生命的源泉、人类的根和父权社会的合作者"。她们重新自我审视,追求独立、自尊、自信。她们倔强地摆脱从属的地位与心态,凭着不比男子逊色的才能——小说中那远胜于男子的才能,去开拓自己的事业。这些可敬的女性,在走出了误区、挣脱了枷锁之后,为自己开拓了一个宽阔而丰富的生存空间。她们感到了一种前所未有的自我实现的充实,感到了创造性的生活乐趣和满足。作品中的女性形象从传统的从属地位移向主体地位,追求自主的精神意识,使作品呈现出耀眼的理性之光。梁凤仪笔下的女性无疑具有这样的认识与审美价值:女性要摆脱从属的地位,要避免受制于人的局面,就必须投身社会,在自我开拓中寻找人生的真谛,在男人统治的社会中显示女性的实力,在创造性的生活中实现自我存在的社会价值。

而说到女性,不得不提梁凤仪小说因描述女性的艰难奋斗史而产生的崇高美的艺术特征。我们知道,崇高是一个美学范畴,是集中表现能引起人的尊敬、赞扬和愉快等特殊审美感的重大事件和现象的本质。美学原理指出:只有在暴力的状态中,在斗争中,我们才能保持住我们的道德本性的崇高意识,而崇高的道德快感总有痛苦伴随着。因而人们在欣赏崇高时往往始而产生痛苦,进而由痛苦转化为自豪和胜利的喜悦,激起一种高山仰止、奋发向上的感受。

在阅读过程中,读者常常会为小说中美丽、善良、能干的女主人公一生的磨难而痛苦,会为主人公的成功而欢呼,更为主人公博大的胸襟和良好的教养而震撼,从而得到启示,产生美感,体验崇高。女性要想在这个世界上寻找并确立自我的人格与价值,既不能靠天赐,也不能指望别人给予,但由于生理、心理以及历史的积淀,都先天或后天地造成了女人对男人的"依赖",且这种"依赖"已从物质的进化到精神的,从愚昧的嬗变到文明。现代社会,一方面为女性的独立提供了舞台,一方面又造成了女性无力承受太多的压力而陷入新的困境,产生新的"依赖",她们往往更需要寻找自己精神的"停泊池"和"避风港"。梁凤仪正是以其敏锐洞察了新时代"女强人"的弱点和"犯错误"的根源,并在作品中无情地让这一弱点被男主人公掌握利用,使之成为始乱终弃的男人满足私欲的武器。作者的这一安排,使读者自然而然地走进了"始而痛苦"的审美阶段。

在梁凤仪的小说中,不论是两度力挽狂澜的女强人顾长基(《豪门惊梦》),还是不贪富贵、不爱虚荣的程梦龙(《尽在不言中》),不管是受尽伤害、自强不息的赛明军(《昨夜长风》),还是乐于助人、宽容大度的沈希凡(《心涛》),她们都集温柔善良的传统女性、通情达理的知识女性、自尊自强自立的现代女性于一身,她们中有出身豪门的大家闺秀,也有小家碧玉,她们有才、有貌、有品德,她们追求事业的成功,也追求美满的婚姻、幸福的家庭。在她们看来,家庭和事业同等重要。她们不畏惧商场的明枪暗箭,但最经不起情场的折腾。对于这些近乎完美的女子,梁凤仪从不让她们如愿以偿,给予她们牢固的幸福,相反,却常常当头一棒,将她们从幸福的边缘抛入寒冷的冰窟,让她们或因爱得痴心而饱受遗弃的痛苦,或在付出率真的爱之后惨遭卑鄙的报复,在毫无准备之时失去原有的一切优越条件,不得不赤膊上阵面对惨淡、无情、风云变幻的商场,带着心灵的重创,凭着本不刚强的身心去厮杀。其内心之苦,其生活之艰,非男性所能想象。梁凤仪喜欢让女主人公遭受爱情的折磨,因为她知道女性对爱情的认真和忠诚,追求爱的顽强和执著,因而最经不起爱的捉弄。在作者笔下,言情故事被赋予了新的意义,"弃妇"终将经过努力成为杰出的女强人。梁凤仪正是以她这种独特的方式传达着人生经验,传达着被嘈杂的世界侵蚀和伤害的女人的心灵,始终不渝地以她紧贴社会的女儿之身,真切地道出女性在追求人格独立、追求理想生活的艰难的心路历程,刻画出了女性在生活中的失败、凄惶和坚韧,表现出女性在人生旅程中遭受的多重压力和羁绊,展示出女性对生活的多方面的渴求和希冀。她不"异化"女性,也不熄灭希望之光,唯其如此,使当今接受了现代教育,独立意识萌芽而又无力彻底摆脱传统心理沉淀的女性读者于其中找到了一种心理的契合,进而从女主人公身上去寻求一种希望,一种鼓舞,通过这种寻求完成由痛苦转化为自豪和胜利的审美过程,受到作品的激励而勇敢地面对现实。这便是梁凤仪小说崇高美的艺术特征的真切体现。

在通俗小说中,故事情节的安排,是封闭型的,它不像纯文学。纯文学的小说情节,只是一种结构手段,是一个框架,在这个框架之中刻画人物才是关键。而通俗小说,故事情节本身就是目的,人物是第二位的。因此,要使故事具有较大娱乐成分的可读性,就必须在情节的安排上多作文章,以故事本身的精彩性、传奇性吸引读者。

恩怨情仇,是梁凤仪系列"财经小说"的中心情节。其小说的故事情节安排,无疑依循了通俗小说以情节取胜之道。故事的起伏,全在"恩怨情仇"之间。恩,可重如山,无以回报;怨,会绵如雨,漫漫无尽时;情,必深似海,纵有怨亦无悔;仇,当大如天,永恒于心,无法消弭。这四者交织在一起,波澜四涌,传奇的色彩由此而生,作品的可读性由此倍增。在这千变万化中,我们依然可以寻到作者构建故事的砖砖瓦瓦:施恩的,多是富甲一方、称雄一时的男人,他们所施之恩,不是寻常人家有助人之心就可施以援手的;生怨的,总是女性,或是弃妇遗孀,或是受人欺压凌辱的弱女子;情,偏是那何以堪之情——庄竞之不能忘情于杨慕天这无耻之徒的惨烈之爱,汉至谊因家族的血仇而不能爱其所爱之凄苦,许曼明在新的感情来临之时,惊觉自己仍然深爱的是那个自私而不负责任的丈夫……这"剪不断,理还乱"的一切,是如此的令人扼腕,令人深感完美之无处可寻;仇,相当错综复杂,纠缠不清,有因爱成仇的,有因得罪小人而惹祸的,有由于经济上的利益而互相残杀的,这四者,相互交错,恩怨并存,情仇相交,与传统的通俗小说的恩怨分明有别。如果只是简单地将故事处理成有恩的报恩,有仇的复仇,怨得以伸,情有所托,最后是完美的大团圆结局,那就没有什么"特别"可言了。作者的特别在于,写出了事情的复杂性,让人性在这一过程中更为凸显。

我们从梁氏小说的复仇故事中,看到了复仇者的两难:仇深似海,报亦有难,罢亦不甘。复仇的行动每走一步,痛苦就多一分,因为最恨的人却又是最爱的人。庄竞之大仇将报,覆水难收之时,这样痴心地自我拷问:"自己会不会报复了一个其实始终深爱着自己的人?"这一心态令报仇失去了全部意义。复仇的结果,不是获得胜者的快意,而只有失落;不仅是失落,更是一种假如从头开始,依然会是如此无可选择的人生。一种悔亦不能的痛楚,把主人公永远地定格在无可奈何中。而在这些恩怨交加的复仇故事中,作者同时倡导一种以德报怨的人生态度。对非正义者的讨伐,当然是伸张正义的最直接手段。但事实上,在复仇的过程中,往往伤及无辜,使手执正义之剑者,留下种种遗憾。更何况,冤冤相报,后患无穷,因此,"有风使尽舵"是作者所鄙视的人生态度;胸襟广阔,识大体,有大气,"得饶人处且饶人",是作者赋予她心爱的主人公的一个较突出的美德。从容璧怡、周宝钏(《誓不言悔》)身上,我们可以看到这种闪光点。连复仇心切的庄竞之,对仇人以外的其他人,总是表现出宽容之心。在这些小说中,作者既借恩怨情仇构建了故事,又对恩怨情仇的关系作出积极的思考,对这古老的主题给予多角度的观照,从而使历尽艰辛的人物在大团圆的结局之下,依然带着隐隐的苦涩,令人释卷之余,尚作回味。

综上所述,梁凤仪的财经商战小说拓展了中国传统小说的创作领域,她凭借自身丰富的商场实战经验,将商战主题融入小说创作之中,首创了财经＋言情的小说创作模式。其中的女强人形象更不同于传统的一类女性只是事业的机器,而是个个至情至性,既是商场上叱咤风云的女中豪杰,也是家庭中贤淑的妻子与慈爱的母亲,她们拥有普通女性所有的爱恨情仇,给人耳目一新的感觉。梁凤仪的财经小说多角度、多视角的创作,为我们提供了多重的审美意义,让我们在情节结构的突变中,在人物命运的逆变中,去进一步感受梁凤仪所创造的"世纪末的童话"。

第四节　卫慧、木子美的"后言情小说"

世纪之交,大陆的言情小说在形式和内容上趋于多元化,情爱观的反传统,雅中有俗,俗中有雅,进入了一个复调的"后言情时代"。小说中没有传统或人们印象中的卿卿我我、缠绵悱恻,男性身上找不到男性传统品质的继承,女性也一反往日的温柔贤淑。传统已经被抛弃,不谈爱情,不讲责任,不求结果,言情小说清晰地呈现着一种爱与欲的分离状态。这类小说的写作者都是女性,代表人物有卫慧、棉棉、木子美等。她们的小说又被称为"另类写作"或"身体写作"。这些作品反映了世纪之交中国年轻人与众不同的生存方式、价值取向、性爱观念等内容。尤其是作品中不约而同赤裸裸地以性爱、性的欲望为主要基调,展示了现代年轻人在后现代社会多元、支离破碎、喧嚣繁华的都市生活中爱情和性的欲望的纠缠、割裂、疏离与对立,反映了现代世俗社会中年轻人在感情和性的欲望织就的大网中的冲撞、挣扎、彷徨甚至呐喊。

不可否认,卫慧、棉棉等现象的出现与我们这个社会整体上的大环境有着密切的关系,她们虽不是绝大多数的代表,但她们毕竟是这个社会部分年轻人生活的代言人,这种存在及表达方式本身就具有一种代表性。在批判她们的时候,社会、公众及文学界都有必要对自身进行反省,否则不论如何声讨,如何批判都不会有什么深刻的意义,只能停留在道德声讨与批判的层面上。① 应该承认,在社会舆论对此类"后言情小说"的贬抑之辞中的确有些真知灼见,但这些创作仍然受到了年轻人的欢迎,这些作品仍然引起了他们强烈的共鸣。在某种程度上,每一个作品都是对一种生活的终结,并不意味着作者将继续这样的写作,也不意味着年轻人会永远这样生活下去。她们的作品就像一个个有着许多缺点的孩子,有些缺点甚至不为世俗所接受,但不能否认她们的作品都会成长。这些小说就是一个个蛹,创作者也好,小说中的人物也好,在经历了一番痛苦地挣扎之后,都会变成美丽的蝶飞出来。

事实上,人性是复杂的,它决定了人的复杂,世俗中的人不可能完全按照世俗社会中理想的道德标准去做人、生活。相反,人会做出种种违背它的事来,这些事以自己的理由存在着,所以我们必须面对一个现实:什么样的生活都会存在并且有它的合理性,认为人可以无情无欲或从不认为人是有情有欲的人是虚伪的。所以,从这个角度讲这些创作者们又是勇敢的,至少她们敢直面自己,敢说出自己的一切:好的,不好的。

卫慧,1973年生于上海,主要作品有《上海宝贝》《蝴蝶的尖叫》、《水中的处女》、《像卫慧一样疯狂》、《欲望手枪》等,其中《上海宝贝》等部分作品被译介入美国、德国和日本。自传体小说《上海宝贝》出版于1999年,小说出版后很快就在全国掀起了一场"宝贝旋风"。她又接着推出了一系列作品。社会舆论对她的小说做出了很激烈的反应,认为书中性爱描写过于大胆,女主人公的生活堕落颓废糜烂,不久这本使卫慧成为"中国第一个美女作家"的作品被禁止发行。

卫慧"后言情"小说的另类首先体现在作品的内容方面。卫慧小说的故事背景大都集中在繁华的都市,表现的是纵情、随意、彷徨、自恋、自虐、虚无的享乐主义的生活;描写弥漫在迪厅酒吧里的喧嚣嘈杂和寂寞无助;揭示无所事事、到处闲逛的潇洒悠闲和焦虑彷徨。她笔下的主人公以自我为中心,生性敏感、行为前卫,却时常孤独茫然。疯狂享乐或者游荡在城市繁华空洞而暧昧不明的夜色当中,是一群游离出了当时常规社会家庭生活的青年。主要人物无论是《上海宝贝》里猫一样"看花有情,倚

---

① 所有这些声讨和批判都和中国传统文化有着密切的关系:"中国传统文化是一种伦理型文化,有人说,如果把西方的文化视为智性文化,那么中国文化可以称之为德性文化。这种说法是有道理的。中国文化的伦理型特征,主要源于中国古代社会宗法制度的完备及其影响的长期存在。"参见张岱年、方克立主编:《中国文化概论》,北京师范大学出版社1994年版,第442、348、349页。

树无力"的男人天天,还是《蝴蝶的尖叫》里"作为一种抽象的激情存在于生活之外"的朱迪,以及《床上的月亮》中对已婚男人忠诚不已的张猫,她们生活的主要场景是迷离的酒吧和喧嚣的迪厅,主要爱好的是城市陈旧的废弃物和城市最前卫的物质和精神时尚,他们作为城市的一个阶层存在着。这些青年都有较丰厚的物质基础,不会为柴米油盐而费尽心思。疯狂挥霍着青春的同时,他们倍感迷茫和焦虑。《上海宝贝》中的天天无所事事,困顿疲惫。没有理想和信仰,迷茫而孤独,最终选择了毒品来麻醉自己,毒品可以让他暂时忘记这个世界的样子,给他安静,令他安详。《床上的月亮》中的高中生小米,来到欲望都市上海后,疯狂向往着各种欲望和时尚享受,最终和表姐的情人发生关系,怀孕后跳楼自杀。《黑夜温柔》、《欲望手枪》、《水中的处女》、《像卫慧一样疯狂》、《艾夏》和《爱人的房间》等其他作品中都不同程度地体现了此类内容。

虽然30年代已经有了新感觉派的都市另类,但在经历了战争的冲刷、创业的艰辛、"文革"的打击之后,中国作家的意识深处对都市的热情已经荡然无存,甚至敬而远之。深厚的"本土经验",民族的苦难和农民的艰辛在现实视野和精神传统,甚至原始记忆上都沉重地压迫着70年代之前的中国作家。因此,在这样的背景下,以纵情、随意、彷徨、自恋、自虐、虚无的享乐主义的生活为描写对象,大量描写性、吸毒、摇滚、流浪、异国恋、性伴侣等内容的作品,自然而然便跃入另类的行列。另外,卫慧小说中对性的大胆描写和关注,无疑使得长期以来"谈性色变"的中国人为之哗然,况且这种专注和大胆来自一位女性作家。这种"身体写作"的异质性也成为卫慧作品另类特性的主要体现。在父权制文化长期的统治之下,绝大部分男人甚至一部分女人都无法正常地面对和接受一个弱小女子如此专注而执著地在文学作品中堂而皇之地描写原始欲望以及标榜物质享乐生活。因此,她的作品在读者看来,是另类而异样的。

其次,卫慧作品的语言也表现出特立独行的风格。修辞的独特运用,新奇的描写方式,后现代主义手法的借用,以及英语语法叙述和汉语叙述的结合,都使得卫慧的作品标新立异,与众不同。卫慧的文字表达简单、肆意,新奇而略带诡异。例如:"身后肮脏的大镜子上晃动着柔软的来自皮肤的光泽。镜子渐渐模糊了,一些玻璃碎片随着肉体完美时分的到来悄悄剥落,刺耳的声响,锐声的尖叫,我们的爱情超过厕所的气窗超度了";"腐烂的驴子、软绵绵的时钟、鱼头人身的怪物、孤独的教堂、阴郁的黑衣人,这些在脑海里快速变换的形象让我激动得直眨眼珠,下意识里不停的跳出狂暴、歇斯底里、残忍、腐烂、色情、压抑、恐惧、噩梦、天才、美丽、感伤、欺骗、愚蠢、错乱、非理性、疯狂、优美、幽灵、生命、自由、刺激、欲望这样的字眼";"音乐正以绞肉机般的速度占领整个酒吧……任由激情把身体碾成肉糜。""宿夜的酒精还粘在她的脑膜她的意识层上,这些刺激性的小东西像一朵朵褐色的腐败的花,在她青春貌美的日子里与肉体相克相生。她茫然地盯着天花板,试图找出一点点可以让自己精神振奋的理由,可很多事情并没有站得住脚的理由就接连不断地发生发展。她的脑子里转动着一些混乱的念头,她口干舌燥小腹冰凉胸无大志随波逐流然而又野心勃勃,是的,随时的绝望和随时的希望。""他蹲在床前,想了一会儿,伸手从床底下拖出那幅蒙着床单的画,隔着布摸了摸。有一种期待和恐惧渗入了血管,他听到喘息声,像墓地的共鸣。他扯掉了床单,女人的脸带着老鼠啃啮过的痕迹(这痕迹使脸带上色情而残暴的特征),像一团谜与他坚硬地对峙。一阵雾飘过他的鼻孔,他嗅到了潮湿而腐烂的味道。女人的脸就是一只在秋天的残阳下静静腐烂的水果,成熟,多汁,惊人。"小说的遣词造句,明显不同于传统小说的技巧,新奇的词语和修辞手法的运用都使得卫慧的小说给读者耳目一新的感觉,这也是卫慧的作品另类的地方。卫慧以她的另类迅速走红,虽然她的迅速走红使得精英文化和严肃文学忧虑重重。

　　卫慧作品的另类并不是无本之源,在新的社会环境下,在摆脱了种种思想束缚后,言论的自由和宽松让人们在文学创作中敢于大胆尝试。文学真正的自由化使得各种言论及创作无所顾忌,畅所欲言。第二,卫慧的个人经历及性格。卫慧属于70年代作家,市场经济在商品化社会带来的价值混乱和传统道德观念的被鄙视,精英文化的失语,享乐主义的甚嚣尘上,以及对西方文化由衷地亲近,是他们呼吸的主要精神空气。"'70年代人'易与物质化的社会取得一种谐同性和亲和性,又能充分领受个体文化时代带来的宣泄的自由和表达的快乐。"[①]90年代的中国,启蒙话语和革命话语渐渐失去了影响力,"同时,市场经济制造了一个世俗化的伊甸园,持续不断的生产和再生产者着人的各种欲望。消费主义意识形态弥散在城市的街头巷尾,文学的叙事相应的从诉诸理想的乌托邦转向诉

---

① 欧阳晓昱:《冷暖自知的无根漂泊》,《文艺评论》2004年第6期。

诸个人欲望的人伦日用实践。"①上海则是这个世俗化伊甸园的典型代表。消费主义的盛行,与西方文化的亲密,都使得上海具有独特地域特点和都市生活模式。卫慧生活在上海,对此类生活有着切身的体会,并且从内心深处亲近和接受这种生活模式。所以她的笔下没有贾平凹式的"乡土都市",而是对消费主义都市生活由衷地赞美和描摹,作品中的人物身上有着她自己的灵魂。广大中国民众前现代化的生存状态,对这种明显带有后现代性的身体叙述无法接受和理解,因此视为另类。另外,并非所有的作家,甚至有着相似经历的写作者都能够写出类似的作品,卫慧个人的大胆、追求独特的性格特征,以及复旦大学中文系的出身,使得她有机会接触大量中外文学作品,吸取文学作品中的写作方式和技巧。第三,作为文学创作者,求新求异的心理也会驱使她发掘一些不同于以往的叙述方式和内容来标新立异,以求发展。卫慧坦然地揭露原始欲望的身体写作,对少数人享乐主义生活模式的公开叙述,怪异、新奇词语的运用,后现代主义技巧的使用,也是一个文学创作者对自身创作独特性的一种追求。第四,作为一个毫无名气的文学新人对名、利的渴望和追求。张爱玲在30年代已经深刻意识到"出名要趁早"的重要性,对于一个生活在90年代,消费文化和市场的需求日益受到世人关注的年代,任何一个文学创作者,尤其是初涉文坛的写作者,对名利的认识是异常深刻的。卫慧本人一系列高调的作秀行为,在标新立异的同时,也吸引到了大量的眼球。深圳书城连续两周的畅销书排行榜都有卫慧的《上海宝贝》。另类的行为使得卫慧名利双收,虽然这样的"名"颇受争议。

在卫慧、棉棉等现象仍未退出人们的视野之际,2003年又爆出了木子美现象。木子美,生于70年代末,广东人,广州某杂志编辑,主要作品《遗情书》。木子美从2003年6月起,在中国博客论坛开辟了个人网页,专门从事性爱日记的写作,并在网上公开,她的个人主页也因性爱日记中以真实姓名和大量性爱细节公开了她与广州某著名摇滚乐手的"一夜情",并冠名为《遗情书》,使自己一夜成名。很快社会各界作出了强烈反应。

从社会道德角度看,人们认为木子美缺乏社会道德责任感,尤其认为对未成年人有着极大的危害性和负面影响。很多人尤其是母亲们和法律界的一些人士主张封杀木子美,并对为她提供发表空间的网站和起推波

---

① 孙长军:《大众文化与身体叙述——解读卫慧》,《荆州师范学院学报》2003年第6期。

助澜作用的商业炒作媒体提出了质疑和批评,认为他们丧失职业操守。同时也有一些人认为从公民权利角度讲,她作为一个成年人确实有处置自己身体的权利。① 另外,还有人认为木子美开创了中国现代写真文学,因为她总是在她的性爱日记中以真实姓名毫无禁忌地记录与她发生"一夜情"的男人的性爱过程,"走哪儿睡哪儿",和谁在任何时间任何地点都可以发生性行为,没有任何原因,只是因为她是一个女人,对方是一个男人,她也因之被视为用器官写作的女人。与卫慧那些充满小资情调的作品中让女性饱受性与爱、情与欲分离的煎熬不同,木子美日记中的人物只有毫不掩饰的对性的要求,感情已经被抛弃得干干净净。从另一个角度来看,木子美确实是以自身的行为和一种极端的方式来颠覆传统的爱情观和道德观的女性,她以一种毫不在意无所顾忌的态度面对社会舆论的指责,自诩为"穿裙子的男人"。

不过,无论大众意见还是专家意见,除了铺天盖地的各色标签的"木子美",隐藏在这个象征符号后的那个活生生的女人却渐渐消失了。人们似乎都在借着"木子美"自说自话,强调自己一贯的立场,没有人真正去逼视作为一个人的木子美,甚至没有人认真地读过她公开裸露的文本。李银河在应邀谈论木子美时根本没有读过她的文字。朱大可在评说木子美时,就同时承认了自己评说的乏力,"我们不能辨认那些隐藏在文化事件背后的逻辑真相,甚至无法就那些个案作出基本的价值判断。这种所谓'后现代'状况,正是我们所面对的批评学困境。"张念在《持不同性见者》里显得含混其词,她先是拒绝一切推测,"总有人问我,她为什么这样为什么那样,这个也许只有上帝知道";随即却马上对别的推测做了坚决否定,"出名,这是一个多么平庸和市侩的答案";接着,突然抛出了自己的正确答案,"生命总是要遭遇伤害,不是被男人伤害,就是被女人伤害,不是被制度伤害,就是被强权伤害,不是被文化伤害,就是被自己的怯弱和蒙昧伤害,不是被家庭伤害,就是被社会伤害。这一切都是因为你别无选择"。朱嘉铭的"性亢奋"论更为草率,他看的只是报纸报道和网上资料,居然就能诊断出病理性的成因。

---

① "从两个方面看她是有这个权利的。一方面,她作为一个成年人,她有处置自己身体的权利,就是她想跟谁性交无所谓,别人无权干涉,这涉及人身自由的权利;另一方面,她想把它写出来、说出来,涉及言论自由的权利。这两个权利都是受宪法保护的。"李银河语,见木子美《遗情书》,21世纪出版社2003年版封底。

因此,"木子美风波"只是一场举国喧哗的语言狂欢。知识分子或专家们的参与并没有让各种争议积极起来,反而使得这桩闹哄哄的事件更加晦涩难明。几乎所有的声音,包括那些为她辩护的声音,什么"性解放"、"性异见"、"性文学",都在把木子美推向一个"非常人",一个"异数",一个远离我们日常生活形态的怪胎。其中最荒诞的是很多人把木子美奉为"女权主义者",而她们的理由仅仅是因为木子美敢于写性,敢于奚落男人,这种说法真是幼稚得吓人。实际上,只要读了木子美的作品,很容易就会发现她不是"女权主义者"。很多时候她只是把男权分子贬低女性的办法用在男人身上,只不过是女性身体的男权主义者。从心理角度来看,这种在言辞上占尽优势的挑衅姿态,也不能说明她在自觉地抗争,只能说明她有了某种"弱者以强者自居"的心理,就像一个长期被主人呵斥的奴仆,久而久之就会模仿主人的说话方式,并开始幻想主人变成了自己的奴仆。用我们通俗易懂的话来说,木子美的貌似叛乱其实是"农民起义",不是真的反皇帝,而是自己想当皇帝。

其实,木子美是一个普通人,一个活生生的人,她就生活在我们旁边,和我们共处在一个社会里。至于她到底是什么主义者,真的一点儿也不重要。木子美对我们这个时代是有特殊意义的,但她的意义并不是人们所说的什么"性革命"、"新新人类"、"后小资"等等,而是她有自己的生存经验、自己的情感模式、自己的内心历程,出于非常偶然的因素,这些文字构成的东西如此显眼地摆在了我们的面前。

与此同时,我们不得不承认,无论是卫慧还是木子美,她们确实利用了人们对性和女性的世俗心态,有目的地成功地利用了自己的经历见闻,功利地利用文学成就了她们名利双收的世俗梦想,尽管文学中的爱情并不带太多功利色彩。应该说,她们的写作在彼时真是她们情绪宣泄的需要,她们也确实具有一定的才气,但她们又是务实的,她们关注的是自身的感受和生活,而没有历史使命感和强烈的社会责任感,这些对她们而言是既沉重又遥远的事。

很明显,这些带有情欲色调的"后言情小说"创作潮流表明当下社会的部分年轻人从生活方式到道德价值判断等各方面都与社会不尽相容,社会舆论对这类文学现象的评判无法不受社会风俗(非正式制度)遗传性影响。不过,对这些作者而言,社会、文坛的承认并不重要,因为她们是想写才写作,写作令她们宣泄,令他们愉悦,至于将来是否还要继续写,写什么,根本不重要,重要的是,她们真的用心去写了,她们在真诚着自己内心的独特感受,没有矫饰与做作。也许,我们用宽容、平和的心去看待这一切,后言情小说也会让我们看到很多有意义的东西,而这些特立独行之作在经历了历史的淘洗和读者的检验之后会得到更中肯的评价。

(楼晓勤)

下 编

第六章 武侠小说的历史变迁与现代转型

武侠小说在中国源远流长,几千年来,在江湖上行侠仗义成为萦绕在中国人心头无法释怀的英雄结和造梦史。在传统向现代转型的新文化运动中,武侠小说也几经发展几经繁荣,最终完成文学现代化之路,成为通俗文学中最强劲最丰富的一脉。

第一节 中国传统侠文化的合理性

侠集中表达了人类对社会正义和公理的追求和向往,中外古今有许多文艺作品都表达了不同民族的侠义梦想。中世纪欧洲的骑士文学、美国的西部电影中都塑造了他们民族心目中的侠客形象。而中国的侠文化更是源远流长,早在春秋末年就确立了侠文化的合理性,出现了许多传诵后世的侠客形象,侠成为中国人民族无意识的重要组成部分,成为有着丰富内涵的传统文化意象。侠的定义主要着眼于真实的和虚构的侠形象,侠文化则是着眼于侠的形象发展的历史形态和文化积淀。龚鹏程认为,侠不属于某个特定的阶层,而是指具有某种气质特色、某些理想的人。[①]陈平原也说,"侠"主要是一种个性、气质以及行为方式,而不是固定的社会阶层。[②] 这些关于侠的内涵都是基本合理的,也能被普遍接受。然而复杂的侠文化不是一个可以很确定就给出边界和定义的文化现象,而是一种历史存在与精神想象、社会体验与心理认证、当代视界与价值特指的不断的整合与融汇的动态过程。所以考察、确证这种文化"整合与融汇"过程的趋势及其复杂立体的层次就显得更为重要。

[①] 龚鹏程:《侠的精神文化史论》,山东画报出版社2008年版,第21页。
[②] 陈平原:《千古文人侠客梦》,百花文艺出版社2009年版,第14页。

韩云波认为,侠文化有两个层次:第一个层次是广义的侠文化,包括侠的文化存在(即侠在历史中的具体表现和在文艺作品中的具体表现)和侠的文化积淀(即民族性中的侠文化心理或称侠性);第二个层次是狭义的侠文化,也包括两个方面,即侠的行为文化(诸子百家及史记传记之游侠)和侠的精神文化(文艺作品之武侠)。[1] 根据这个定义,他进一步把侠分为私剑之侠、道义之侠、江湖之侠。其实,私剑之侠也是属于江湖之侠的一部分,只不过是其一个历史阶段比较特殊的表现形式而已。那么,侠文化应该具有如下几个层次,一类是历史上真正存在的侠,一类是文人加工想象的侠,和由这两类共同影响下形成的民族性中的侠文化心理或称侠性。司马迁和班固写游侠列传后,后世正史不再记录侠,但并不代表侠不再出现,从广义侠文化来看,历史上刺客、豪侠、绿林,直到近代的黑社会,都包含有实际存在的侠。他们具有良好的私德,正如司马迁在《史记》中所言的闾巷之侠:"今游侠,其行虽不轨于正义,然其言必信,其行必果,已诺必诚,不爱其躯,赴士之厄困,既已存亡死生矣,而不矜其能,羞伐其德,盖亦有足多者焉。"[2] 但是他们的缺点有目共睹:他们暴力除不平,但是当自己的利益受到损害的时候,也会用暴力欺压百姓;他们讲义,但是是集团内部的私义,非公共之大义;他们求名,但容易从求名变为称王称霸;他们讲究复仇,可是往往变成草菅人命滥杀无辜,他们追求自由,也往往会放纵欲望。有一点社会最不能容忍,就是实际的侠往往拉帮结伙,坐大势力,轻则危害周围百姓,重则威胁到封建统治。最早的贵族之侠,正是指能够招徕指使别人的人。群侠奉行的行帮道德,往往偶尔主持正义,更多的时候都是鱼肉百姓。古代侠盗并称,班固指斥其"以匹夫之细,窃生杀之权,其罪已不容于诛矣"[3];鲁迅所讲的"所以中国的国魂里大概总有这两种魂:官魂和匪魂"[4],正是在这个意义上而言。

如果侠文化只是实际的侠盗不分的状况,侠文化肯定不会得到中国人的认可。侠文化还有其另外一面。那就是虚构的理想之侠以及弥漫在民间的具有正义倾向的侠性。司马迁最先从儒家的角度对侠进行严格的区分。他把侠分为布衣闾巷之侠、卿相贵族之侠和豪暴之侠,最欣赏的是

---

[1] 韩云波:《中国侠文化:积淀与传承·自序》,重庆出版社2005年版。
[2] 司马迁:《史记》卷124,《游侠列传》。
[3] 班固:《汉书·游侠传》。
[4] 鲁迅:《学界的三魂》,《华盖集续编》,《鲁迅全集》第3卷,人民文学出版社1981年版,第207页。

布衣之侠,但也承认他们有的行为是不轨正义的。到了唐代,侠从实际之侠向虚幻之侠转换,儒生们终于可以完全按照自己的意见来对侠客进行改造了。唐代的剑侠应该是较早的虚幻之侠,与实际之侠拉帮结伙不同,他们独来独往,专为人间平不平。这样,既保留了实际之侠的尚武的特点,又给侠客注入了更为普遍的道义理想,同时避免实际之侠行帮道德的缺点,实实在在地成为"道义之侠"。经过宋、元、明、清直至现代武侠小说的发展,形成了较为稳定的武侠小说侠客形象的特点:仁、义、忠、勇、悲、淡等。侠客们承当了本应是朝廷职责内的社会正义,疾恶如仇,路见不平拔刀相助;他们具有很强的个人能力,为了正义敢于献身;行侠不为一己私利,施恩不图报,纯粹是义务,不索取权利;同情弱者,振人不赡,救士厄困。正是这些道义之侠,使得侠文化真正普及到民间,形成了具有正义倾向的民间的侠性。就文化的意义而言,侠文化的这一面具有更重要的意义,对后世的影响最大。

研究武侠小说,侠文化的论者往往对侠文化持否定的态度。其结论也是比较统一的,就是侠文化属于封建文化,侠天然具有反正统反社会秩序的倾向,侠是弱势人民聊以自慰的"白日梦",尤其是今天的法制社会,和侠文化更有着不可调和的冲突,侠文化的衰落是必然的。侠文化兴盛的原因,"要不就是时代过于混乱,秩序没有真正建立;要不就是个人愿望无法得到实现,只能靠心里补偿;要不就是公众的独立人格没有很好健全,存在着过多的依赖心理",结论是"如此说来,一个民族过于沉溺于侠客梦,不是什么好兆头"。① 这些观点不能说没有道理,但是由于只看到了侠文化的一面,没有看到另一方面,所以是很笼统片面的。在传统社会中,侠和社会秩序、法制之间并不是只有根本对立的关系,侠文化在中国古代不总是在社会秩序之外,侠文化(特别是虚构的"道义之侠"及其影响形成的民间侠性)在古代和法制具有相当强的互补性。

有关侠文化的合理性,如前所述,论者大部分都是从文化和民族心理等精神文化方面给予一定程度的肯定。对于侠的实践作用,除了强调其追求正义之外,鲜有肯定的。其实,在我们看来,侠文化在古代社会的合理性,最重要的一个来源恰恰是其辅法的实践性。正是因为侠文化对于古代的法制和社会秩序具有举足轻重的地位,侠文化才保有了如此强大的生命力。

---

① 陈平原:《千古文人侠客梦》,百花文艺出版社 2009 年版,第 10 页。

第二节　武侠小说中的侠义精神

"侠义精神"是中国人源远流长的一种人文精神,好侠尚气也是中国民间社会的优良传统。在逐鹿问鼎的春秋末年出现了侠客形象,这些快意恩仇、浪迹天涯的游侠集中体现了反抗强权,追求正义公平的理想,这就产生了中国文学史上一个特殊的小说类型——武侠小说。最早的武侠小说是东汉末年的《燕丹子》。先秦两汉,游侠受诸子鞭挞,武侠篇章很少,但仅有的武侠传奇成为中国比较成熟的描绘侠客的范例。六朝社会动荡,侠指以武挟人,放荡不羁之流,无好坏之分。刘义庆的《世说新语》中也有记载侠客的篇章。唐传奇是有意识的艺术创作,武侠小说随着唐传奇的发展而成型,层出不穷的传奇的各种写法及其塑造的各类侠客形象,都影响到了元明清戏曲传奇和后世武侠作品。随着宋元说话艺术的内部分化,使武侠小说作为一种特殊的文学样式从小说中独立出来。而宋元笔记小说中的武侠篇,却是进展不大,甚至逊于唐笔记中的武侠篇。明代社会呈现多元化,武侠内容也在章回小说中得以体现,如《水浒传》中的鲁达篇,就可以看做是武侠小说的继续发展。到了清朝,为了解决晚清的社会生活矛盾,体现底层人民意愿的英雄侠士和体现市民上层理想的清官奇妙地在小说里结合,集中反映了晚清社会的世俗愿望。自石玉昆的《三侠五义》之后,各种文人长篇武侠竞相出现。如俞樾的《七侠五义》,无名氏的《小五义》,文康的《儿女英雄传》,这标志着中国武侠小说形成了稳定、独立的存在形式——侠义小说。

那么这些历代的武侠小说中有无相对统一的侠义精神呢?史学大家司马迁在《史记》的《游侠列传》中如此形容侠义精神"其言必信,其行必果,已诺必诚,不爱其躯,赴士之厄困,既已存亡生死矣,而不矜其能,羞伐其德"[①],真正的侠士他们一定是想人之所想急人之所急的,他们总是会出现在需要他们的地方,帮助需要他们帮助的人。他们可以不顾自身安危,救人水火;他们可以救人困厄,不留名姓;他们勇敢无畏、公正无私;他们信守承诺,仁义光明。他们通常青衫布衣锈剑一把,便开始畅游江湖,行侠仗义之旅。

海外学者刘若愚先生曾在《中国之侠》一书中总结出的侠的八大精

---

① 司马迁:《史记》,转引自严家炎《金庸小说论稿》,北京大学出版社1999年版,第33页。

神:"一是助人为乐;二是公正;三是自由;四是忠于知己;五是勇敢;六是诚实、足以信赖,七是爱惜名誉,八是慷慨轻财。"①而其中"助人为乐""公正""诚实,足以信赖"(忠于知己归于此类)"勇敢""慷慨轻财"正是传统的武侠小说家们塑造的最经典的侠义精神,而武侠小说中的侠一般都是围绕着这些侠义精神塑造侠客形象。

首先,侠客具有助人为乐的精神。这是侠义精神最核心的内涵。侠义文化出自墨家,"侠义之士实为墨家后学"②,墨家讲究的"非攻""兼爱",大侠们就以他们的武功来不求回报地助人来实现他们最源头的兼爱的思想。所谓"路见不平,拔刀相助"正因为如此,帮助他人一般被认为是侠的根本,在武侠小说中,大侠们助人为乐的例子也是屡见不鲜。令狐冲见田伯光掳劫仪琳,明知自己武功不及,也奋不顾身地拼死相救(金庸《笑傲江湖》);红花会在追踪大内侍卫与文泰来途中,出手相助回部民众夺回被抢走的《可兰经》(金庸《书剑恩仇录》);沈太公抓到一只上书"为我报仇"的信鸽,便与我是谁两人到处奔波寻找线索,不辞辛苦入川南(温瑞安《白衣方振眉》);杨小邪看到恶少调习民女挺身而出,看到清官被人陷害劫法场(卧龙生《杨小邪》),这样的例子在武侠小说中比比皆是。金庸曾经在演讲中将侠定义为"奋不顾身,拔刀相助"这八个字。"路见不平,舍身相助"这样不顾一切的帮助他人的人生准则成为武侠小说的精神主旨。

其次,武侠小说中,大侠们经常仗剑天涯,快意恩仇。"侠以武犯禁",大侠可以对各种戒律无所顾忌,但是不能毫无根据的"仗武欺人"。他们行为处事都讲究"义"和"道",光明正大,公正严明,铁面无私。金庸《飞狐外传》中的赵半山就是一位公正无私的大侠。他受一个"孤身一人,竟然间关万里、历尽苦辛地寻到回疆"的小姑娘所托,带着她从回疆返回中原替她主持公道,制裁杀害她全家的太极门败类陈禹,并让这些坏事做尽的恶贼们死得无话可说,心服口服。正大光明,公平正义,这正是赵半山这一类传统的大侠们身上一种闪闪发光的必备侠义品质。

第三,在侠的世界里,"其言必信""已诺必诚"的诚信品质使他们在人群中获得了坚实的信任基础。侠客们一诺千金,不负于人。因为共有

---

① 转引自林剑敏《中国武侠小说和西方骑士文学"侠"文化比较》,《湖北广播电视大学学报》2008 年第 2 期。

② 薛柏成:《墨家思想对中国"侠义"精神的影响》,《东北师大学报》2005 年第 5 期。

的品质,也使得他们获得了相互间的信任和理解,"士为知己者死"是他们共奉的人生原则。在古龙的小说中,这些英雄侠士们之间的信义尤为感人肺腑,陆小凤、花满楼、西门吹雪之间如此,郭大路、王动、林太平之间亦如此,而在其巅峰之作《多情剑客无情剑》中,"小李飞刀,例无虚发"的探花李寻欢的形象则塑造得更加丰满,他与朋友之间的义气干云也更加深入人心。

第四,不畏艰难,反抗强权也铸就了侠客们铁一般的意志和英勇的品格,他们"不爱其躯""奋不顾身",为了朋友,为了困厄的需要帮助的人,为了心中的侠义,他们常常是将生死置之度外,常常敌强我弱也并不屈服,明知不可为而为之。乔峰为让薛神医救治阿朱,明知大批好手正准备狙杀自己的凶险,只身赴会(金庸《天龙八部》);石破天在整个江湖都认为去侠客岛必死无疑的情况下,接下众家掌门去接受赏善罚恶令,替他们去侠客岛"送死"(金庸《侠客行》);冒浣莲为救易兰珠,竟可以隐入相府深入皇宫,甚至后来挟持皇帝,斥责天子(梁羽生《七剑下天山》);勇是侠客们的必备品,犹豫和懦弱不成大侠,若顾惜生死,又如何行侠仗义,扶困济厄呢? 正如司马迁所说"既已存亡生死矣"有这样的精神,才能成就一代大侠。

最后,慷慨轻财是侠士们的又一精神特点,虽说"君子爱财,取之有道",然而侠要做的是劫富济贫,帮助有需要的人,关键处连命都不在惜,何况这黄白之物呢? 侠一般都是仗义而轻财的,沈浪就是一个典型的慷慨疏财的侠士,身为"簪缨世家,资产何止千万"的沈天君之子,将全部家财尽数送给了仁义庄,然后便江湖行侠去了。他出场时就是个视钱财如粪土的侠士形象,千辛万苦的除去了恶贼三手狼,得了500两的悬赏,而后便随手送了送酒童子100两买鞋穿,而当见钱眼开的金不换抱怨自己急需钱之时,沈浪便将余下400两即刻赠送,甚至还将身上的皮裘也脱了下来给了他。"仗义疏财"四字看去似乎便是为《武林外史》(古龙)第一回中这个"落拓少年"而造的了。

这些武侠精神特点在新武侠小说中都得到了继承,而近现代的新武侠小说之所以能够再度唤起人们对武侠小说的强烈兴趣,一大重要的创举就是在梁羽生、金庸等人的努力下将侠义精神发扬到了为群众、为人民、为大多数人这个高度上来,与近现代的时代精神相契应,再也不是简单的江湖快意,刀剑恩仇,他们的行为已经不再如以往一般神化妖化,他们的行为更加地贴近人民,贴近百姓,把为人民做些事情作为他们侠义人生的主旨。诚如《倚天屠龙记》（金庸）中赵敏问张无忌："你到底有什么本事,能使手下个个对你这般死心塌地？"张无忌回答说："我们是为国为民、为仁侠、为义气。"一语道出了传统武侠小说中的侠士们的人生追求与目标,在他们眼中这样的人生才是有价值有意义的。在《射雕英雄传》（金庸）末尾,主人公郭靖曾与成吉思汗有过一段关于英雄的讨论。成吉思汗说："我所建大国,历代莫可与比……你说古今英雄,有谁及得上我？"郭靖沉吟片刻,说道："大汗武功之盛,古来无人能及。只是大汗一人威风赫赫,天下却不知积了多少白骨,流了多少孤儿寡妇之泪。"在郭靖看来,杀的人多并不是什么英雄,英雄或者侠士应该是为大多数人谋福利的,用他的原话说便是"自来英雄而为当世钦仰、后人追慕,必是为民造福、爱护百姓之人。"从《射雕英雄传》到《神雕侠侣》（金庸）,郭靖几十年如一日,一直坚守襄阳城,为的只不过是不让凶残的蒙古人入南宋之地,不让其任意的屠戮中原百姓,用了一生便是为百姓守得这几十年平安,最终还与襄阳一起消弭在蒙古大军之下,其为国为民的大侠义精神真是可歌、可泣、可叹！

梁羽生再三强调"与其有'武'无'侠',毋宁有'侠'无'武'"①,金庸也借郭靖之口说"人生在世,便是做个贩夫走卒,只要有为国为民之心,那就是真好汉、真豪杰了"（《神雕侠侣》）在传统一代的武侠小说家看来,武功其实并不重要,重要的是那颗为国为民的侠义之心,传统的侠客们从来不屑做朝廷的鹰犬,不为朝廷卖命,但是却可以为国家为人民抛舍一切,江湖恩仇、个人私怨在国家和人民的利益面前必须让路,在《白发魔女传》（梁羽生）中有农民起义领袖李自成宁愿放弃自己既定目标,与朝廷合作,来捍卫人民与国家的利益,其气度胸襟也真不愧为一代豪杰英侠！

传统武侠小说的巅峰期是在60年代,起于50年代,当时正是新中国建立之初,那一代武侠小说家包括金庸、梁羽生等都是从战火中走来的,他们了解也经历过水深火热的生活,所以他们的侠义意识是相对较为深刻的,侠义期盼也较为强烈,所以从50年代后期开始,在相对思想解放较快的港台地区出现了传统武侠小说的创作高潮。而他们那代人更曾经面临过国家的存亡危机,所以在他们一代人眼中,国家人民的意识是非常强

---

① 梁羽生：《金庸梁羽生合论》,转引自廖可斌主编《金庸小说论争集》,浙江大学出版社2000年版。

烈的,看着人民包括自己也深受苦难过,因此他们的大侠情节就更加强烈,他们都希望有这样的一个大侠能够解救人民于水火之中,能够解救国家于危急存亡关头,所以在传统武侠中,一般出现的较多的也较深刻的都是大侠,都是"为国为民"的"侠之大者"。在当时的背景下,出现了这样的侠义趋势和武侠热潮,正是时代背景时代文化作用的结果。

第三节 中国近现代武侠小说的发展

一、近代武侠小说的文学基础

20世纪雅俗文学的相互促进催生了近现代武侠小说的发展。19世纪末20世纪初,中国文学的现代化起步是以"小说界革命"为开端的,虽然其改良群治的初衷并未得到切实的实现,但影响却相当深远,它对传统旧小说的批判深入人心,"新小说"取代旧小说已被认为是理应之事。在"小说界革命"的号召下,许多人投身于小说创作,尽管其创作宗旨与梁启超多不相同,作品面目也迥异,但都在努力地提供新式样的作品。总之,小说发展正面临着变革转折,而政治变革又以小说为最有力的宣传工具,两者的结合导致了"小说界革命"的发生,它使小说原先的渐进模式变成了突变式的飞跃,并又在相当程度上参与了后来小说发展态势的决定。"五四"以前时期是通俗文学迅猛发展阶段。在范伯群先生的《20世纪中国通俗文学史》中用了大量有说服力的证据,论证有不少通俗文学作家是早期启蒙主义者,在"五四"之前的文学领域中他们曾承担了重要的启蒙任务。通俗作家在文化启蒙中是付出了很多心血,做出了一定贡献的。他们的启蒙虽然没有"五四"知识精英作家那样强劲,但是通俗文学的铺垫作用也是很重要的。到了"五四"时期,雅俗文学是一个"相克相生"阶段。新文学家对通俗文学进行了激烈批评。在知识精英的强大压力下,通俗作家积极努力,使得通俗文学不但没有在批评中沉没,反而得到发展壮大。这个时期,出现了现代武侠小说。所以通俗文学同样承担了20世纪之交中国文学现代化进程的角色。这有许多创作的实绩可以证明。

20世纪三四十年代,通俗文学一派兴旺景象。北方通俗文学迅速崛起,以还珠楼主为领军人物的第二代武侠小说在艺术上有了很大进步。他们赢得了众多的读者,使雅俗文学处于并驾齐驱状态。抗战胜利前后,北方四大武侠小说家风格各异,无论在思想观念,还是在写作技法上都有所进展。到了1949年以后,虽然通俗文学的发展在大陆基本处于休止状态,而在台湾和香港继续发展壮大着。到了80年代初,在改革开放的背景下,大陆的通俗文学才得以恢复,台湾香港的武侠小说、言情小说也迅速在大陆流行起来。大陆的通俗文学得到长足发展,成为当代文学不可或缺的力量。由此可见,在雅俗之间的关系上,二者并没有不可逾越的鸿沟,即使在同一个历史层面中,高雅与通俗也是同时并存,相互融合的。它们各自以自己的优势拥有各自的接受群体而显示着无限的生机与活力,使文艺的总体格局显现着多元化态势。无论任何时代,只要条件具备,通俗艺术就会如春风化雨,自然地生成与传播,成为文艺百花中的重要风景。

二、近代武侠小说的兴起

一百年来中国的武侠小说已经走过了民国旧武侠、港台新武侠的不同阶段。辛亥革命后,人们从封建桎梏下解放出来,各种思想流派涌入中国,报业、出版业得到空前繁荣,文学艺术得到大力发展,各种风格流派的文艺作品异彩纷呈,武侠小说也异军突起,它以独特的武侠侠义精神传统深得人们喜爱。20世纪的20年代至40年代,长篇武侠小说兴盛一时,是我国20世纪武侠小说的第一次浪潮。这一时期的武侠小说主要是武侠技击小说,它使武侠小说深入广大民众,使武侠小说成为中国现代小说体系中不可或缺的部分。在目睹辛亥革命和国民革命的软弱无效之后,人们寄希望于侠客壮士来帮助自己舒不平之气,判人间是非。1923年,以南派小说家平江不肖生的创作为开端,旧武侠的创作进入高潮。同时,向恺然(平江不肖生)的《江湖奇侠传》直接引发了现代武侠小说的创作狂潮,当时最有名的有还珠楼主的神怪武侠小说,白羽的社会武侠小说,郑证因的技击武侠小说和王度庐的言情武侠小说等四大派武侠小说。在民国武侠小说作家中,还珠楼主体现了中国传统文化特色的半文半白的语言,儒、佛、道的精神哲理,都融会贯通于小说之中。白羽的社会武侠小说在武侠与社会生活方面结合得十分紧密,他受新文化运动影响很深,本身又是记者出身,他常常是通过武侠思想与社会现实的脱节来批判社会的黑暗。郑证因将武侠的豪气与精妙的武术与惊险的情节融为一体,并特别注重武术技巧的描写,被人称为技击武侠小说。而王度庐的武侠小说则重言情,写到生死缠绵处,常感人至深。后起的港、台武侠小说,也大多走的他开拓的这条"悲剧侠情"的路子。主题多是尚武精神和反侵略的强烈愿望,体现中国传统美德。

三、现代港台武侠文化的发展

20世纪50—70年代以来发生发展于中国香港、台湾地区的新派武侠小说,是武侠小说的第二次浪潮,对以后的"大陆新武侠小说"的兴起起到了重要作用。旧武侠在港台的商品化和流行化、通俗化潮流中,以全新的面貌在港台萌生、复兴嬗变为新武侠,并迅速波及东南亚,辐射欧美华人圈,这个时代名家辈出,港台新武侠的主要代表作家有梁羽生、金庸、温瑞安、卧龙生、司马翎、诸葛青云、古龙等人。特别是梁、金、古三人,被称为此间的翘楚。

金庸(1924—)博学多才,阅历丰富,文思敏捷,眼光独到。他继承古典武侠小说之精华,开创了形式独特、情节曲折、描写细腻且深具人性和豪情侠义的新派武侠小说先河。如《射雕三部曲》、《天龙八部》、《侠客行》、《笑傲江湖》等作品,表现生命意识、狂欢色彩、人性追求、自由人格等等属于人性本体的东西,也有人的情感和生命的、个体与群体的存在状态的反思等等,受到广大学者的推崇。他用17年写了15部武侠小说(连载版),又用10年把这15部小说全部重新修订了一遍(我们常见的发行版)。2007年已出版了最新的世纪修订版,也进行了大胆的改动。应该说,金庸对新武侠小说文化底蕴的形成影响极大。

梁羽生(1924—2009)知识渊博,国学根底深厚,具备丰富的历史、地理、民俗、宗教等等各门知识,并有相当的艺术修养及传统文化造诣。文字优美华丽、情节曲折,文中大量运用古诗词,显得深厚隽永。而且他的主题明确:武侠小说必须有武有侠,武是一种手段,侠是真正目的,通过武力的手段去达到侠义的目的;所以,侠是重要的,武是次要的。代表作《白发魔女传》、《萍踪侠影录》、《还剑奇情录》、《云海玉弓缘》等都体现了他的传统与现代融合的风格。他的小说每一部都有明确的历史背景,连起来便是一部明清通史。

金庸、梁羽生走的是"正路"以历史意识、文化品位、哲理高度取胜。而古龙(1937—1985)以人生况味、机锋智慧、诗意哲理取胜,以情节的悬疑和惊魂取胜,形成"新派"的偏锋之处,是台湾60年代武侠的代表。他的武侠小说在众多名家中异军突起,自成一家,这是与他独特的创作手法分不开的。将情节小说变为悬念小说,适合了节奏快的现代社会。代表作有《绝代双骄》、《楚留香传奇》、《多情剑客无情剑》等等。

四、当前武侠文化的新变

　　20世纪80年代初,金庸、梁羽生相继封笔,1985年古龙去世,港台武侠小说一片凋零。武侠小说进入了"后金庸"时代,正是在这样的背景下,出于"求新、求变、求突破"的心理,温瑞安(1954—)从1986年底开始大力倡行"超新派武侠",或称"现代派武侠",把大量主流文学的东西引入了武侠小说。曹正文在1989年把温瑞安列为第三代新武侠小说的代表,而与第一代的金庸、梁羽生,第二代的古龙并称。现在看起来,这个创新并不那么顺利。温瑞安写到后来,许多小说陷入了纯粹玩弄文字技巧的泥淖。到了90年代,黄易(1952—)旋即以独树一帜的武侠作品,席卷港、台两地,出版《大唐双龙传》、《寻秦记》等作品。黄易的作品场面宏大、人物众多,让人叹为观止。在武打招式的描写上显得过于草率,说服力不足。1999年完成的《大唐双龙传》也成为网络穿越武侠小说的先声。以上新派武侠作家的创作实际及理论建树,对其后的大陆新武侠小说作家们的写作建立了坚实基础,从小说所承载的精神文化内涵,诸如侠义精神、民族矛盾等,到小说的艺术手法,精彩的故事与社会历史人生等思考紧密结合在一起。

　　新武侠中有新的"侠士"的定义,梁羽生曾经这样说"旧武侠小说中的侠,多属统治阶级的鹰犬,新武侠小说中的侠,是为社会除害的英雄;侠指的是正义行为——符合大多数人的利益的行为就是侠的行为,所谓'为国为民,侠之大者'。"新武侠大多突破了旧武侠小说的剑仙斗法、门派纷争、镖师与绿林仇杀的题材范围,较多表现人民群众的斗争。着重人物性格描写,兼用中西技法,突破了旧武侠小说的窠臼,剔除了旧武侠的鬼神色彩。同时要求故事中的个人奇迹严格限制在"人体潜能"的范围之内。新武侠的缺陷在于缺乏现实主义的深度,屈从于商业需要,故事常常套路化。主题在于充满现代意识,表现人性批判。

　　90年代开始进入大陆网络武侠小说的时代。特别是进入新世纪以后,有大量的优秀的作品问世。网络的开放性和虚拟性极大地激发和丰富了文学创作的数量和风格,众多的网络武侠小说不像传统武侠小说那样从文学精神上注重宏大叙事,也不注意对艺术形式的执著追求。正因为创作处于这么自由放松的状态,它的行文因此表现出灵活生动、幽默的特点。网络发表方式的便捷和作家写作的自由,决定了作家创作心态的自由和网络文学美学风格的多样化。网络的包容性,也决定作者心态的多样和作品风格的异样。

由此可见,以消解为特点的后现代主义,包含着对现存的观念、原则、制度的批判。它的追求平等、民主、自由,要求文化的共享和形式的多元化,有其积极意义。

在继承的同时,大陆新武侠小说作家没有只满足于现状,有继承有发展,有新的演绎和诠释。它是港台新武侠小说的继承、发展和创新,是对传统的雅俗观念的强烈冲击和微妙的消解,也为当代文学如何在困境中发展带来诸多有益的启示。

(陈中亮、孟念珩)

第七章　梁羽生的武侠小说

梁羽生，原名陈文统，1922年出生，原籍广西壮族自治区蒙山县。从20世纪50年代开始，港台东南亚武侠小说大兴，即后来被誉为"新派武侠小说"的文学大潮。"新派武侠小说"开创了武侠创作的新纪元，其主要特点有：一、有比较深广的中华文化内涵；二、对旧文学的继承和拓展；三、对西方文学的借鉴进而至东西文化融合；四、"侠"的提升；五、有比较清晰的历史背景，有较新（视野较为宏阔）的历史观。新派武侠作家群中，尤以金庸、梁羽生两个人的成就较大，读者众多。"新派武侠小说"的发展贯穿了20世纪后半叶的通俗文学史，这一文风的转变开风气者为梁羽生，发扬光大者是金庸。四十多年来，梁羽生的武侠小说在海内外读者中历久不衰，深受欢迎。从1954年他的第一部武侠小说《龙虎斗京华》在香港《新晚报》上连载起，到1983年他正式宣布"封笔"为止，他共创作了35种武侠小说，合160多册（香港版），字数达一千多万。

梁羽生的武侠小说，在"新"中融合着古典主义的气息，成为新派武侠小说创作的开山者，形成了独特的风格。他在人物创造中，大胆接受西方重视人物心理描写的传统，写出侠客的儿女情长，国恨家仇等复杂的心理感受，使得人物性格鲜明而丰满。在情节方面，亦有意借鉴西方文学手法，如《七剑下天山》，是有意写成中国的《牛虻》。同时，他深受中国传统文化（包括诗词、小说、历史等）的影响。在主题方面，他站在广大底层人民的立场上，赞扬人民对暴政的正义反抗。在武与侠的关系上，他明确主张"宁可无武，不可无侠"，其小说以侠义为正宗，正邪清楚，善恶易辨，爱憎分明，表现了鲜明的道德主义倾向。小说的文体格式以回目形式秉承古典文学传统，采用章回体，用字句对仗的回目，每部小说开头列有题诗题词。

第一节　激进浪漫的左翼理念

梁羽生和金庸不同的武侠小说创作风格,与其时香港左右翼严重对立的社会背景直接相关。这一时期香港左右翼对峙的状态,实际上是美苏两大阵营"冷战"时期在东欧展开争夺的"翻版"。美苏双方"都将这场斗争视为意识形态、政治制度,甚至人类社会未来的竞赛和抉择"①,因此其对峙是激烈的。1951年,美国中央情报局在香港成立亚洲基金会,受其资助和影响的有友联出版社(1951)、人人出版社(1951)、亚洲出版社(1952)、今日世界出版社(1952)等,它们出版的《中国学生周报》、《大学生活》(半月刊)、《祖国》(周刊)、《人人文学》、《亚洲画报》、《今日世界》等刊物都被视为美元文化的产物。而50年代初期来港、身负左翼政治和宣传任务的人士,或为祖国大陆宣传爱国意识的南来文人,则以《大公报》、《文汇报》、《新晚报》等"左派"报纸副刊为阵地进行写作,同时也创办了《良友画报》(1954)、《文艺世纪》(1957)、《青年知识》(1959)等刊物,复刊了《文坛》(1950)等刊物,成立了以"三联书店"为首,包括南国出版社、三育图书公司、南苑书店等图书出版机构。"较长期在香港居住的左翼文化人,如罗孚等,多年来秉承中央的指示,他们也认同要尽量淡化'左'的色彩,以较'灰色'文艺的面貌来争取香港读者","他们对香港本地青年的影响,主要不是在政治意识方面,反而在于唤起他们的民族意识,对中国文化的关注"②。由于香港相对宽松的政治文化环境,左翼和右翼并没有非常激烈的对抗,意识形态的色彩也没有那么僵化。为了更迎合市民大众的阅读需求,"左派"报纸推出了在大陆全面禁绝的武侠小说,梁羽生、金庸的新武侠小说最初都是在《新晚报》上刊出的。

左翼文学是个相对比较复杂的概念,有广义狭义之分。广义左翼文学基本包括20世纪30年代以左翼作家联盟为中心的左翼文学、延安解放区文学以及建国后"十七年"文学。狭义的左翼文学指30年代的左翼文学。本文的讨论基本上采用广义的左翼文学概念。虽然左翼文学是一个相当宽泛的概念,它包含的意义非常复杂,但是我们仍然能够从以下几

---

① 郑树森、黄继持、卢玮銮:《香港新文学表(1950—1969)·三人谈》,天地图书有限公司2000版,第14页。
② 同上,第23页。

个方面来论述其共性。其一,左翼文学是一个文学概念,具体表现为一种文学活动;其二,左翼文学的内涵又远远超越了文学范畴,从一开始它就以一种具有鲜明意识形态特征的革命话语形式出现。因此,可以说它代表着另一种思想启蒙运动,即马克思主义的思想启蒙运动或革命思想启蒙运动。同时也是一场无产阶级现实革命在文学上的话语形式,是无产阶级革命在文学上的一条战线。从这样一个角度来看左翼文学,就不能不承认,所谓左翼文学已构成现代中国思想文化史上继"五四"启蒙运动以后的另一条主线。其三,左翼文学表现出强烈的意识形态特征,在描绘现实社会和未来世界时,借民族国家意志表现与整合多种多元的现代性价值元素,如民族主义、国家主义、理想主义、集体主义等。

梁羽生的侠客形象显然具有左翼的意识形态特征。在传统的武侠小说中,武侠小说的正邪两派一般都是根据传统道德来划分的。到了梁羽生武侠小说,左翼意识形态已经取代了传统道德,成为划分江湖正邪人物最主要的标准。因此,梁羽生的武侠小说往往能突破封建的伦理道德,表现出很强的现代性。比如,在过去的武侠小说中常常被书写为非理性的、暴力的农民起义,由于马克思主义理论对社会底层无产阶级主体性的强调,在梁羽生这已经是正义的革命。梁羽生用人民来统称社会底层的人们,赋予他们创造历史的主体性,彻底否定封建社会的上层建筑。值得一提的是,被欺压的、处于传统男权文化中亚文化地位的女性也获得了主体性,梁氏笔下的女性不但英气逼人,有胆有谋,并且也善解人意,具有传统女性之美。我们随手举来,就有武玄霜、上官婉儿、柳清瑶、谷之华、厉胜男,还有给人印象深刻的白发魔女等。她们担任着家族复仇、反抗异族的任务,具有纵横捭阖的政治才能和军事才能,这些一直由男性承担的角色梁羽生都交给她们。更奇妙的是,在梁氏笔下,女性还更可爱,因为她们身上还有男主人公身上被压抑的本能和欲望,具有充沛的生命活力。为了爱情不顾一切的白发魔女和厉胜男,已经成为梁氏女侠的最引人注目的标签。在武侠小说中,还没有哪个作家的女性形象的光辉能够超过梁羽生的。梁氏武侠小说基本的情节,就是在国家民族之间尖锐的矛盾下,江湖儿女积极的救国救民,最终有情人终成眷属的故事。《萍踪侠影录》中的张丹枫和云蕾,在共同反抗入侵中原的蒙古瓦剌族的斗争中,他们结下了深厚的友谊,超越了仇人儿女不能相爱的伦理规范,结为夫妇。《白发魔女传》中卓一航、岳鸣柯、熊廷弼为代表的救国派,和以魏忠贤为代表的卖国派的斗争成为本书上半部的最主要冲突。下半部才铺写卓一航和白发魔女的缠绵悱恻的爱情故事。《七剑下天山》是凌末风、刘郁芳、韩志邦等人反清复明的故事……梁羽生小说的情节和其他武侠小说作家相比,是单纯而明朗的,比较少有例外。像《云海玉弓缘》,只涉及江湖恩怨和儿女私情,没有关于国家民族之间的斗争,在梁氏武侠中属于另类。左翼意识形态在梁羽生武侠小说中几乎以真理的形式出现,是一切最高价值的体现。所有正派人物必须要以国家民族利益为最高利益,其次才是个人利益。为了国家民族牺牲自己的例子在梁氏武侠中比比皆是。

作为梁羽生主要叙事线索之一的爱情,虽然双方感情深厚,但是碰到民族国家这样的高压线以后,往往都是以悲剧收场。这种意识形态不但是正义的化身,也是真理的化身,具有极强的感染力和号召力。这具体表现为梁氏武侠中两个著名的情节模式,一是敌对势力的子女为了正义的事业,背叛自己的国家或家族,弃暗投明。云中燕是蒙古的公主,从她的姑姑明慧公主那里学得一身武艺,来到金国境内,任务是刺探宋金二国军情。但云中燕本性善良,又对黑旋风一见钟情,同时也将轰天雷、闪电手等引为好友,这一切最终使她逐渐地站在抗金义士的一边,而慢慢与蒙古皇族走向决裂(《风云雷电》);瓦剌皇帝也先的女儿脱不花,甘心情愿为心中的英雄张丹枫挡住炮口,用生命谱写了一曲正义之歌(《萍踪侠影录》);王燕羽深明大义,她的父亲王伯通公开投靠安禄山后,她表示了旗帜鲜明的立场(《大唐游侠传》);魏忠贤的私生女客娉婷厌恶父母的丑行,毅然走向正义的事业(《白发魔女传》)。二是浪子回头模式。轰天雷的师弟秦龙飞妒忌师兄的名声,又垂涎吕玉瑶的美色,终于误入歧途,被大魔头萨怒穷收为弟子,背叛师门,并差点铸成大错。但经历了风风雨雨,也终于浪子回头,并在浪迹江湖中,学成了绝艺,帮助了义军,并最终得到了完颜长之的女儿完颜璧的爱情(《风云雷电》);张丹枫的父亲张宗周对背叛本族的往事充满自责,终于以死谢罪,正义获得所有人的肯定(《萍踪侠影录》);背叛义军的毕擎天最终也悔过自新(《散花女侠》);公孙奇性格狡猾善变,作恶多端,但是受到群侠大义的影响,他临死也终于悔悟,并从自身走火入魔之中参悟修习了两毒功,找到了避免走火入魔的方法(《狂侠天骄魔女》);作恶多端的史朝英产下一子之后,当场自杀身亡,以赎一生的罪孽(《龙凤宝钗缘》)。这些对于意识形态的信仰在后现代的今天看来,是迂腐的,因此有人评价梁羽生这种处理人物的模式化缺乏人性的深度和真实感,这也是事实。但是,我们如果采用"同情的理解"的态度来看待,就会发现,正是因为对意识形态的坚持,梁氏武侠小说中才具有了正气、勇气、理想等催人奋进的美学因素,人民的主体地位也使得小说呈现了前所未有的革命色彩。我们在这些英雄儿女们身上看到了中国人精神风貌的另外一面。

梁羽生笔下的侠客们总是置身于通过左翼文化透视的中国古代历史中。梁羽生喜欢写历史。他几乎每一篇小说都有具体的历史背景,有真实的历史人物,然后把那些虚构的名士侠客点缀其间。把江湖争斗放在具体的历史朝代背景下进行,往往形成两个叙事线索。一个是朝廷大臣忠奸两派的斗争,一个是江湖侠客正邪的对立,再加上江湖儿女的缠绵爱情,构成了梁氏武侠小说大部分故事的基本线索。相对于金庸改造历史以适应人物的历史观(比如让韦小宝主持中俄条约的签订),梁羽生的历史观要谨严的多。他从来不随意改变历史的结局,他抓住历史过程的一些空白,加入他的侠客。他还注重不同的历史年代不同的时代氛围,这与他曾经有过严谨的史学训练有关。在《金庸梁羽生合论》中,他曾把自己的作品和白羽的相比较:"白羽《十二金钱镖》中的飞豹子,性格是写得非常生动了,但放在清朝可以,放在明朝可以,放在宋朝也未尝不可,而梁羽生的《龙虎斗京华》中的娄无畏,则非放在义和团的时代不可。"[①]这说明他的小说具有时代感。

这种左翼的历史观首先表现在他在论述历史时,采用了左翼的民族国家和阶级斗争的思想,突出作为社会底层的无产阶级的主体性,最优先考虑的是最广大人民的利益,鄙视以皇帝为代表的封建统治阶级。"梁羽生的小说在反映国内阶级矛盾时,对农民所受封建压迫和剥削,对官府的欺压人民,表现出极大的同情和义愤,热情歌颂那些与官府斗争的绿林豪杰、江湖侠士。在反映国内民族矛盾时,主张各民族间的和睦相处,既反对大汉族主义,也反对地方民族主义。在反映中外关系,处理中国和邻国矛盾时,表现出强烈的爱国主义。抨击一切出卖国家利益的人物和行为,主张国家利益高于一切。在国家利益面前,任何个人恩怨、门户纷争、集团利益,都应该予以抛弃。"[②]可以看出其历史观其实是左翼历史观。最典型的例子是《女帝奇英传》,在这部作品中,梁羽生表达了他对于武则天这个最有争议的女皇帝的大胆肯定,这个肯定的标准就是作为皇帝,她所做的事情是否有利于人民。在武则天说服上官婉儿为她做事的时

---

① 费勇、钟晓毅:《梁羽生传奇》,广东人民出版社1996年,第331页。
② 方志远:《弹指惊雷侠客行——港派新武侠面面观》,江西人民出版社1991年,第28页。

候,她很自然的就用了阶级论来说明她为什么要杀上官一家。"……我知道他们反对我的真正原因,因为我的施政对天下百姓有好处,对他们没有好处,我取消了一些贵族的特权,我变动祖宗的成法,我并不认为天下是一家一姓的私产!"(《女帝奇英传》,第七回)又说:"不瞒你说,我的出身是微贱的,我父亲是个做木材生意的小商人,我做过宫女,做过尼姑,做过父子两代的姬妾,你心里在骂我不要脸吧?你心里大约在说,为什么你不早些死掉?但这是我的过错吗?几千年来女人所受的凌辱还不够吗?我死了有什么用?所以我偏偏不死!我把权柄抓到手里,我做起中国的第一个女皇帝来!"(《女帝奇英传》,第七回)因此,这里的武则天已经不是历史上的武则天,而是作家用左翼思想塑造出来的具有革命精神的好皇帝,她勤政爱民,文治武功卓著,在梁羽生笔下几乎没有好皇帝的情况下,武则天恰恰可能因为是出身平民阶层,又是女性,所以享此殊荣。在《草莽龙蛇转》、《龙虎斗京华》两部比较早的小说中,作者显然是从阶级斗争的意识形态出发,描写底层人民的反抗斗争,难能可贵的是作者对于义和团这个复杂的农民起义作了有区别的对待。他在作品中总体对于义和团民族主义、爱国主义是赞同的,但是同时又更深刻的把义和团内部的"灭清"、"扶清"、"保清"三派之间的矛盾和斗争刻画出来,表达了对于"灭清"派更深刻的同情。这显然是从民族主义出发的,这样的历史观在左翼意识形态僵化的年代,我们不得不佩服作者的史胆。

在名篇《白发魔女传》中,除了宫廷中忠奸的对立,另一个冲突就是以李自成为代表的下层平民与上层统治阶级的斗争。李自成在这部小说中被塑造成一个高瞻远瞩的政治家,胸怀宽大,见识高远。在梁羽生的武侠小说中,侠客没有一个是官员,虽然赞扬为国为民的忠臣,但也带有批判性的目光,他对于皇帝,更是基本上持否定的态度。梁羽生笔下的康熙皇帝和金庸的就形成了鲜明的对比,前者心狠手辣,用阴谋诡计杀害了自己的父亲顺治皇帝(《七剑下天山》),后者成为难能可贵的为民勤政的好皇帝(《鹿鼎记》)。梁羽生把江湖儿女点缀在左翼文化透视的历史中,所塑造的人物自然具有鲜明的左翼文化色彩了。

第二节 拟史立传的武侠世界

武侠小说作为"成人的童话",作家通常会想象一个纸上的江湖世界,在这个世界中,下至行夫走卒草莽英雄,上至达官贵人大家闺秀,都能飞檐走壁身怀绝技。可以说是荒诞不经的,但是作家为了增强现实感,会取一点历史的因子,作为由头,敷衍开来,使得成人也能看得如痴如醉,而很多作家对历史并不是很认真的。例如,在金庸小说《鹿鼎记》中,中俄《尼布楚条约》签订者竟然是韦小宝,若抽去小说中的人物,"史"不能成其为"史"。由于金庸高水平的创作,因此许多历史事件看起来倒是像煞有介事,可能有人认为这才是"历史",但是客观上是否存在则是显而易见的。而且金庸在创作时还要故意在情节后面加上某些批注,如《鹿鼎记》,在《尼布楚条约》签订一事中还要在后面加上"后人只知索额图而不知有韦小宝"之类言语,好像他的小说才是正史,这些都是作家使用的障眼法,大可不必当真。梁羽生有所不同,他有很强的使命感、道德感,甚至是阶级自觉(可能和他在"左派"报纸工作有关),他的第一部小说就选择饱含国恨家仇,封建和现代相混合的"义和团"作为题材,可见他的用心良苦。所以他的小说中的历史,就要严谨得多。他在历史中寄托他的政治理想、道德情操、侠义情怀。所以他只是让他的主人公作为历史的观察者、参与者来回顾历史,并尽可能保留历史的氛围和气息,这是梁氏历史与众不同的地方。

梁羽生所有的小说都有明确的历史背景,其中,唐朝4部,宋朝6部,明朝8部,清朝17部。从总体上说,梁羽生的武侠小说所反映的时代是封建社会中晚期,书中的侠士侠女们置身于这样的历史背景中,在个人恩怨、阶级矛盾与民族矛盾交汇冲突中,为国为民,行侠仗义,表现出中国传统的侠义精神和英雄本色,他的武侠世界也体现了深广的历史感。

我们从题材内容上来分析梁羽生的作品,大致可将其分为唐、南宋、明、清四大分支。《女帝奇英传》、《大唐游侠传》、《龙凤宝钗缘》和《慧剑心魔》等表现了唐代游侠生活和民族矛盾;《武林天骄》、《狂侠·天骄·魔女》、《飞凤潜龙》和《鸣镝风云录》等反映宋代侠士抗击辽、金侵犯的英雄事迹,塑造了许多慷慨悲歌的民族英雄;《萍踪侠影录》、《散花女侠》、《联剑风云录》和《广陵剑》等反映了明代豪侠领导义军反抗暴政及表现统治阶段内部忠奸斗争,表现了侠客们不屈服于暴政,敢于反抗,敢于斗争的传统美德;《塞外奇侠传》、《七剑下天山》、《冰魄寒光剑》和《江湖三女侠》等反映了清代侠义之士和各民族人民团结反清斗争,在这些小说中,梁羽生尽量避免大汉族主义,而是站在最底层人民反抗暴政的立场,来客观评价清朝的政治。

在四大分支的作品中,各个分支的作品中的人物和情节之间都有着一定的传承关系,组成了各自独立的长长的系列。在唐代作品分支中,《大唐游侠传》《龙凤宝钗缘》和《慧剑心魔》是反映唐代游侠生活的三部曲,其故事情节主要人物都具有清晰的连续性。这个系列是梁羽生小说一以贯之的主题,即以激烈的民族斗争为背景,写武林的正派和邪派之间你死我活的江湖之争。作者没有写唐朝的全盛时代,而写夷狄猖獗的安史之乱及其后的国家衰弱,回纥侵略的这一乱世。唐朝系列三部曲的历史感很强。有很多真实的历史事件融入其中,例如安史之乱中的睢阳守城的著名历史事件。许多唐代传奇里的人物也经过改造,出现在梁羽生的小说中,可以看出传统小说对他的影响。在南宋分支中,《武林天骄》、《狂侠·天骄·魔女》、《飞凤潜龙》、《鸣镝风云录》、《瀚海雄风》和《风·云·雷·电》这六部作品在题材内容和故事情节上是前后连接的,都是以宋、金、辽之战为历史背景,描写中原武林志士抗敌卫国的英雄事迹。檀羽冲、华谷涵、柳清瑶、耿照、完颜长之等人物在各部书中反复出现,使作品中的江湖世界和真实的历史并行发展。在明代分支里,故事内容互为相关的作品共有七部,依次为《还剑奇情录》、《萍踪侠影录》、《散花女侠》、《联剑风云录》、《武林三绝》、《广陵剑》和《白发魔女传》。这七部作品,除了《还剑奇情录》与各部作品关系稍远外,其余六部作品均有密切的关联,虽然各部小说的主人公各不相同,其中的人物关系和小说情节却联系较紧,且有时间上的先后衔接。反映清代豪侠义士反清斗争的作品数量最多,共有 17 部,梁羽生有一半的作品都在写清朝。在这 17 部作品中,有 15 部小说的故事内容和人物是互相有联系的,其中有的作品联系相当紧密,可以说是承上接下的系列作品。这 15 部小说按故事发生的时间先后排列如下:《塞久奇侠传》、《七剑下天山》、《江湖三女侠》、《冰魄寒光剑》、《冰川天女传》、《云海玉弓缘》、《冰河洗剑录》、《风雷震九州》、《侠骨丹心》、《游剑江湖》、《牧野流星》、《弹指惊雷》、《绝塞传烽录》、《剑网尘丝》、《幻剑灵旗》。15 部作品中的最后两部《剑网尘线丝》和《幻剑灵旗》是姊妹编,故事首尾相连,人物上下贯通,联系十分紧密,甚至可以合为一部。然而它们与前面的 13 部作品关系较为疏远,只有天山剑派和白驼山两条线将它们和 13 部作品勉强搭上。除了上述 15 部作品外,还有两部内容衔接的作品即《龙虎斗京华》和《草莽龙蛇传》,反映义和团扶清灭洋和侠士报仇雪恨的故事,这两部与以上 15 部小说内容互不相干。

新武侠小说作者,在处理历史题材的时候,采用的方法不同。许多作者都采取编造修改正史的方式,让虚构的人物成为历史事件的主要人物,作者的许多当下的解释和想象加入其中,为自己创作的江湖世界服务,从而形成自己独特的武侠世界,并深深吸引当下的观众。例如:金庸笔下最精彩的战役,莫过于襄阳大战,在《射雕英雄传》中,郭靖代替历史人物吕文德守城,这虽然符合蒙古南侵的史料,但却与"吕文德守襄阳"这个历史真实细节相背离,因而属于"修改"。在《大唐双龙传》中,黄易令寇仲与李世民二分天下,完全脱离最基本的历史事实,这便是纯然的"创造"了。作者令自己塑造的人物"诱发"历史。他们笔下的人物,是历史发展的主导者。

梁羽生早期也曾修改历史,比如,虽然尊重历史发展的大趋势,却从主观角度丑化康熙、雍正等历史人物。但梁羽生一直坚持符合当时历史的社会意识形态。他很快找到了更适于他现实主义历史态度的创作方法,即是"填补史料的空白"。在完全符合基本史料的前提下,对史料的空白予以填补,从而令笔下的人物去"见证"历史。这样,既尊重了历史真实,也发挥了作家的想象和创造。从而形成了梁著武侠小说独特的历史厚重感,也增加了他的武侠小说的古典气息。梁羽生让他笔下的人物、小说的情节去适应历史,并通过历史的进程表现人物,如在《女帝奇英传》中,关于上官婉儿的身世,大胆想象一个江湖空间,从上官婉儿的角度对武则天作了许多正面评价。

> 长孙均量抚着上官婉儿的头发,缓缓说道:"七年之前,你的祖父上官仪官拜西台侍郎,父亲上官庭芝是太子的伴读,那时先太子李弘还在,看不过武则天欺压他的父皇,更恐惧母亲专权,行将篡夺李家的天下,因此宁愿冒不孝之名,暗中劝父皇废立母后,并和一班亲信的大臣商议,准备一举尽歼母后的党羽,高宗皇帝给太子说动,叫你祖父起草废立的诏书,哪料事机不密,被武则天知道,深夜搜宫,当着高宗皇帝面前,在你祖父身上将诏书搜出,第二日你祖父,父亲就并遭诛戮,你母亲也被没入官中为奴,你本来也将不免,幸得王安早知消息,才带你逃出来!"(据唐史所载,上官仪父子被杀后,上官婉儿也被没入官中为奴,至十四岁时,始被武则天发现其才,命为记室,十分重用。但上官婉儿天才横溢,幼负诗名,武则天何以至她十四岁时始发现?治史者亦有人怀疑。我写上官婉儿这七年中避难长孙均

量之家,当然是"小说家言",不能作为信史,但也是根据这个怀疑出发的。)

注意作者加在括号里的注解,可见作者对历史的比较严谨的态度,他在"填补历史空白"的同时,还创造历史呢!如"明史三大疑案"依然是"疑案","北京保卫战"的指挥者是于谦而不是张丹枫,"采石矶之战"主角不是狂侠、天骄、魔女而是虞允文等,又如《大唐游侠传》在叙述睢阳之战时,虽然段圭璋也加入了战争,但他却并没有在战争中起到决定性的作用,这利用的也是史料的不详尽处——"睢阳之役"究竟有多少人参与、多少人战死,史料是不可能全写出的,因而也可理解为一种"空白"。对比在《神雕侠侣》中,作者安排杨过,小龙女师徒恋爱,虽然作者一再铺垫,但是还是觉得脱离了那个时代的伦理氛围,更多了现在恋爱自由的味道,也就是,金庸为使"杨龙之恋"更加离经叛道,修改了宋朝时的社会意识(师徒伦理观念)。还有他的《天龙八部》中段誉兄妹彼此都有相思,这相思而且是掺有情欲的。这种写法,恐怕也是脱离当时的社会环境的。同样是写爱情,在梁羽生《萍踪侠影》中,鉴于云、张两家的私仇和民族恩怨,张丹枫和云蕾化解仇恨,化敌为友,成为知己,结为爱人经历了漫长的过程,显得较为合乎历史的氛围。

梁羽生武侠历史小说的创作,部分是虚构人物,置入历史背景,以此加强小说的历史氛围,部分是直接取用历史人物、历史事件构成小说的一部分,并由此达到对历史的再认识、再评价。在梁羽生的35部小说中,梁羽生直接选用了许多历史人物,如武则天、安禄山、唐玄宗、辛弃疾、于谦、雍正帝等,作者在创作中基本做到忠于历史人物的原型,再加以文学的加工,使人物形象更为丰富、可信。如对武则天的塑造,尽管史学界对武则天有着不同看法,但她的文治武功还是得到公认,因此作者对她的文治武功进行渲染。虽有以偏概全之嫌,但并没有违反历史,至于其他方面由于不符合小说创造需要则略提一笔,也无伤大雅。如写到李白和段圭璋把酒论剑,虽然两人物一真实一虚构,但是作者笔下充分表现了一代诗人李白的豪迈本色。在《萍踪侠影》一书中,众多历史人物纷纷登场,作者笔下朱祈镇的昏庸忌刻、王振的奸诈、于谦的粉身碎骨浑不怕的大义凛然、也先那一代枭雄的骄横等等均在作者笔下得到了重现,作者既尊重了历史,又在创作中加以加工,使笔下的历史人物有血有肉,让人印象深刻。

梁羽生、金庸均凭借渊博的历史学识对历史作出了再认识、再评价。例如：梁羽生在《女帝奇英传》中为武则天大作翻案文章；在《龙凤宝钗缘》中借铁摩勒之口表达了对唐借兵突厥、回纥的看法；《龙虎斗京华》对义华团的认识；《白发魔女传》中对明史悲歌的评价。相对金庸在《射雕英雄传》一书中对成吉思汗作出的盖棺定论，《鹿鼎记》中对康熙的称颂，对清替明的历史再认识、再评价，梁羽生小说似乎更充实更可信一些。另外，很多读者认为梁羽生一味歌颂"反清复明"，认为他的历史观比较狭隘，有点"大汉族主义"的倾向。其实，梁羽生笔下的清朝始终是作为正义的对立面，这只不过是梁羽生小说中清朝占了较大部分而已，在梁氏小说中，宋朝、明朝作者又何曾作了歌颂，不也都是作者鞭挞的对象。可见，作者的历史观是反对暴政。这从《弹指惊雷》一书中得到体现，书中杨牧以"五族共和"论证清入关的合法地位，但杨炎却以凡暴政应反抗，在此作者着眼是暴政而非民族，作者的历史观可见一斑。清代早期是充满血腥屠杀，入关后又推行"文字狱"禁锢思想，因此，站在入侵者、统治者的对立面加以反抗是必然的，在被屠杀者心中自不可有什么"五族共和"的思想，只有反抗的念头是不足为怪的，因此，梁羽生宣扬"反清复明"并不代表其"历史观"狭隘。最后，梁羽生小说也反复宣扬了汉族与其他少数民族和睦共处、共抗暴政，少数民族也不只是满族一家。

第三节　侠骨柔情的情爱模式

武侠小说不仅因侠客的神武深深吸引着读者，还因为有柔情侠骨的美丽情爱故事打动着无数读者的心坎。梁羽生武侠小说中的情爱世界同样自有特色，他往往以武侠世界中智勇双全的少侠和温柔坚强的女侠作为主要人物形象。梁羽生的小说中，分别塑造了以张丹枫和金世遗为代表的少侠形象。其中张丹枫是传统的侠客，金世遗更多带有名士和道家的色彩。一系列的少侠形象还有《江湖三女侠》中的唐晓澜；《冰川天女传》和《云海玉弓缘》中的唐经天；《狂侠·天骄·魔女》中的檀羽冲、华谷涵、耿照；《白发魔女传》中的卓一航；《还剑奇情录》中的陈玄机、上官天野；《萍踪侠影录》中的云重；《牧野流星》中的孟华；《塞外奇侠传》中的杨云骢；《冰魄寒光剑》中的桂华生；《侠骨丹心》中的金逐流；《弹指惊雷》中的杨炎、齐世杰；《剑网尘丝》与《幻剑灵旗》中的卫天元、楚天舒；《女帝奇英传》中的李逸；《龙凤宝钗缘》中的段克邪；《鸣镝风云录》中的谷啸风、公孙璞;《瀚海雄风》中的李思南等。相对应的,还塑造了以云蕾、飞红巾、纳兰明慧、谷之华、脱不花、厉胜男等为代表的女侠形象。比较传统的女侠有云蕾、谷之华等。飞红巾、脱不花是痴情的代表,爱得一心一意。厉胜男比较特别,她是爱得最真,也最霸道的。最让人尊敬的就是吕四娘了。这些女侠形象丰满,令人过目难忘。还有如《白发魔女传》中的练霓裳;《江湖三女侠》中的海棠;《女帝奇英传》中的武玄霜、上官婉儿、长孙璧;《七剑下天山》中的易兰珠、纳兰明慧、冒浣莲、武琼瑶、刘郁芳;《还剑奇情录》中的云素素、萧韵兰;《剑网尘丝》中的庄英男、穆娟娟、姜雪君、齐漱玉等不同类型、不同个性的女性形象,也都有突出的艺术成就。

梁羽生笔下的爱情虽然很多都是以大团圆的方式结局的,但是依然含有浓厚的悲剧氛围。梁羽生的爱情悲剧有其独特的地方,比如,一般武侠小说爱情悲剧,多是由于第三者插足,或是以外的事变。梁羽生在写情方面善于变化,有的从性格冲突出发,有的从男女微妙的情感出发,不一而足。形成了独特的悲情和痴情两种。其中,具有典型意义就是《白发魔女传》,卓一航与练霓裳可谓有情人,爱情之花在两人之间绽放,但是教养、价值和等级观念却又将他们牢牢捆绑。当事人的真心爱情和社会价值碰撞之时,所表现出来的悲剧之美,震撼着读者的心。结果是,一个伤心白发远走天涯,一个痴心混乱当场疯癫。然而,卓一航却终于冲破了世俗的阻碍,踏上寻找伊人的旅途。这时,人心的壁垒又凸显了出来。不是她不爱他,只是容颜既然没有恢复,心中的伤痛无法平复,裂痕难以弥补,不如留一点未了之情,也给自己留一点尊严,彼此相忆了! 卓一航却将其视为考验和修炼,终其一生的等待。那美丽的"优昙花"成了一种凄美的爱情象征。在《云海玉弓缘》中,狂放不羁的金世遗,一直以为自己内心喜欢的是温柔娴静的谷重华,但是当性格乖戾、野心勃勃、手段狠辣的厉胜男为情而死后,在那幕动人心魄的"洞房诀别"后,他才真正知道,在内心深处她是爱这个亦邪亦正的姑娘的。而对于谷重华,他只是从理性的角度认为她更适合自己。《女帝奇英传》中,李逸、武玄霜、上官婉儿、长孙璧等人物之间的爱恨纠葛,显示现代的爱和理解的观念。他爱上的女人,是武玄霜和上官婉儿,但她们不理解他的悲伤,都投靠了武则天。最后,他出于同情,而不是爱情,和长孙璧结为夫妇。那场临死托孤的场面令人欷歔。在《萍踪侠影录》中,张丹枫和云蕾可谓一对痴情人,尤其是张丹枫,不爱江山爱美人,典型的爱情至上主义者,这在梁羽生的小说中比较少见。

其他作品中爱情都是不乏理性的。最后有情人终成眷属,也是作者的被主人翁的苦心所打动吧。《江湖三女侠》中,祝家澎和海棠的爱情就更有现代悲剧气息。海棠当年被选入宫中当宫女,侯门一入深似海,这两个生死不渝的恋人被迫分开了。三十多年过去了,祝家澎其心未死,拼了性命冒险入宫想再见海棠。但他见到的是竹床上白布盖着的女人,头发稀疏斑白,面色十分可怕,露出来的两只手,手指有如鸡爪。他竟然相逢不识,做梦也想不到这形容可怕的老女人就是他舍命来会的情人,一幕现代悲剧。梁羽生塑造的女性形象很生动,他所塑造不同类型的爱情故事也是很生动的。这个方面,应该说是他的一个长处,也深得女性读者的喜欢和肯定。

第四节　理路清晰的武术套路

自从有了武侠小说以来,作家写武术技击一直是个难题。前辈武侠作家中,郑证因是懂得一点技击的,他的《鹰爪王》关于武技的描写最多,但读起来许多人都有枯燥乏味之感。白羽的武技描写很生动,主要是他描写动手时的气氛写得好。据说,白羽本人不懂技击,而是有一个懂得技击的朋友和他合作的。后来那个朋友不在了,他写武侠小说,就几乎简直没有武技描写。新武侠小说派也遇到同样的问题,新派武侠三大家中,金庸和梁羽生都是写实武功,而古龙则是虚写。但这之间并无高下之分,全因各人喜好。

新派武侠小说的技击描写,经历从写实到神怪的一个过程。纵观梁氏小说,写实是主流,神怪是支流。这和金庸小说形成了对比,在金庸小说中,神怪的武功描写俯拾皆是。梁羽生的初期、中期小说,也就是在《冰川天女传》前,武术描写算是"正派"的。在此之后,武技的描写也有夸张得"离谱"的地方,但总的说来,还是写实为主。在梁氏小说中,其中最为偏爱"天山剑派"。在天山剑派的武功中,大部分武功都是写实的。"天山剑派"的创始人是霍天都。霍天都一心练剑,不问世事,想自创一门天下无双的剑法,以致和妻子凌云凤分道扬镳(《联剑风云录》)。霍天都终于在天山练成了独门剑法。到了晦明禅师(即《白发魔女传》中的岳鸣珂)这一代,"天山剑法"发扬光大。天山北巅有晦明禅师的天山剑法,天山南峰有白发魔女的独创剑法,而武当门下的卓一航则在天山一带游侠,他将本门剑法细心磨炼,融入心得,剑术也达到了出神入化之境。此时的"天山剑法"应是三家之合称。天山剑法经过晦明禅师等人的改进,更加完善,更加实用,以至轰动整个武林,出现了"七剑下天山"的盛事。"天山七剑"之后,唐晓澜成为天山剑法的传人,而"天山派"也成为领袖天下武林的万人敬仰的武林正宗,天山派的内功心法远胜于各大门派。从唐晓澜起,中经唐经天,下至唐嘉源,其间别的门派虽出现一两个武林奇才,但天山派的武林盟主的地位却一直没有动摇。追根溯源,天山派创始人霍天都是张丹枫的大弟子,而张丹枫的师祖又是玄机逸士陈玄机。这样一来,从上至下,多多少少与天山派有关联的作品已达 22 部,几乎占了梁羽生全部武侠小说的三分之二。在"天山剑派",较早的霍天都使用的武功是"大漠剑法"、"侄侗剑术"、"追风剑法"等;晦明禅师,即岳鸣珂使用的武功有"追风剑法"、"千斤坠"、"沾衣十八跌"、"游龙剑"等;唐晓澜使用的武功有"游龙剑"、"天山神芒"等,除了"天山神芒"有点神怪外,其他都是写实居多。

  梁羽生是武侠小说作家对武术门派描写非常详尽的作家,其后古龙、温瑞安、黄易等人再也没有写过如此五花八门的江湖门派。他们往往另创江湖,门派相对于梁羽生,可说是简陋了。据统计,梁氏小说武术的具体分类,为"剑法"83 种,其中包括峨嵋剑法、蹑云(十三)剑法、八仙剑法、青城剑法、越女剑法、太极(十三)剑式、三阳剑、万流朝海、元元剑法、风雷剑法等。"刀法"47 种,包括滚地堂(刀法)、阴阳刀法、(五门)八卦刀法、罗汉神刀、八卦紫金马、玄机刀法、蟠龙刀法、云家刀法、闪电刀法等。"掌手"155 种,包括(大力)金刚手(掌力)、小擒拿手法、伏魔掌法等。"拳法"36 种,包括通臂(神)拳、罗汉(五行神)拳、北派小拳、南派长拳、太极拳法(绵拳)等。"指抓"23 种,包括(大力)鹰爪功、金刚指(力)、弹指神通、一指禅功、阴阳(白骨)抓等,"腿脚"7 种,包括鸳鸯(进步)连环腿、连环地夺命鸳鸯脚、连环弹腿、连环无影脚、地堂腿、谭腿、莲花腿等。"杖棒棍拐"25 种,包括伏魔杖法、乱披风拐(杖)法、降魔杖法、虬龙杖法、降龙杖(棒、拐)法、伏虎棍法、伏魔拐法等;"笔镢箫"13 种,包括长镢点穴法、惊神笔法、四笔点八脉、双笔点四脉、二笔点双脉、狂草(书)笔法、楷书笔法、石鼓文笔法、惊神笔法、紫府神箫、洞仙箫法、金鹏十八变、连家笔法;"鞭法"8 种,包括六合鞭法、降龙鞭法、虬龙鞭法、水磨鞭法、连环鞭法、尉迟鞭法、天龙鞭法、金龙鞭法;"枪法"9 种,有中平枪、夺魄枪、青海哈回子枪法、金龙十八变枪法、银枪三十六式、六合枪、太极枪法、金枪十(廿)四式、梅花枪法;"特殊兵器"22种,包括混元(八卦)牌法、杀手锏、金弓十八打(招)、铁袖(神)功、流云(飞)袖、降魔杵法、定(佛)珠降魔神功、辟(劈)云锄法等,"内功、气功"29种,包括天一罡气、坎离气功、纯阳罡气、混元一炁(气)功、混元真力、混玄一煞功、降龙伏象功等。"声音"5种,包括呼魂唤(搜)魄大法、狮子吼功、厉声夺魄、金刚棒喝、龙吟(虎啸)功。"轻功、步法、身法"39种,包括凌空步、八步赶蝉、蹑云步法、龙形身法、五禽身法、穿花绕树、登萍渡水、陆地飞腾(行)、登云纵(踪)、一鹤冲天(霄、宵)、九宫步法、天罡步法、移形(步)换位(形)、轻形换影、七步追魂步法、醉八仙步(身)法、大挪移等;"防御"9种,有童子功、铁布衫、金钟罩、沾衣十八跌、护体神功、金刚不坏身法、护身罡气、须弥芥子功、泥鳅功;"医疗"7种,有换息吐纳、大周天吐纳(练气)法、小周天吐纳法、昆罗通关大法、潜心魔而归真、回春掌、龟息功;"阵法"13种,有七绝诛魔阵、天龙剑阵、九宫八卦剑阵、九天玄女阵、(正反)四象(剑)阵、八阵图、地煞阵、六合(剑)阵、刀网阵、七星阵、大天罗杖阵、五行剑阵;其他还有移宫换穴、千斤坠、摘叶飞花等。

上述数据说明,梁羽生对中国的传统武术有相当深厚的了解,基本上对中国所有的武术流派都涉猎到了。这个功夫加强了他所塑造的江湖世界的真实性。不管从地域,还是武学流派,都可以说是很详尽的了。尽管用正统的文艺批评标准来衡量,这些冗长的武技描写,实在很难找出什么艺术价值,甚至简直可说是"胡扯一通",但作家乐此不疲,读者津津乐道,可能就是因为作者对武学的深刻了解,满足读者的好奇心。

梁羽生的武技描写的神怪倾向,到了《冰川天女传》之后,什么冰魄方面、修罗阴煞功等一出,就已经沾上了神怪的气味了,但是总体还是以写实为主。在神怪方面,金庸要走得更远,《射雕》之后,则越来越是神怪,其神怪的程度,远远超过了梁羽生。《射雕》中的西毒欧阳锋用头来走路,手下蛇奴驱赶蛇群从西域来到中原;《神雕侠侣》中的寿木长生功、九阳神功、九阳神功;《天龙八部》中天上地下唯我独尊功、六脉神剑、吸星大法;《笑傲江湖》中的葵花宝典,真是洋洋大观,侠客和神怪之间的距离也没有了。虽然让读者有了新鲜的感觉,毕竟渐渐穷途末路。到了后来,许多小说家不再跟神怪的方向,而是在加强小说武技方面,增强双方的心理性格和当时气氛的描写,从而解决武侠小说武技写作的问题。梁羽生《白发魔女传》中,女主角玉罗刹大闹武当山这段打斗情节,就很成功。玉罗刹上山寻觅情人——武当派掌门弟子卓一航,与他的五个师叔展开恶斗,打斗过程中描写了爱情的纠纷,将男主角的柔懦,女主角的刚强作了鲜明的对比。随着战情的拉锯,细致地刻画了他们内心的变化,不但男女主角的性格突出,陪衬人物武当五老的性格也跃然纸上。在这场打斗中,还写了新旧思想——维持正统与反正统的思想冲突。写得颇有深度也颇有艺术性,读者同样看得紧张"过瘾"。这样好的武技描写,不失为武侠小说中的精品。

梁羽生笔下的"武",具有表演性和诗意。不但写出"武",还重视"舞"。《萍踪侠影录》第一回,写女侠云蕾在桃林中练武:"再过些时,阳光已射入桃林,方庆眼睛又是一亮,忽见繁花如海中,突然多了一个少女,白色衣裙,衣袂飘飘,雅丽如仙,也不知道从哪里来的!那少女向着阳光,弯腰伸手,做了几个动作,突然绕村而跑,越跑越疾,把方庆看得眼花缭乱,虽然身子局促在石隙之中,也好似要跟着她旋转似的。方庆正自感到晕眩,那少女忽然停下步来,缓缓行了一匝,突然身形一起,跳上一棵树梢,又从这一棵跳到另一棵,真是身如飞鸟,捷似灵猿。"像这样的"舞蹈"描写在《萍踪》一书中就出现了无数次,更别说其他作品了。

梁派武功还包含中国哲学思想和道德意识。梁氏武侠小说中,武功可以完全虚构。但其中所体现的精神和意境,却始终没有超越伦理政治教化和道德理性价值判断范围,于是重视武功修炼的理性道德,就成为梁羽生小说中武功描写的一个重要方面。中华武术文化的这一伦理特征和中国传统文化的伦理本位思想,对中国武侠小说家的文学创作产生了很强的制约力和吸附力,小说中的武功描写具有十分鲜明的伦理色彩。梁羽生武侠小说中的武功描写,伦理色彩十分浓重,后来被温瑞安打破的善恶二元对立模式,梁羽生是一直紧守不逾的。

因此,"梁氏武功"基本上分两大阵营,即正派武功和邪派武功。正派和邪派的分别,梁羽生在《云海玉弓缘》第四回讲得非常明确:

> 原来正邪的分别,固然是由于行为的判断,但在内功的修习上,两派所走的路子也极不相同。正派的内功,讲究的是纯正和平,内功越深,对自己的益处越大。邪派的内功讲究的是凶残猛厉,所谓"残",乃是一动便能令人伤残;所谓"厉",乃是伤人于无声无息之间,有如鬼魅附身,无法解脱。所以邪派的内功常比正派的内功易于速成,但内功练得高深,对自己便越有害,所谓"走火入魔",便是其中之一。

正派武功有天山剑法、冰川剑法、少林武功、武当派武功、邙山派功等。正派武功力道柔和,象征着善良、仁慈和正义,既利于攻敌防卫,又有益于修身养性。邪派武功非常霸道,歹毒残忍,意味着邪恶,一旦沾上,害人害己。正派武功修炼起来循序渐进,发展缓慢,但根基扎实,一步一个脚印。一旦练成,威力不可思议。邪派武功则有修罗阴煞掌、雷神掌、化血刀、腐骨掌、阴阳劈风掌以及天魔解体大法等等。正派武功和邪派武功的最根本的差别,是在两类武功的"精髓"——内功的修行上。邪派武功的修炼,进展神速,易于小成,再断续练下去,却容易走火入魔,轻则致残,重则废命,贻害终身。有没有"毒",成为正派武功与邪派武功的另一重要差别。正派武功与人交手,是以功力取胜,决不投机取巧,暗箭伤人,更不会用毒。邪派武功则往往与"毒物"合为一体,功力越深,毒性越大,如修罗阴煞功的寒毒,雷神掌的热毒,还有化血刀、腐骨掌等歹毒武功,都具有伤人性命的毒。此外,练邪派武功的人,其兵器也往往淬有剧毒,如毒针、毒镖、毒刀、毒剑之类。这类歹毒兵器,练正派武功的侠义道是不屑使用的。

新派武功中,体现中国哲学的深奥神秘的描写亦十分普遍。活跃于"天山系列"中的女侠冯琳,内功精纯,擅长"飞花摘叶"。在她的内力催使下,一朵小花,一片树叶,幸免可成为杀人利器,中者非死即伤。《萍踪侠影录》中张丹枫和云蕾的剑法,一刚一柔,互为补充,相反相成,对敌时,双剑合璧,立刻剑光暴涨,威力倍增。这正是形象地反映了中国传统文化"一阴一阳之谓道"的思想,最为简明形象地体现了东方文化要求对立面的和谐统一观念。像这样的描写不仅读者看得精彩,其中也蕴含着中国传统文化,是一种文化积累和哲学精神。除此之外,梁派武功最令人可惜的是,他没有像金庸武功博大精深,所谓琴、棋、九宫、八卦、用毒都可化为最高深的武功。而且,金庸常写人如何练成绝世神功,这其实是很重要的,练功过程包含着人生的各种境界,甚至有置之死地而后生的感觉。同为实写,金庸似乎更为巧妙,让人看得不会觉得有雷同感。

第五节　古韵遗风的诗意叙述

从梁羽生小说的题目和许多小说的开篇词以及整齐的回目中,我们能深深体会到梁氏小说的诗意。比较好的小说题目有《七剑下天山》、《云海玉弓缘》、《江湖三女侠》、《还剑奇情录》、《萍踪侠影录》、《白发魔女传》、《冰川天女传》、《大唐游侠传》、《龙凤宝钗缘》、《慧剑心魔》、《狂侠·天骄·魔女》,这些书名在当时的武侠小说中,显得很有意境,更高一筹。梁羽生的小说回目也写得很美,我们随便举个《七剑下天山》回目例子:

> 剑气珠光,不觉望行皆梦梦;
> 琴声笛韵,无端啼笑尽非非。
> 剑胆琴心,似喜似嘻同命鸟;
> 雪泥鸿爪,亦真亦幻异乡人。
> 生死茫茫,侠骨柔情埋瀚海;
> 恩仇了了,英雄儿女隐天山。
> 牧野流星,碧血金戈千古恨;
> 冰河洗剑,青衷铁马一生愁。

在回目这个方面,其他武侠作家是瞠乎其后的。梁氏备受称赞的回目还有:

> 亦狂亦侠真豪杰,能哭能歌迈俗流。
> 瀚海风砂埋旧怨,空山烟雨织新愁。

又如《白发魔女传》开篇词《沁园春》:

> 一剑西来,千岩拱列,魔影纵横,问明镜非台,菩提非树,镜由心起,可得分明?是魔非魔?非魔是魔?要待江湖后世评。且收拾,话英雄儿女,先叙亲情。
> 风雷意气峥嵘,轻拂了寒霜妩媚生。叹佳人绝代,白头未老,百年一诺,不负心盟。短锄栽花,长诗佐酒,诗剑年年总忆卿。天山上,看龙蛇笔走,墨泼南溟。

这首词本身就只能成为小说的一种点缀,但这样的胸次块垒确是十分了得,从这里还是可以看到梁羽生的风神——对中国传统审美的高度把握,在"名士"背后体现的是汉语本身余音绕梁的隽永、韵味。

再如《七剑下天山》的开篇词《八声甘州》:

笑江湖浪迹十年游,空负少年头,对铜驼巷陌,吟情渺渺,心事悠悠! 酒冷诗残梦断,南国正清愁。把剑凄然望,无处招归舟。
　　明月天涯路远,问谁留楚佩,弄影中洲? 数英雄儿女,俯仰古今愁。难消受灯昏罗帐,怅昙花一现恨难休! 飘零惯,金戈铁马,拼葬荒丘!

这些开篇词既叙述了本书将要发生的重大事件,同时营造了一种苍凉雄浑的意境,着实给小说增色不少。

梁羽生在诗词回目方面,一方面主张引用前人的现成的诗句,另一方面化用前人的诗句,创作出大量具有他自己特色的诗词回目,其中不乏非常精彩之作。在武侠小说创作中,引用古代的诗词来衬托当下的情景,并使当下的场景增添诗情画意,十分普遍。梁羽生也有用得特别成功地例子。如《冰川天女传》第七回,作者借两首古诗抒发了一对青年男女初恋时的心境、遐思和情怀:

(冰川天女)弹的是《诗经·周南》的一章,歌词道:

　　南有乔木,不可休思。
　　汉有游女,不可求思。
　　江之永矣,不可方思。

这诗写的是一个高傲的少女,任何男子追求她都追不到手,诗中所用的都是比喻和暗示。陈天宇听了,不觉心中一动,想到"冰川天女为什么弹这道歌词? 难道她是自比汉江女郎么? 冰川比汉江那可是更要难渡得多"!

冰川天女和白衣少年约会的时刻已经到了,忽闻一阵箫声远远传来,吹的也是《诗经》中的一章,歌词道:

　　蒹葭苍苍,白露为霜。
　　所谓伊人,在水一方。
　　溯回从之,道阻且长。
　　溯游从之,宛在水中央。

这诗是男子寻觅意中人的情歌,伊人可望而不可即,诗中充满爱慕与惆怅的情怀。箫声一停,只见园中已多了一人,正是那白衣少年,手持玉箫,腰系长剑,更显得丰神俊秀。冰川天女桂冰娥貌若天仙,文才武功都是一流人才,然父母早逝,独守空房。作为一个青春少女,她自然会常常感到没有可以倾心交谈的知己而孤独和怅惘。当她领略了白衣少年唐经天的赞美和爱意之后,不由得怦然心动。只是她本是公主身份,又是武林名家之女,一向颇为自负,当然不会草率应允,于是,她弹奏了《汉广》这首诗,歌词曲中抒发了她既激动又高傲的习性。

梁羽生十分重视小说的回目和开篇词。同时他沿袭《红楼梦》传统,在小说人物中,经常让他们吟诗作对。从而增加小说的情感感染力,同时塑造出的文武并重的少侠才子、美女英雄的形象。他秉承传统,在不注明是集句的情况下,就是他自己创作的诗词对联。在《萍踪侠影》中,张丹枫就是名士型侠客,这种背景为梁羽生借他的口吟诗作对创造了许多条件。即使他让张丹枫吟多少诗词,都不会让人觉得梁羽生是在不分场合地自炫旧学根底,也不会有将绿林好汉、江湖大盗强充知识分子之嫌。一本《萍踪侠影录》里,光是从他嘴里吟出的诗词歌赋,粗略算来,就有近四十处。加上其他人物的唱和,作品题头结尾的例牌词曲,整部作品都浸润在诗词的氤氲中,处处诗意盎然。姑举几例:

掠水惊鸿,寻巢乳燕,云山记得曾相见,可怜踏尽去来枝,寒村漠漠无由面。

人隔天河,声疑禁院,云魂漫逐秋魂转。水流花谢不关情,清溪空蕴词人怨。

这首《踏莎行》表现的是一个佳人伤心,一个痴人孤影,两个人终于相会,马车中尽诉衷情。虽然之后又经历了许多挫折,生生死死的考验过了多少,两人的感情始终那么坚定如一。正如那句誓言:"天长地久,永不相弃",诗词更能给动人的一段情添色。

七绝两首

长江万古向东流,立马胡山志未酬。
六十年来一回顾,江南漠北几人愁。

中州风雨我归来,但愿江山出霸才。

倘得涛平波静日,与君同上集贤台。

这是张丹枫吟哦的诗句,这样的诗,有霸气,有侠气,有柔情,有感伤,很能打动读者的心。

这些假借人物所创作的诗词,可以说是在水准之上的。梁羽生在武侠小说作家中,对诗词最用力,要求最严格,同时也是成就最大的一个。金庸小说中出现的"宋代才女唱汉曲"的情况,在梁羽生小说中是没有的。对小说人物所吟咏的诗歌,历史背景和时代背景都很注意,体现了梁羽生一贯的严谨特色。

陈墨在《梁羽生传》中说,"梁羽生的'绝招'大致可以分为'侠、史、诗、女、雅'五式",这些都是他的优点。同时,梁羽生小说也有许多缺点,比如不善安排情节,语言拖沓,情节雷同等,还有处处存在的说教,也让人不耐烦。但是瑕不掩瑜,他不愧是开创新派武侠的宗师。

(陈中亮)

第八章　金庸的武侠小说（上）

第一节　新武侠经典文本的确立

　　武侠小说传统，在中国可谓源远流长。可惜的是这一传统在50至70年代的大陆文学中被中断了。但它在此期的港台却全然是别样气象，梁羽生、金庸、古龙所谓"三大家"把传统武侠小说和现代意识结合起来，创作出一大批适合现代中国人阅读的新武侠小说，很快风靡港台及东南亚华语世界。作为大众通俗文学的一大门类，武侠小说既为"多数读者提供逃避现实的精神天地"，也会使读者"受武功侠气的感染而精神升华，得以在较高层次面对现实"，更有使读者"建立对中华文化的认同，对锦绣河山的向往，对人物情意的赞美"的积极作用。① 新武侠小说这个文体也许是梁羽生开创的，他在1952年发表的《龙虎斗京华》可以视为现代武侠小说的发轫之作，不过最终完成现代转型并将武侠小说推向高峰的还当推金庸。是他在王度庐、还珠楼主，特别在梁羽生的基础上，发展了武侠小说的特性，使其从较原始的类评话小说，步入了一个有一定鉴赏价值的文学殿堂。同时，又真正从创造主体上把握了武侠小说本体特有的艺术内涵，使得武侠小说最终成为人们所喜闻乐见的一种通俗文艺，为华语圈内的读者留下了武侠文学的经典文本。

　　金庸，本名查良镛，浙江海宁人。1955年始以"金庸"为笔名在《大公报》上连载武侠小说，至1972年封笔。他的"武侠生涯"历时18年，共创作了6部长篇、6个中篇和3个短篇共计15部作品，代表作有《射雕英雄传》、《天龙八部》、《笑傲江湖》和《鹿鼎记》等。

---

　　① 项庄：《冲淡精神苦闷，加强挣扎意识》，《明报月刊》（香港）1983年第2期。

金庸的小说创作,大致可分为三个时期。从《书剑恩仇录》到《飞狐外传》,即1955年至1960年前后,这是前期,基调多为书生儒士式的感伤。从《神雕侠侣》到《天龙八部》为中期,这时期金庸小说最大特点是对人世生活持积极健朗的向上精神。1966年前后至1972年,这是金庸创作的晚期。无论从艺术与思想来看,金庸此时都达到了其小说创作的巅峰,但小说的风格基调却与前两个时期迥异。如果说他前两个时期的笔触多似风光明媚、情调旖旎的江南山水画,那么他晚期着力刻画的便是变幻莫测、前途险谲的北国冰寒图了。

尽管金庸的创作经历了上述三个不同时期的发展,但如果从金庸对武侠本体构成角度来考察,那么,我们仍可发现他的小说创作有以下这样三个贯穿始终、互为交织、互为补充的基本特点:

一、乱套结构艺术

武侠小说是商业气息极浓的文艺作品,其存在便是为了满足读者娱乐消遣的期待心理。这样的特点,久而久之,自然会使创作与接受之间催生一种负值的心理怪圈,作家便无意成了规定产品的生产机器。面对情节套板对作家主体创造力的束缚,人们不是没有领悟到超越的意义。古龙在这方面可谓是主观上用力最勤,也应当说是有所收获的一位作家,但他也没有很好地跳出情节套板的规约。只有金庸较好地实践了这一点。他从套式反应出发却又不为情节套式所囿的艺术处理,即我们所说的"乱套结构",使他的武侠小说不仅赢得了读者的普遍认可,而且在艺术上也取得了为同类作品所鲜有的新意和魅力。

"乱套结构"的第一步也是至关重要的一步,就是作家在满足读者心理平衡需要的前提下,必须有效地把握住他们内在的心理气质倾向。读者的欣赏口味尽管各有不同,但从精神文化角度考察,他们之所以乐意选择武侠小说而不是其他小说作为消费方式,还是有共同的"先验选择倾向"的,潜在地受到中国传统文化心理的制约和影响。立足于这样的角度来看金庸的作品,我们便感到他的乱套结构艺术确有其高人一等的独到之处。以乔峰为例,乔峰是《天龙八部》中一位气吞山河的英雄,与一般的大侠一样,金庸自然在小说中浓墨重彩地描绘了乔峰"十步杀一人,千里不留行"、"教单于折箭,六军辟易"的英雄气概,以及猖獗如星宿老怪丁春秋都为之惊颤的神奇武功。这些当然是相当吸引人的。但这仅仅是一个方面,而且是比较外在的方面。更为重要的,是作者不为英雄而英雄、为情节而情节,而是从其人其事的背后开掘出符合中国读者文化心理的欣赏内涵。他笔下塑造的乔峰,固然威武雄壮,奔放不羁,但却有中华民族所特有的丰富细腻的情感世界和忍辱负重的精神境界:他决不恃力伤人,大凡出手杀敌,不是对方欺人太甚,"罪不容诛",便是为形势所迫;他虽然明白自己父亲是为中原武林所戕害,杀父之仇不共戴天,但他却仍能审时度势地原谅中原群豪的苦衷。乔峰的所作所为,与中国人心目中的积极奋进而又中规中矩,左右逢源而又舒展大方,不该冒大醮而又可作惊人之举的英雄何其相似。所以,他为那么多的读者所热烈认可,奉为完美的英雄人物。

可见,乔峰的成功和为人所崇,主要并不在于他有多少英雄壮举(情节),而在于其气质内蕴与读者的心理气质相同位。正是这种心理气质的同位,它才使读者自然地不拘泥于一枝一节的个人喜好,而从整体上来要求这一形象做出怎样的选择。当我们在后来看到做了契丹国手执重兵的南院大王的乔峰,居然得到了中原武林道的原谅,迎接他重返中原武林时,是多么期待他重新被奉为丐帮帮主。可是,面对接踵而来的追兵以及契丹国的皇帝耶律洪基,乔峰能毅然决然地回归中土吗?很显然,由于作家已经客观地为我们提供了一个自我价值的评判机会,这就使我们对小说的体会不再是从客观欣赏单纯的角度出发,而是代之以一种主体的介入了。传统的中国道德要求我们,也要求乔峰:国家和民族,这是死都不能背叛的。乔峰虽然是契丹人,可从小就在中原长大。在他的精气血脉中,占绝对地位的是汉族气质。他在碰上完颜阿骨打的时候,第一个反应就是感到北人与女真族将可能成为大宋最凶恶的敌人。此时,如乔峰转而攻宋,不但与小说情节、性格发展不符,而且也有悖于读者的接受心理。面对如此强烈的两难选择,满腔热血、义薄云天的乔峰除了以自身的毁灭来达到对生命意志与生命价值的最后肯定,还能再做什么呢?因此,读到这里,我们虽为乔峰折箭自尽感到惋惜,但在心理深处却如释重负。因为在此处,读者的心理平衡满足恰恰与他们的期待心理相反。

二、文化真实观

武侠小说叙述的,大多是属于过去时代的幻想故事,在科学昌明的今天,它们之所以仍能得到许多人自然地认可,根本原因,是因为武侠小说多从当代的文化消费、思想道德与读者的思想感情出发,直接反映国人心底深处的传统文化心理积淀的真实。作者笔下所描绘的,虽然距我们已有数百甚至数千年之遥,但他们的一举一动,一颦一笑,就像发生在我们脑海中。或者说,他们已经存在于我们的主观构想之中了,仿佛与我们进行一种超时空的对话。武侠小说的文化真实,即谓此。当然,同样是具有武侠小说的文化真实品性,这里也有层次之差。大多的作家往往只注重外在的、具体的事件的表现,如大团圆结局、因果报应等。金庸则偏爱从文化的情怀上着眼,这使金氏小说带有举重若轻、化实为虚之妙,具体的形象内蕴着某种意味的象征。《白马啸西风》当是金庸这方面的代表作。李眉秀自幼父母双亡,流落到回疆,从小便饱受了伶仃之苦。到成为一位武艺高强、娇美无比的少女的时候,她又自愿放弃报仇,孑然一身地牵着大白马向梦中的江南走去。这份情怀,正是儒家教人处世的那份无以言说的宽爱。金庸虽未泛写李是如何富有爱心,只十分自然地表现了她对人世的态度与自身的克忍,但读者便可如此强烈地感受到笼罩全书的那份温爱之情,而对李眉秀的行为在心理上产生充分契合的感觉。

如果说文化情怀的表现只不过是金庸深厚文化修养不自觉的厚积薄发,那么,他小说展示的对文化的思辨,则可看出金庸已明确有意识地把文化当做了武侠的重要内容,站在回顾与反思角度上来构建其文化真实。也唯有理解到这一层,金氏某些小说的意蕴才可豁然而得。表面上看,《侠客行》只是一部传奇性的武侠小说,但意蕴深处,这小说浸润了金庸对传统人生观念相当深刻的思考。主角石破天,尽管武功绝世,威震天下的侠客岛的二岛主联手亦非其敌,但他却始终没有搞清楚自己到底是不是"石破天";大侠闵柔、石清夫妇原可以认石破天为子了,却只因少了一两分永远也不可能有的把握,终至遗憾终身。庄子的"人生如梦",古佛家的寂灭情绪,这儿便成了金庸对石破天的身世与人生观禅意化的诠释。尽管从他置身江湖之日起就不断遭人算计,他却从未感到气馁,只是一往无前地战斗而已。儒家这种极端功利现实的入世态度与禅文化的人生无牵无挂,来去自如,便成了极端缺乏自我感觉材料的石破天的精神支柱。我们也不妨把它看做是中国人坚韧不拔意志精神力量的来源。

需要指出,金庸对传统文化既是有颂扬也有贬否的。他具有一定的文化超越意识,这使得其对文化真实的揭示,能摒去其中一部分属于过去了的内容,而与我们现实的文化意蕴息息相通。虽然,他的每一步超越是那么艰难。《鹿鼎记》中,韦小宝的师父学识武功都超过韦小宝千倍,只因有了太多的条条框框,不但壮志难酬,还死在了他忠心辅佐的主子的剑下。

相形之下，韦小宝不学无术，却能仗着机智善变无往不利，即使在危急关头也总能死里逃生，其间的答案是耐人寻味的。如果再联系到金庸同时期小说《笑傲江湖》中对"随机应变，见招变招"的独孤九剑的热情讴歌，就可以看出是他对中国传统文化所缺少的大胆创新精神的无情揶揄。当然，金庸理解的超越，是认为现代条件下传统不应当一成不变的认识上的超越。因此，他并不认为文化的本位也是应当超越的，故他对文化传统同时又有无穷的依恋之情。

三、悲剧意味

多数读者把武侠境界当成了桃花源，借此逃避现实。金庸通过其小说委婉表达的悲剧意味，相当程度地扭转了人们的这种看法。从金庸创作第一部武侠小说《书剑恩仇录》中，我们便可感觉到他极其强烈的悲剧气氛。他早期的小说，多呈现一种积极浪漫气息的感伤情调。它所激起的，是少年对未来大胆的憧憬，成年对于过去那份伤痛美丽的回忆，热爱生命是共同的心声。

以《天龙八部》的创作为下限年代，考察金庸这时期悲剧意义的表现，主要体现在人生哲理的思考。那是一种"念天地之悠悠，独怆然而涕下"的崇高情绪，让人们从亢奋中冷静下来，仔细思忖长而多艰的人生前途。因此我们说金庸这时悲剧的色调是明朗的。金庸小说的悲剧意味，愈到后来愈偏重于人性的剖析。于是作品的思想深度也随之而得到加强。《笑傲江湖》中，"江南四友"初出场时是何等的洒脱飘逸。一旦面临生死考验，非但人格可以践之于地，四友的手足之情，似也在这富有意味的瞬间冰释了。金庸就是基于这样的思想来揭示人性被扭曲的程度，而伦理道德同时又显得如此脆弱无力。他不屑笼统地着墨于金钱、地位的纷争，而是根据具体人物所拥有的性格与地位，将其人性被扭曲的方式与程度颇细腻真实地剖露出来。不过，金庸"可怕的冷静"还不止于此，他的生活辩证法，似已习惯以世故老人的目光来揭示生活中的冠冕堂皇。任何漂亮的事情，金庸也必从反面出发，根据冷酷的物物交换的原则，对其内在实质进行毫无遮掩的透视。《笑傲江湖》的少林方丈方证与武当掌教冲虚，原先，他们对令狐冲的谆谆善诱，多么让人感动。可是，谜底捅穿之后，我们才知道他们的真正目的所在，原来既不愿野心勃勃的左冷禅坐大，更不想让阴险毒辣的岳不群当权，所以需要在五岳剑派联盟中制造一个既有实力、又无野心的第三方力量来牵制左、岳，而又不致影响他们两派的既得利益,于是就选中了令狐冲这个当然的最佳人选。在金庸的笔下,所谓的善恶之分在物质功利面前是如此的无足轻重。这就把抽象存在的正义公理逼到了无处藏身之处,终于毁灭。暗示了在社会中,物质利益的获得才是人们奉为圭臬的最高与最终尺度。如此低调的毁灭情绪,说明金庸对人性实在到了近乎绝望的地步。这也可以说是香港商品竞争中的社会现实在小说中的曲折反应。

最后应当解释的是金庸小说的悲剧形式。对于武侠小说所反映的悲剧意味,读者大多是从感觉上于潜移默化中得到的。它不像纯文学作品那样突出强调读者的主体感觉。因此,在悲剧外化的表现下,金庸是采取了"假喜剧"形式,以故事发生的悲剧来代替结局的悲剧,多以传统的大团圆来结束故事。如《神雕侠侣》,无论从哪个角度、何种意义上说,这个故事的结局都应该是杨过应诺,为小龙女殉情跳下绝涧。而金庸为应景,却偏偏还要在小说结尾出现绝涧内别有洞天,杨过、小龙女幸得不死的意外。虽无伤大雅,毕竟有损主题的表达,关键处情理亦欠推敲。然而,武侠小说的读者制约因素往往超过了小说内部性格、情节发展的自我制约力,采用"假喜剧",在大体上还是能够传达作家的本人的悲剧意识;形式上,也无悖于武侠小说存在的商业性、通俗化的要求,能够较好地调和俗雅间的矛盾。我们认为,这种"假喜剧"形式还是可行的。

第二节　匠心独运的侠客形象塑造

武侠小说并非现代的产物,据研究者们揭示,《水浒》是近代武侠传奇的开山之作。其他各类传统的演义小说、神怪小说以至言情小说,对武侠小说的影响也都很大。几乎每一部武侠小说,其主人公从一开始便是各种磨难的承受者。而一到魔劫消尽,苦尽甘来之时,故事便戛然而止,于是,人物形象也就在这一个又一个的魔劫中塑造而成。如果这般,难道不是在潜意识中师承了《西游记》的传统吗?

应该承认,金庸的创作是明显继承了这些先人的技巧。然而,他的武侠小说与传统一脉相承之处,在我们看来,最成功的还是体现在人物性格"对立原理"的借鉴上。金庸在他的小说中,总是喜欢把矛盾冲突的双方(或多方)人物安排的特定的矛盾环境中共同存在,强调这些人物彼此鲜明的性格对比色彩。如忠与奸相衬,则忠者愈忠,奸者愈奸。总之,性格的闪光正是在美丑的对比中闪现。我们不能想象,乔峰如果少了慕容复的人格低下的反衬,耶律洪基对生命意义蔑视的对比,以及游坦之生活追求卑琐的陪衬,这个人物还能够如此栩栩如生吗?这种对心中英雄崇拜的颂歌,正是对中国古典主义性格审美传统继承的结果,一如《三国演义》,将刘备与曹操、周瑜与孔明各自性格侧面的反差放大了那样。像西方《伊利亚特》,把敌我双方的英雄阿喀琉斯、赫克托耳皆热情赞美、双峰并举的情形,在金庸小说中,除了一部反响甚微的《碧血剑》外,可谓绝无仅有。

尽管金庸的人物形象与传统具有血肉与共的营养脐带关系,但是应该指出,他并没有堕入仿古、师古者之流中去。他对传统有继承更有改造。而后者,则是金庸之所以为金庸,形成他形象塑造的鲜明特色并高出一般武林小说水准的关键所在。那么,金庸的武侠小说到底如何来塑造人物呢?

首先,是历史与现实双重观照法。金庸笔下的人物,特别是反面人物,多以意味曲折悠长,难以分析著称。《射雕英雄传》中的杨康,在这方面就是一个较有代表性的例子。他弃亲生父母不顾,是十足的不孝;视师长如仇敌,又可谓十足的不肖;还要杀害关怀他的异姓手足郭靖,更是残忍之至。看着他无心无肺,兴风作浪,我等心中真有"天殛之"的愿望。可是,当他在铁枪庙中终于恶贯满盈了的时候,又让人不禁茫然若失,阵阵恻然。此种复杂的矛盾心理,应归功于作家高明的情感诱导术。从民族大义、人伦关系来说,杨康确属十恶不赦;然而就杨康个人所处的环境和身世来说,这一切还是有内在的合理性、必然性。杨康是在养父的娇宠下长大的,一直被当做大金王子供养,所受的教育可想而知,对养父、金国的感情也可想而知。对他来讲,父母之情其实只是简单的血缘关系,而民族大义更不过是抽象的概念而已。除了师父邱处机的说教,他实在缺乏反出金国的必要条件。像《说岳》中的陆文龙,一听王佐的游说便大打出手,欲置养父于死地而后快的处理,我们认为在艺术上至少是太简单化了。正是在这里,作者将他与传统的、一般武侠小说作家塑造的简单人物区别开来。他采用历史与现实的双重观照法来写杨康,有了这两个互为参照的艺术视点,这样,他就能有效的揭示人物内在的张力因素并给予人性的说明:一方面,既充分凸现自我强烈的主观意识,用爱国主义精神呼唤出读者最深厚的感情意识,进行合目的的价值判断;另一方面,又冷静理智地对描写对象进行艺术审视,并不因自己情感的贬褒臧否随意处置,而让读者能从中以生活经历体验人物形象的内涵,在产生审美情感倾向的同时也产生与倾向异向的审美感触,这种感触,往往正是触及心灵深处不可言说的那部分。

武侠小说发展到今天,存在的问题很多。人物形象塑造的平面化就是其中的一大痼症。这种症疾,从一定意义上讲,来自作者对历史与现实的单极化处理。诚然,就艺术的本体属性而言,武侠小说的人物应该清晰而简明,读者可以用单纯炽热的情感去把握他们。但清晰简明并非意味着可以一味地单向化。主体情感评判是一回事,具体入微的描写又是另一回事。这里有一个如何把握分寸的问题。我们并非要求武侠小说的人物也像纯文学(特别是探索性的纯文学)那样丰富复杂,立体多层,但从提高的角度,从艺术传播长远的观点来看,那些对形象塑造提出尽可能地丰富些、隽永些的要求,则不能认为太过分。事实上,武侠小说发展到今天,已有一些作家的创作多少呈现了这样的意向,如古龙《欢乐英雄》中的郭大路,温瑞安《四大名捕会京师》中的戚少商等就是。正是在这个意义上,我们认为金庸的历史与现实双重观照法有必要引起重视。它对于武侠小说如何塑造具有一定艺术回味的人物形象,无疑是具有启迪意义的。

以上讲的是金庸小说历史与现实双重观照法的写人艺术。除此之外,观念化方法的运用,也是金庸人物塑造的又一个重要特点。金庸在谈到自己创作时常说:"构思的时候,亦是以主角为中心,先想几个重要人物的个性如何,情节也是配合主角的个性,这个人有怎样的性格,才会发生怎样的事。"这等于是在说,他的形象的塑造并非来自生活实际的感触,而主要是意志情感的直接符号显现。按常见的理论,这样一种创作往往是概念图解式创作的代名词。但是,如果我们深入金庸的武侠世界,那么就不会对他的创作下这么简单绝对的结论。金庸采用的实在是一种比较特别的创作方式——观念化创作,即强化思想观念先在重要性,正如勒维特所说:"在观念艺术中,思想观念是作品中最重要的方面……所有计划和决定都是在动手之前就已写在作品了的。"[①]就拿《射雕英雄传》中的郭靖来说,他就是典型的观念化人物。郭靖其人的内在性格气质一直为愚钝与善良、坚毅所缠绕。因为愚钝,在他生命中才会有如此之多的波折,如此之多的挫折;因为坚毅,才使他一直处于兢兢业业的努力状态中,终于有望大器晚成;因为善良,不但成吉思汗一代霸主对他另眼有加,也

---

① 勒维特:《观念艺术短评》。

博得了洪七公、周伯通、马钰等异人的青睐,使他始终能站在一个较高的境界看世界,能有一个较高的努力方向与明确的努力方式。然而郭靖所有这些性格要素的组成及其发展是预先规定了的,金庸说"这孩子似乎脑筋不太灵光,然而幸喜本实善良"。这也便是黑格尔所说的"美本身应该理解为一种确定形式的理念,即理想"①。

观念化创作与概念化创作是有区别的,它们彼此不可简单混淆起来。黑格尔早就批判过"把理念和艺术家臆造的抽象的观念和理想一律看待"的问题。黑格尔说的"理念"与我们所说的观念,词异而意近。他说:"理念不仅是概念的统一和主体性,而同时也是体现概念的客体。"可见理念即观念本身包括了概念的认识与具体的表现这两个辩证组成部分。当作家以概念为指向创作时,由于所有的生活素质都被作家抽象成为理性的东西,当然失去动人的形象魅力;而观念创作由于将作家明确的理想(也就是情感意识倾向)在具体可感材料中体现出来,形象的抽象意味就大大降低了。简言之,观念化创作主要是给作家提供一个较明确的情感投入契点,情节、形象才是目标。概念化创作的思维方式则恰恰是抛弃形象材料,所起的艺术效果也就正相反了。为什么在金庸作品中那些不同程度地带有说教意味的人物形象如郭靖、乔峰等,他们非但没有引起人们的反感,却还有几分说不完、道不尽的悠长气韵,道理就在于斯。因为这种说教不仅是消遣娱乐的,而且说教本身体现的思想观念与现时思想观念十分吻合,它无意成为读者回避现实生活不足而寻求情感慰藉的一个良好精神容器。

当然,不必讳言,同任何武侠小说一样,金庸作品中的观念人物也有平面与较立体之分。对于较立体的,我们的欣赏和理解,相应地也就有一个立体观照的问题。例如郭靖与乔峰,都是读者所深为倾倒的大侠形象。对前者,人们佩服其坚韧不拔、自强不息的精神;对后者,人们叹服其一往无前的气势。这一层,人们大多都可领会到,也是作者情感投入的契点,我们可以称之为"显性观念"。但如果读者能对比发现这两位都使"降龙十八掌"的大师,便可以从更深的层次领悟到这两位大侠虽然性格不同,但对于世界一片赤子的热情,并无本质不同。当我们从《易经》来考察"亢龙有悔"、"龙战于野"、"见龙在田"等招式的来历时,便不难发现金庸是在把他们作为"天行健,君子以自强不息"的精

---

① 黑格尔:《美学》第 1 卷,商务印书馆 1997 年版。

神不同侧面的代表了。这层一时难为读者所理解,却又真正把握到了中国人心理气质的观念,我们称之为"隐性观念"。由于金庸国学的修养很深,一般的读者很难透过显性观念看到其隐性观念的全貌,终于长久回味不已。

第三节 金庸模式与武侠小说的艺术创新

金庸是整整一个时代的武侠小说创作的巅峰。但金庸之后,历史毕竟揭开了新的一页,武侠小说如何超越金庸模式而"后金庸"呢,自然就成了人们普遍关心的一个话题。20年前,金庸在其创作高峰时期,忽然宣布金盆洗手,封笔退出武侠文坛,这是否意味着他已感觉到武侠文体机制在向现代转换过程中存在着一些深层问题难以克服? 在金庸封笔后的二十多年时间里,武侠创作的整体态势由盛渐趋平淡乃至衰退,只产生了温瑞安、黄易等少数几位有影响的后进作家。个中原因,除了作家们的素质涵养和思想艺术境界普遍不高,远不如金庸外,金庸武侠模式中未曾解决的问题随着时代的发展和文学现代性步伐的加快,暴露得日益明显,恐怕更是一个重要原因。这突出表现在以下三个方面:

一、对武侠小说中传统伦理道德尤其是女性观念如何现代性,作家们大都犹豫不决,把握不准。

如前所述。武侠文学某种程度上就是男性的文学,以男性为标准来考察问题往往在所难免。但现实的发展和女性地位的改变却对此提出了越来越强烈的挑战。事实上,这一文体特征要求与现代观念变迁如何相适应的问题,在金庸时代就已颇露端倪,只不过当时还没有表现得如今天这般尖锐。所以,金庸还可以动情讲他的"众星追月"故事。但在今天,却再也没有一个男性作家充满自信地这样做了,他们还没有找到一套既符合文体特征需要,又顺应时代发展的理想叙事模式。

二、对传统人文信仰包括"除暴安良"的功能作用问题,金庸愈到后来愈感怀疑了。

这也是现代人的一个重要话题,即个体拥有自由和能力的限度问题。"侠客能拯救我吗?"古龙似乎充满了悲观绝望,于是他笔下的侠客更多的只会喝酒,借酒消愁。这对传统侠客的"除暴安良"神话实际是一个意味深长的讽刺。在现实英雄匮乏、理想消解的年代里,作家怎样点燃人文信仰,以何种方式表达他的理想激情,的确让人感到棘手。当然,我们可以说武侠小说就是"梦的文学"。但"梦的文学"也要有现实的底蕴,起码作家的创作要有解释的激情,有人文的激情,这是文学创作最基本也是最宝贵的原动力。唯其写的是远离现实之"梦",这就更需要作者主体的激情投入。遗憾的是,在金庸之后的时代里,武侠小说缺少的恰恰就是这种激情。

三、在金庸之后,像金庸那样超长篇的、多重互涉文本的构建是否可能?

金庸之后,特别是20世纪80年代以来,不少作家的武侠故事越写越短。这当然与他们对武侠信仰激情的消退不无关系——缺乏足够的精神自信,要想象前辈们一样用鸿篇巨制来建构一个完全独立于现实的武侠世界,难度可想而知。然而,从武侠小说精神趣味的展现以及种种最为引人入胜、曲折幽微的情节的表达来看,它却需要有一个足够长的和复杂的文本构造。文体机制的要求与客观现实之间产生了矛盾。古龙与温瑞安尝试着将许多现代派的写作手法引入武侠小说,想以此改造人们长期形成的阅读心理定势。但他们的努力很难被视为成功。这倒不是说现代派手法不能被引入武侠创作,但一定的手法总与一定的精神趣味、价值取向相联系。总的看来,武侠小说的精神内涵至今仍然倾向于古典与传统,属于新守成主义文学思潮的范畴。要使它和现代文化形态全面接轨,实在是一个非常艰苦而复杂的改造工作。以为将一些现代派文艺的写作模式引入武侠小说,就完成了对武侠文本的"现代改造",这肯定是一场误会。

当然,我们这样说仅仅只是提出问题,并无意于赞同或推导出这样一种宿命的结论:武侠小说发展到今天已寿终正寝了。恰恰相反,对未来武侠小说的前景,我们还不无乐观的希望。在我们看来,武侠小说所讴歌的"除暴安良"的侠义精神,作为历史的真实虽然无法实现,但作为文化的真实,其行为和理想却有着不可磨灭的价值意义。从文学与人的关系看,诚如有人所指出的,尽管随着时代发展和法制不断完善,我们的社会终将趋向更公正、更平等,但它并无法消弭或取代武侠小说作为精神性、情感性文体生存的基础。道理很简单,即使有健全的法制,它也不可能解决人的精神情感问题;精神情感包括消费性的精神情感,它在任何时候、任何条件下都是不可或缺的,在物质富裕的时代更是如此。

问题还可以进一步地深入。随着社会的变化发展,科学技术的昌明,武侠小说所提倡的那些道德情感、信仰准则是否也将越来越失去价值意义?不少人实际就是抱着这样的态度。但这过分乐观的社会进化论观念实在包含着很大的认识误区。马克斯·韦伯早就指出，科技昌明决不能代替人类的终极关怀。相反，它倒可能将人类存在与世界存在之间的种种矛盾关系凸显、激化。对自我生存的无尽关注与焦虑，是每一个个体无法摆脱的宿命。因此，怎样提供一种艺术的佳构，使个体灵魂得以栖居和安身立命，就成了现代艺术的努力方向。从这个意义上说，武侠小说所展现的那古风饶朴的生存图画，那份将传统理想生存境界诗意提纯并升华的飘逸美丽，不正是对现代人苦寂心灵的一种莫大安慰么？至少，它所流露的对传统无尽依恋之情的文体属性，就可提醒每一个现代人自觉不自觉地意识到，"前人的世界"（雅斯贝尔斯语）尽管在物理形态上已属过去，但在精神世界上，它却将永远自足地存在，并对现代人类整个精神文明构成起着积极的作用。而且，武侠小说是宣扬英雄精神的，它将这古典形态的精神气质"保存"至今天，这对后工业社会尤有一种灵魂唤醒与拯救的作用。倘若据此而立论，武侠文体的艺术潜质不是被挖掘殆尽，而是远远未得到应有的开发。这，也许就是我们所说的金庸之后，武侠小说何以具有巨大的文化意义并将能够继续得以发展的根本原因之所在。

从目前创作实践来看，情况虽不堪乐观，但多少也有了一些可喜的征兆，它确确实实地预示了金庸之后武侠小说还有发展、突破的可能性。这方面黄易或许是一位值得注意的作家。他的《寻秦记》、《大剑师传奇》等作品，尽管还存在着明显的缺陷，包括庸俗化的致命缺点，但这些作品的出现，至少从观念到操作技法上都对武侠小说知何"后金庸"有着可贵的启迪作用。如比较开放的女性观，站在全人类高度观照侠义精神，打破历史真实的束缚而自拟自创文化背景，对现实的讽喻与对人类未来的预言等等。正是立足于此，我们对武侠小说的"后金庸"发展前景仍寄予比较乐观的希望。这种理论的推测，在网络时代到来之际的魔幻武侠、玄幻武侠等创作实践中都得到了呼应和有效的检验。

（吴秀明　陈择纲）

第九章 金庸的武侠小说(下)

20世纪80年代以来,处于文化消费饥渴中的大陆读者,遭遇金庸时得以释放的武侠情结,与海外华人世界的金庸热潮交相辉映,造就了金庸武侠小说万众瞩目的盛况,也直接促成了其在大陆文学史上地位的直线上升。金庸的出现为大陆学者打破几十年来文学研究的狭隘视角,提供了可供言说的话题,并强烈冲击乃至颠覆了"鲁、郭、茅、巴、老、曹"等长期主导现代文学的超稳定结构。围绕着他展开的争论,足以成为现代文学发展史上的一个典型事件,它见证着中国文学的世纪变迁。

那么,是什么样的精神品质和艺术魅力,使国人如此着迷于金庸?仅仅是金庸自己解释的"中国形式",还是另有其他更重要的原因?这当然比较复杂,非三言两语能讲得清楚,但这之中,无疑与他将地域文化现代性方面的努力密切有关。从吴越之地走出去的金庸,他所内含的意义和价值,不仅是文学史的,同时也是地域文化的。在金庸创建武侠小说的辉煌世界时,一方面,它深深地打上了与之具有血脉关联的吴越文化的特质;另一方面,又极富意味地吸纳与所居地香港相谐的异质文化资源,形成了既地域又超地域、既同构又异质的双重观照视角。遗憾的是,对于这一点,迄今为止人们往往缺乏应有的关注,在量多而质不高的文章中有关地域文化的研究显得颇为薄弱,至于真正有深度的研究就更少了。有感于此,也为了给文学如何进行地域文化现代性构建提供某些借鉴和思考,本章拟从这个角度对金庸的武侠小说试作探讨。

第一节 书剑传统与作家的推陈出新

半个世纪前,当大陆的武侠前辈作家纷纷放弃自己的"武侠梦"时,金庸在香港却异军突起,取得了超乎寻常的辉煌成就。这是为什么呢?

学界对此一直众说纷纭。我们认为,从地域文化角度考察,首先归因于具有"根性"意义的吴越文化给予他的宝贵的精神馈赠。这里所说的吴越文化,是指以古代吴越地区为地理文化疆界成长起来,在历史发展中吸收、融合、创造、充实而逐渐定型的一种区域性文化传统。龚自珍所谓的"一剑一箫"便形象地概括了其刚柔并济的特点。当然,吴越文化并非是恒定、静态的。翻检中国历史版图,它曾长期处于长江文明与黄河文明"太极式推移"的交叉口上。因此,相对于中原主流文化,吴越文化较少受到主流政治意识形态的染指而获得某种独立性和自足性。另一方面,它的滨海的地理位置又使其与开放的海洋文化唇齿相依,成为外来文明传向中原的中介站,起着过滤和稀释的作用。与上述两种文化的既抗拒又融合,它必然激活了吴越文化的内在张力及其自身丰富驳杂的内涵。"在异质文化因素相互化合的过程当中,也就改变了原来的文化形态。"①尽管自晋以后,历史上三次大规模的南渡,大运河的开凿,特别是士族南迁后带来的玄学和佛学的兴盛、形成的尚文的文化心理,导致吴越文化中"崇武"精神的式微;但实际上吴越文化最核心的刚烈和坚韧并没有消失,如明代东林党人的"冷风热血,洗涤乾坤"的豪气,龚自珍的暗夜疾呼,以及在近现代的章太炎、秋瑾、鲁迅等人身上,我们还是可强烈地感受其中的铿锵音质。

得天独厚的地域优势和丰厚的文化滋养,形成吴越子民开放进取的文化品性。这种文化品性体现在金庸武侠小创作中,最突出的就是书剑文化传统。金庸出生于浙江海宁,从小耳濡吴越之地的神话传说,接受了机智柔和、重乐轻礼、富有创造精神的吴越文化的熏陶;雄伟壮观的海宁潮也在他貌似文柔的书生气中,镌刻下了勇敢叛逆的性格。金庸从小爱看"琴剑二侠"的武侠小说,年轻时走南闯北,也不乏"行侠仗义"之举。1955年,他在报纸上连载第一部武侠小说《书剑恩仇录》,一书一剑,代表了一文一武,传神地点出了吴越文化的精髓:剑是实践恩仇的工具,书是对剑的反思和沉淀;在"侠"、"义"、"情"的起承转合中,渗透着吴越文化刚柔相济的品性,呈现出超越旧武侠打打杀杀的不凡气度。20年后,金庸在该书修改版的后记中说:"乾隆皇帝的传说,从小就在故乡听到了的。小时候做童子军,曾在海宁乾隆皇帝所造的石塘边露营,半夜里瞧着滚滚怒潮汹涌而来。因此第一部小说写了我印象最深刻的故事,那是很

---

① 杨义:《杨义访谈录》,《东南学术》2003年第1期。

自然的。"①当金庸在异域香港创作时,是故乡的传说和浩瀚的海宁潮,撞击出他的灵感。江南雅致的民情风俗,陈家洛由西湖而引发的故园情怀,他与霍青桐姐妹浪漫而伤感的柔情蜜意,在小说中被反复咏叹,充溢着吴越文化温文尔雅的情致。但"万马奔腾"的海宁潮所启示的不仅是"吞天沃月"的自然奇观,同时也是"金鼓齐鸣"的人文江湖。金庸小说情节发展的内在驱动,永远是家仇国恨。陈家洛等英雄行走江湖的宗旨是为了"反清复明";吴越文化中的勇敢剽悍和复仇精神,在此也得到了淋漓尽致的表达。他后期的短篇《越女剑》,更是直接以"卧薪尝胆"的故事为蓝本,再现了勾践在吴越争霸时期的复仇精神。至于永嘉之乱后,江南士族在政治上受压制所产生的"朝隐心态",主要体现在范蠡"远离庙堂,纵情山水",与西施驾扁舟入五湖的爱情归宿中。这种貌似对立的书剑文化传统潜移默化地渗透在金庸的血脉之中,使他的小说既有"豪气干云"的刚毅气质,又有"一湾碧水一条琴"的诗化意境。

当然,武侠小说作为一种文体,最本质的特点还是"武"和"侠",武功或武打依然是金庸小说的重要内容。他笔下那琳琅满目的江湖门派,眼花缭乱的掌拳手法,精妙绝伦的搏击比拼,卓尔不群的套路招式,所凸显的"剑性"特征,与他对"书性"传统的偏爱,是有错位的;金庸有关江湖仇恨、武林厮杀等血腥暴力的书写,与其对安稳平静生活的向往②,也存在着某种对立。这是武侠小说文体特点规约作家创作理念的必然结果,金庸对此也是无奈的,他只能作适度规避而不可能作根本性的超越。

再深入一步,金庸上述书剑传统还与吴越地区独特的文化品质不无有关。众所周知,吴越至隋唐宋时,已成为当时中国经济文化的中心。尤其是明清之际,新兴的城市文化、商业文化与式微后的越文化的士人韵致结合,极大地推进了江南风尚的雅俗相得,使之走向成熟并进而成为经典性的主导文化。"其民老死不识兵革,四时嬉游,歌鼓之声相闻"③,苏轼此语从一个侧面点出了这一时期吴越子民的文化消费意识;在野的士大夫阶层,则成为沟通雅俗的主要力量。明代以后,历史文化转型,吴越文人更是进入了与雅文学相对的戏曲等俗文学领域,从而极大地提升了俗

---

① 金庸:《书剑恩仇录》后记,广州出版社2002年版,第479页。
② 金庸在为吴蔼仪《金庸小说的男子》作的序中提到"少年时代的颠沛流离使我一直渴望恬淡安泰的生活"。
③ 苏轼:《表忠观碑记》。

文学的品质,促成了吴越民间文化的兴盛。作为富有活力的一种俗文学形式,金庸小说本身体现了追求民间趣味的大众文学特点,"我本人认为武侠小说还是娱乐性的,是一种普及大众的文字形式,不能当成是一种纯文学。"①曲折离奇的故事情节,浪漫多角的男女爱情,以及登峰造极的武功描写,就是通过不断的"惊奇"或"惊喜"的制造,满足大众娱乐消遣的需求。当然金庸并没有就此驻足,而是从中赋予较为丰沛的文化内涵。中原文化是传统文化的主干和发源地,历史上中原士人的南迁,促成了吴越文化中"雅"的一极的兴盛。在这个意义上,说传统文化的精华更多保留在规范之外的吴越文化之中,是有道理的。金庸可资称道之处就在于在"娱乐性"的俗文体中,大容量地融进雅文化的元素:他把庄骚传统中的天马行空的想象力,与古吴越之地少数民族的神话幻想及史诗思维结合②,营造出小说亦真亦幻的美学风格,使之俗中有雅,这在相当程度上弥补了20世纪中国文学缺少想象力的弊端。《书剑恩仇录》由海宁民间耳熟能详的乾隆身世传说,串联起"反清复明"与"八大遗诏"的历史事实;民间与庙堂对立所产生的狂欢气氛,大历史和小历史交相辉映的丰富想象力,不仅满足了读者的猎奇心理和浪漫幻想,也让他们感受到历史的恢宏与震撼。同时,金庸采用《史记》、《三国演义》历史文学化的手法,增添小说的阅读趣味。《倚天屠龙记》中段誉的原型段和誉是神秘的大理国历史上文韬武略的帝王,让他化身英俊潇洒的"侠士"行走江湖,并演绎出浪漫的爱情故事,其所产生的阅读诱惑是可想而知的。虚实相间的叙述,不仅增添了小说的神秘感,也让读者获得了"窥视"历史的喜悦。

另外,士人文化相对于民间文化,比较重哲思;中原士人受孔子"文质观"影响,重视内在仁德的质朴思维。所有这些,也对金庸产生了潜在而深刻的影响。金庸出身海宁,滨海小城自古为文化之邦,诗书家庭使金庸对士人文化有很深的感受。与前辈不同的是,金庸在粗粝的武侠想象中,注入了浓重的士人哲思:"武侠小说本身是娱乐性的东西,但是我希望它多少有一点人生哲理或个人的思想,通过小说可以表现一些自己对

---

① 金庸语,转引自费勇、钟晓毅编著《金庸传奇》附录,广东人民出版社1996年版,第395页。
② 按照杨义先生的说法,中国传统文化中的完整的神话和史诗集中在少数民族中。如今已成为中华民族共同的创世神话资源的盘古,在少数民族的起源传说中频繁出现,南朝梁人任昉认为是来自于"吴楚间说"。

社会的看法。"①这也就是金庸高于一般武侠小说、别具人文内涵的深层原因所在。《射雕》在一个边塞部落崛起为历史上庞大帝国的扩张史的表达中,渗透进郭靖历经磨难,成为一代大侠的个人成长体验。小说最后郭靖与年老的成吉思汗关于"英雄"的争论,可以看出金庸"以民为本"而不是"以英雄为要"的质朴思维。它也从一个侧面展现了与吴越相通的独立自足的文化品性。

金庸曾坦言:"自己真正喜欢的武侠小说,最重要的不在武功,而在侠气——人物中的侠义之气,有侠有义。"②因此,他笔下的英雄武功不一定是最好的,但无一不具有深挚的"仁义"精神。因为在他看来,传统的儒家与墨家思想的"极致是'杀身成仁,舍生取义',武侠小说的基本传统也就是表达这种哲学思想"③。《鸳鸯刀》在表现"仁者无敌"时虽有某种概念化之嫌,但通过萧半和、卓天雄等褒贬分明的描写,可以看出金庸对"以德服人"的武学最高境界的标举。当然,金庸更多是将对武德的这种哲思隐含在情节叙述和人物性格的书写中。《雪山飞狐》中胡一刀和苗人凤在沧州空前绝后的鏖战,难分胜负;最终是"德性"引发的崇高的道德感,使他们萌生了英雄相惜的感觉。总之,地域文化中的书剑传统以及哲朴思维,使金庸推陈出新,超越了武侠小说比较固定的叙述模式,不期而成为俗文学的经典文本。

第二节 地域文化与现代人性及大众传媒的关系

书剑传统毕竟只是传统,如果没有现代文化思想的观照,那也无法使武侠小说获得全新的提升。20世纪中国文学的思想启蒙和文化市场,既是构成金庸创作的大背景,也是成就他事业的双向推动力。大家知道,金庸从事武侠小说创作期间(1955—1972),正是大陆、台湾和香港地区文学各行其道的时期;至于20世纪前半叶,因复杂的原因,中国文学在紧张的政治对峙中艰难发展就更不用说了。金庸武侠小说在承续五四以来形成的"人的解放"的现代精神的基础上,从一个独到的角度参与了处于瓶

---

① 金庸语,转引自费勇、钟晓毅编著:《金庸传奇》附录,广东人民出版社1996年版,第390页。
② 金庸:《历史人物与武侠人物》,《明报月刊》1994年第12期。
③ 金庸:《小序:男主角的两种类型》,吴蔼仪,《金庸小说的男子》,香港明窗出版社1992年版,第2页。

颈期的中国文学的现代性进程。这里所谓的参与,也许是"不入主流",甚至是"被压抑的"(即所谓的"被压抑的现代性"①);但它却可激活中国文学传统内部潜存的生生不息的创造力,在"娱人娱己"描写的过程中把笔墨投向人性:借用金庸自己的原话,就是"我写小说,旨在刻划个性,抒写人性中的喜愁悲欢"②。

  金庸对人性的态度与吴越传统具有内在的关联。吴越是中国最早接受西方现代文化的地区之一。江南人敏感多思,更能细腻体察东西方文化的冲突,敏锐捕捉现代意识与地域文化之间微妙的信息。五四时期,鲁迅、茅盾等人在异域的环境中,以故乡为精神园地,透视老中国儿女的人性,积极参与中国文学现代性建构,为吴越文化的发展注入了新的因素。金庸的人性书写也延续了鲁迅等前辈的传统。然而,由于个人的兴趣所至,也由于时代环境的新变,他开始关注和重视处在复杂民族关系中的人性困境,其人性的内涵和外延较之五四有明显的拓展。民族关系是中华文明从秦汉时代形成多元民族国家起,就一直纠结又被简单处理的问题,也是中国及其文学在走向现代过程中必须面对并且亟须解决的一个重要话题。但可能是思维观念特别是"汉族正统观"的局囿,以往的武侠小说在这方面存在着明显的偏颇,这就不能不使其人性描写的真实性和时代感大打折扣。金庸小说大多选择宋元之交和明末清初作为背景——前者如《射雕》、《神雕》、《倚天屠龙记》,后者如《书剑恩仇录》、《鹿鼎记》、《碧血剑》,其重要意图就是借助这样两个少数民族入主中原、民族矛盾激化的时期,在更宏阔的层次上做好这篇人性文章,赋以时代新意。在这点上,金庸的追求是非常明确、十分自觉的。他不止一次地表达对旧有的"汉族正统观"的不满,认为在今天应该树立"多元共生"、"和而不同"的民族历史观:"我想写几篇历史文章,说少数民族也是中华民族的一分子,北魏、元朝、清朝只是少数派执政,谈不上中华亡于异族,只是'轮流坐庄'。"③

  正是在这个意义上,金庸把武侠小说演绎成中华民族内部的宋、辽、大理、西夏、吐蕃等国的"多国演义",并由此获得了透视人性的独特而又宏大的视角,丰富了地域文化的现代内涵。他笔下的不少主人公,民族身

---

① 王德威:《想象中国的方法》,三联书店1998年版,第12页。
② 金庸:《金庸作品集》新序,《书剑恩仇录》,广州出版社2002年版,第7页。
③ 金庸:《金庸的历史观》,《明报月刊》1994年第12期。

份往往比较复杂;而民族征战的降临,就迫使他们急需完成自我的身份确认。一切矛盾和困境,均由此而生。如《射雕》中的郭靖与杨康,虽然小说以炽热的爱国主义情怀演绎了郭靖的英雄壮举,规避了他内心抵抗蒙古入侵时可能发生的人性冲突。但金庸显然不想如此简单地处理杨康,面对未曾谋面的"生父"与视如己出的"养父",他个人的情感选择,却是关乎民族国家的。金庸最终通过杨康人品的非道德性,完成其因背叛民族国家而导致的人性恶的评价;但杨康处在个人与民族间的人性挣扎,其所浸渗的矛盾和展现的悲剧命运,还是让人欷歔不已。在《天龙八部》的乔峰身上,金庸则糅合了杨康的处境与郭靖的道德自律,其内在的人性冲突就更为惨烈。乔峰是中原武林的丐帮帮主、英雄人物,但同时又是由汉人养大的辽人,血缘之爱,养育之恩,都不能丢弃;家国之忠,难以两全,民族之间的杀戮与争斗撕扯着他的人性,纵然是顶天立地的大英雄,以一己之力,难以改变民族的仇恨。英雄末路的绝望,使他最终只有以死亡解脱自己。民族歧见所导致的人性约束,同样也存在于爱情中。在《白马啸西风》、《书剑恩仇录》、《天龙八部》中,异族男女的恋情,遭遇种种阻碍和牵绊,最终导向悲伤的结局。

除了揭示人性的矛盾,金庸也歌咏了人性的自由。而这,与吴越士人回归山水的理想特别是与吴越现代作家的精神追求,无疑也是契合的。武侠作为一种民间力量,主要是为了修正社会的无序和失范。正是基于此,金庸更多也更愿发掘传统侠客崇尚自由的成分。《笑傲江湖》的令狐冲傲视权贵和功名,是"追求自由和个性解放的隐士"①;"神雕大侠"杨过,自幼愤世独立,欺师叛祖地做了古墓派传人,并公然对抗礼教大防,娶师父小龙女为妻。所以金庸眼中真正的"侠者"不仅是有德之人,更有自由之心,这分明是五四话语在武侠小说中的渗透。而落实到爱情上,则是"携手走天涯"的理想情爱模式的构筑。虽然受男权文化的影响,他的小说也程度不同地存在"男性中心"的观念;但男女平等与恋爱自由的现代思潮,毕竟深刻地影响和左右了金庸的情感,并成为其创作的基本价值取向。殷离与张无忌,令狐冲与任盈盈,杨过与小龙女,他们根植于个体自由基础上的爱情故事,体现了金庸武侠既张扬个性,又强调自律的思想理念。它不仅继承了吴越现代作家倡导自由的精神宗旨,也与五四以来"人的文学"的历史大潮契节相符。

---

① 金庸:《笑傲江湖》后记,广州出版社2002年版,第1441页。

与人性描写相对应而又不同的是对大众传媒的态度,这也是金庸立足地域又超越地域、构筑雅俗共赏的现代武侠叙事的重要基础。吴越本是商业文化兴盛的地区,金庸武侠小说的创作背景是更加商业化的香港。所以与工商社会及其市民文化相适,他逐渐探索并形成了自己一套思维理念和运行机制。香港不同于地处江南的吴越,这里不仅商业色彩浓厚,而且现代报业传媒十分发达。这对金庸武侠小说的传播与流行,起了决定性的推动作用。"报纸要吸引读者,那么我写点小说就增加点读者。"①事实上,熏染过吴越商业文化气息的敏锐多思的金庸,时为长城电影公司编导和报人,他比一般的作家更能把握商业文化的运作规律,并不惮于将创作与金钱联系在一起:"我以小说作为赚钱与谋生的工具,谈不上有什么崇高的社会目标。"②但大众传媒在成就金庸、促成其武侠小说大众化和商业化的同时,反过来也影响和制约了它在故事情节、人物性格方面的发展。最典型的莫过于《神雕》的结尾,当小龙女跳下绝涧,此时的金庸,考虑到读者的期待,又设置了带有"金氏"特点的"大团圆"结局。读者永远是上帝,这是大众通俗文学不变的"定理",武侠小说的受制于读者由此可见一斑。金庸后来花大力多次修改自己的小说,应该是认识到,当年的写作因为受制于市场,其间颇多粗糙和悖理之处。但读者的阅读热情,也激励了金庸的"精品意识"(一般是精英文学的专利),促成其与众不同的文学追求,使之成为提升通俗文学内在品质的"第一家"(王一川语)。

　　更为重要的是,吴越文化热情探索但又避免走极端的调和品格,使金庸不至于迷失在大众传媒的耀眼光环中。他从香港文化蕴含的海洋性、边缘性特质中感受到中西文化之间的碰撞和融合,并逐步萌生了深切的家园意识和本土历史意识,触摸到了殖民地文化影响下港人共同的身份焦虑和对传统文化的依恋心态。在某种意义上,金庸创作满足了港人对母体文化的期待与想象。他笔下主人公杨过、胡斐、萧峰、虚竹等"孤儿"的身份,暗合了香港脱离母体的少年沧桑;他们在流浪生活中创造的"赤手空拳打天下"的创业神话,激励着处于"虚根"状态的港人的立业想象。而尤有必要值得一提的是,"贯穿在金庸小说里的思想主流,是爱国主义

---

① 金庸:《答现场观众问》,《中国历史大势》,湖南大学出版社2001年版,第17页。
② 金庸:转引自冷夏、辛磊:《金庸传》,湖北人民出版社2007年版,第244页。

和民族精神"①。快意恩仇和行侠仗义,只是一般的侠客所为,为国为民,才是"侠之大者"。作为金庸江湖世界永不变色的主旋律,郭靖、乔峰、陈家洛、张无忌等人荡气回肠的爱国情怀,激荡着殖民地文化心态下的香港民众。这与吴越文化中的爱国主义传统,虽然在内涵上有差别,但在本质上则是相通的。它曲折地反映和表达了处在中西文化交汇点上的彼时香港社会的开放心态:"18世纪、19世纪时最大的困难,就是个人想发展个人主义,争取自由,但背后有个国家,如果过分争取个人自由,组织、国家就会无力,所以自由和组织都应有所限度,不要逾越,也不能任由国家权力无限膨胀,漠视人民自由,如此国家会变得混乱。"②这种不乏理想化的中庸,渗透着吴越文化从容自在的圆融性特征,恰到好处地传达了中国现代独特的思想取向,从而使金庸得到了华人世界的广泛认可。

此外,吴越士人"朝隐"的心态,也会影响到金庸对小说与政治关系的处理。金庸曾指出梁羽生小说过于浓郁的政治色彩,表明自己对政治的疏离:"因为小说写得好不好,和是否依照什么正确的主义全不相干。"③话虽如此,但金庸的创作,与其作为"香港第一健笔"的政论家生涯是同步的,所以他也不可能完全超逸于政治意识形态。以江湖隐喻朝廷,中国几千年的封建政治文化在他小说中得到了充分的展示。金庸写作不同于大陆曾经盛行的政治小说,他的独特之处在于:基于吴越士人疏离政治的审视姿态和香港独特的文化环境,不仅为反思以权力为中心的中国政治文化找到了一个"他者"视角,同时也获得了一种更加切近历史本质和本真的深度。他用貌似疏离实则极具政治洞见的描写告诉我们,江湖上的恩怨情仇与各族间的逐鹿中原,前者是为了争得武林霸主,后者是为了"谁主沉浮";武林中的"千秋万载,一统江湖",事实上是"普天之下,莫非王土"的另一种说法。"不顾一切的夺取权力,是古今中外政治生活的基本情况,过去几千年是这样,今后几千年恐怕仍会是这样。"④《笑傲江湖》中的任我行、东方不败、岳不群、方证大师、冲虚道人等,表面看是武林高手或佛道子弟,其实则是政治人或准政治人。江湖世界背后政治意识形态强大的操纵性和异化性的力量,使得给予无数侠客无限想象的

---

① 冯其庸:《读〈金庸笔下的一百零八将〉》,《落叶集》,中国社会科学出版社1997年版,第222页。
② 金庸:《历史人物与武侠人物》,《明报月刊》1994年第12期。
③ 金庸:《飞狐外传》后记,广州出版社2002年版,第664页。
④ 金庸:《笑傲江湖》后记,广州出版社2002年版,第1440页。

"葵花宝典",最终只能成为政治权力崇拜的隐喻。这是中国文化的可悲。

不仅如此,金庸还从权力对人的异化的角度,揭示它的残酷性和非人性。《天龙八部》的慕容复,可堪称是这方面的典型。为了恢复慕容家族百年前的大燕王朝,慕容复牺牲了与王语嫣纯洁无瑕的爱情,践踏了兄弟情义,一代翩翩公子最终变成了一个疯子。欲望是人的一种本能,但当它依附于权力无限膨胀后,却给人性和道德带来毁灭性的打击。所以真正的英雄即使抱着"为国为民"的宗旨,也要竭力避免成为权力斗争的工具,追求与此对立的"且自逍遥没人管"的人生境界。不顺从妥协,也不直面回击,显示出吴越文化"柔中带刚"的温婉的对抗和坚守。联系金庸"武侠小说没有前途"的悲观一叹,一方面固然是对超乎法律"程序公正"之上的武侠精神在现代沉沦的无可奈何;同时也是对江湖世界自身藏污纳垢、热衷争权夺利的深刻失望。这最终促成了他的《鹿鼎记》后的"封笔",并导致"《鹿鼎记》已然不太像武侠小说,毋宁说是历史小说"[①]。通过韦小宝这个特殊人物,金庸揭示了传统侠之群体与政治权力的复杂纠缠,表现了他后期创作对武侠本体的深刻反思。

第三节 金庸经验与地域文化的现代性构建

全球政治经济一体化进程和西方文化的软着陆,不仅给整体的中国文化而且也给包括吴越文化在内的具体的地域文化带来了巨大的冲击。面对这样的形势,文学如何应对,进行地域文化的现代性建构?这是摆在我们面前的一个并不轻松的话题。金庸的实践,在这方面为我们提供了很好的经验和借鉴。

首先,是关于地域文化的定位。这里有两点值得注意:其一是他对吴越文化的辩证认知。在撰写《越女剑》时,金庸曾指出吴越文化的"外来"的特点,对其开放性和吸纳性的优势予以称道;其二是也不讳言它的"柔性"过甚的客观事实。他的15部作品,其重要贡献就是激活和还原了吴越文化中粗野奔放的一面,保持了当时乃至今后地域文化的生态平衡。这也是金庸武侠小说最引人入胜、最具魅力的地方。而这,恰恰也是当前不少地域文学所欠缺的。就拿浙江文坛来说吧,自建国以降,其总体气质

---

① 金庸:《鹿鼎记》后记,广州出版社2002年版,第1812页。

和美学特征主要是清俊秀美,缺乏厚重的质感。虽然一个作家可以偏重于吴越文化中的"柔性"特征,但如果所有的作家都忽视"刚性"的一面,这对该地域的文学来说恐怕是不利的。王旭烽的《茶人三部曲》之所以较好避免这个缺憾,荣获茅盾文学奖,重要原因之一就在于紧契吴越文化"刚柔相济"的特点,将茶文化的精致与茶人的坚忍负重有机地结合。因此,它既有浓郁的地域气息,又有厚重的历史感。地域文化是动态的,它可分传统与现代的两种不同的形态。现代的地域文化,是现代某一地域精神和生活在文化上的投影。因此,反映在创作中就应顺时应势地对此作出调整,特别是对地域中新增和新变的内涵敏锐作出反应。为了保护所谓的"地域特质",而置日趋开放而又鲜活的现实地域文化于不顾,将现代的地域文化"古典化",无论如何是不可取的,也是不应该的。二是他对吴越文化的理性把握。这当然与金庸所处的香港的多元文化背景有关。多元文化的融合,有利于调动多姿多彩的文化能量和构建健康良性的文化生态环境,从而推动地域文学的发展。正是在与吴越相异的文化"空间"中,金庸超越不同意识形态和地域文化的差异,在保持武侠传统范式的同时,成功地实现了从思想到艺术的现代转换。

　　需要指出的是,金庸上述这份理智和理性,源自于自我的正常、健康的心态——生活在远离家乡的环境中,依然能保持作为一位成熟作家的一种正常、健康的心态。因此,他左右逢源,在充分发挥香港文化开放探索特点的同时,又不忘其与大陆母体文化的血脉关联:"香港是中国传统文化与西方现代文化交融的地区。香港人受西方国家如英国、美国等的影响较深,但他们毕竟是中国人,也具有深厚的传统文化背景。"[①]从而为地域文学如何超越自身并保持独立性提供了宝贵的经验。

　　其次,是关于地域文化的创新。地域文化生生不息的动力,来自于它的创新,而创新的基础则是反省。金庸在南大的一次演讲中提到,东晋以后南方政权更迭中皇帝与大将的相互争斗,导致了中国南方人性格的文弱,这是金庸对吴越地域文化偏重阴柔秀美的单一性的一次审视。虽然在理念上,他更倾向于吴越安稳平和的一面,但从创新角度讲,他却对其中蕴含的粗野奔放一面格外推崇。更为重要的是,中国武侠小说经历了由古典重"义",到民国重"情"的历程,而到了金庸那里则在义之刚和情之柔的矛盾中渗透了"理"。这一点,也表现在他创办和主持《明报》时

[①] 戴雪松、金庸:《立业香江乐太平——金庸访问记》,《世界博览》1997年第4期。

期,"虽千万人吾往矣"的行事风格。其实,不仅是金庸,晚近以降,几乎所有的浙籍作家都表现了高度自觉的创新精神,其中不少成为一个方面的领袖人物或代表人物:如龚定庵首倡"诗界革命",王国维开近代美学之先河,"鲁迅是现代文学的奠基人,乡土小说和散文诗的开山祖;周作人是'人的文学'的倡导者,现代美文的开路人;茅盾是文学研究会的主角,又是社会剖析派小说的领袖和开拓者;郁达夫则是另一个新文学团体创造社的健将,小说方面的主要代表,自叙传小说的创立者;徐志摩是新月社的主要诗人,新格律诗的倡导者;丰子恺则是散文方面一派的代表"①。这种敢于创新、敢为人先的精神,是吴越地域最宝贵、最值得提倡的一种文化品格。从这个意义上说,所谓的地域文化现代性构建,不能简单地理解为对固有地域文化特别是对传统地域文化的复制和还原,而是同时还要讲创新和出新。因为文学不同于其他,它除了反映和表现地域文化之外,还对地域文化有新的发现和创造。这也是文学的职责和功能之所在,是地域文化现代性构建的一个最基本的立场和姿态。

由此来观当下的地域文学创作,我们看到在这方面存在着不少问题。其中的一个突出表现,就是颇多作品把笔力集中在风土民俗的展览,或抱持崇古的立场对此作不适当的夸饰,而忽略了其藏污纳垢的另一面,忽略了它在现实生活中已经变化或正在变化的某些新质。这样的创作,连对地域文化的"反映"都谈不上,更遑论"创新"。弄得不好,因过于公式化、标准化,极易应验福柯所说的把公共资源和知识资源成功转化为自己的利益源泉的预言。当文化创新一俟变成某种地域的自大或自恋,并且滞后于现实生活时,其最终的结果必将南辕北辙。美国汉学家费正清认为:"在我们所理解的中国农民的传统中,充斥了大量的江湖意气。"②这同样适合地域文化。如同任何地域一样,吴越文化的现代性构造本身是一个包含着内在冲突的结构。如果我们忽略了其内在的紧张,而将它简单化、平面化,那么就会不可避免地使其丧失应有的创新能力和反省能力。

最后,是关于地域文化的融合。地域文化特征不是某种自我的规定,而是在具体的历史网络中多种力量和文化互动的结果。金庸深谙个中道理,在这里,他除了凭借扎实的国学根底,努力发掘和准确把握"中华民

---

① 严家炎:《区域文化:研究二十世纪中国文学的重要视角》,《中国文化研究》1994年第4期。

② 费正清:《费正清对华回忆录》,知识出版社1991年版,第552页。

族母文化"即中国传统文化的精髓(陈寅恪先生认为中国是"文化大于种族"①,不同种族之间的矛盾可以用母文化来包容),用道德至上的武学思想,阐释以伦理道德为本位的中国文化的精核,以此契合了华人对文化传统的崇仰和感怀,获得不同语境中的读者的认同外;同时还超越狭隘的"地方之见",高度重视其他地域文化特别是少数民族文化的存在,体现了"天子失官,学在四夷"②的包容开放姿态。如对岭南、大理、辽、西夏、吐蕃的描写,它们作为高山、大漠等边缘文明的原始性、神秘性、阳刚气质和勃发进取,被作家提到了与包括吴越在内的汉族既参照又平等的高度。这是非常难得的。它不仅为丰富充实地域文化,而且也为其如何进行创造性转换提供了很好的经验。吴越文化自身是一个多层面的文化系统,这是地域文化共同体得以形成和发展的基础。因此在讲地域文化特征时,不仅要考虑文化要素的整体性,而且也要顾及各层面的差异性。如海派文化,作为中国最早接受西方现代工业文明的地域,它的文化辐射力,会为地域文化的现代性建构带来更多的现代文化理念。如将其融会于吴越文化,应该能提升地域文化的现代内涵,并使之具有强大的生存活力。金庸对此也做得相当到位。他的雅俗互渗的创作理念以及借助传媒成功"入市"的运作方式,都很值得借鉴。

　　大量事实表明,浅薄、狭隘的文化视野和积累,是造成当下地域文学写作封闭僵硬、缺少强大的生存活力的一个重要原因,也是制约地域文学写作进一步提升水平和质量的关捩所在。为此,我们在加强自身文化素养的同时,有必要开放思维视野,站在今天时代的高度对其相关乃至相异的各种地域文化进行整合或融合。如此,地域文学写作才有可能跳出现有的徘徊不前的境地,实现质的突破。这就是金庸留给我们的艺术经验,也是本文所说的地域文学在一体化进程中所采取的应有的文化应对策略。

(吴秀明　黄亚清)

---

① 转引自刘梦溪《论国学》,上海人民出版社 2008 年版,第 155 页。
② 孔子语,见《左传·鲁昭公十七年》。

第十章　古龙的武侠小说

近现代武侠小说兴起于中国近现代社会民族救亡的社会背景和"尚武"精神的提倡。20世纪初以降武侠小说的勃兴表达了中国近现代社会中人们对社会秩序整合中不足和匮乏的曲折表达及理想的幻化诉求。武侠小说通过中国人特有的武术技艺，将逃逸于官方秩序外的民间社会权力分配公正公平的理想艺术地呈现出来，不同阶段的武侠文学的发展隐含着不同的社会问题、文化症结。兴起于清末民初的近现代武侠文学经由还珠楼主、宫白羽、王度庐、郑政因和朱贞木等"旧派武侠小说"成型和以金庸、梁羽生为代表的"新派武侠小说"的演进，通过一个个有着超强奇绝武功和充满豪情侠骨的武侠形象形成了充满神奇和想象的文学空间，成为新文学以来最具民族特色、读者群最广的通俗文学类型。20世纪60年代后武侠小说领域的领军人物古龙承继了之前武侠小说的成果，呈现了现代性过程中的中国社会的文化生存状态、社会心理焦虑和人们的社会理想和对正义的理解，开创了当代都市大众文化武侠创作的新风气。

古龙（1938—1985），原名熊耀华，祖籍江西，出生于香港，少年时移居台湾，毕业于淡江大学外文系，曾就职于台北美军顾问团，后辞职专事写作。从1960年出版《苍穹神剑》至1985年病逝止，一生共创作了三十多部共计一千多万字的武侠小说，不由不令人感叹数量庞大，其创作力惊人。剔除其中并非他的独立创作的作品和粗制滥造的作品，不可否认，古龙的创作为武侠小说摆脱传统文化影响和传统文学创作套路的束缚，更大程度上吸收世界文学的影响，并融合转化20世纪中国蓬勃发展的视觉文化实践成果，从而在武侠小说的现代化、都市化和进行叙事话语创新上确立了自己独特的风格，也为其后的武侠小说创作打开了新思路。古龙在武侠小说的现代性之路上地位是不可替代的。

第一节　类现代的武林世界

武侠小说家的特色首先体现在各具形态的武林世界,平江不肖生的民国武林、赵焕亭的江山江湖、还珠楼主的蜀山系列、梁羽生的历史江湖和金庸的道法武林组成了近现代以来纷繁复杂的江湖空间,而古龙则以仿效现代都市社会建制缔造了类现代的武林世界。

一、节制武力与颠覆传统武林观念

武侠小说中,武力是达成侠义的必备手段,是维持武林规则体现侠义精神的均衡器。底层民众不满于权力等级社会的不公不平并期冀能够得以弥补纠偏,只能通过武力才能实现对权威的反叛和正义的伸张。武林在武侠小说中虽然只是代表了民间社会情绪,不完全为体制社会整合和规范,但是,武林社会并不能完全排除体制社会权力等级观念的渗透和影响,在"尚武精神"与"崇义信条"的影响下,武林成为以传统道德伦理为基础、武功等级为标准进行排序的秩序社会。虽然新旧派的武侠文学表面上并不是完全应和激烈的政局变化、政治运动和政策措施,但是它却能通过道德这一层面与底层民众的民间意识相对应,塑造他们的理想人格和行为心理的侠义形象。武功强力成为武侠文学的核心元素。在传统武林中,武力武功是决定话语权的最为有效的手段,一切是非曲直,一切争论都是靠武力来仲裁,武力是制止纷争、对武林进行规范和严整的最有效方式。也是出于对武力武功的充分信任才有了武侠文学。

古龙的武侠小说弱化了武功在武侠小说中的功用,表达了对武功武力的限制及使用武力的权力限制与责任担当。

武侠小说的近现代兴盛的基础与对"武力"的政治意识形态诉求直接相关,在武侠世界中,人们想象可以通过武力的无限遐想和传奇缔造完成对现实社会的不能企及的公平,对武功赋予神话色彩,进而与正义的道德力量相联系,在想象中完成对弱者乃至所有人的公正待遇和精神救赎。武侠小说的作者总是将最高武力交给具有道德事功的能力和责任的主人公,让人最终完成艰难的历史使命。这样的故事隐含着对武功武力的无限推崇。在文学塑造的武林中,我们的主人公往往是个完美无缺的英雄人物,无论给予他多大的强力,他的目的都是为了锄强扶弱,维护正义公平。所以,在政治体制外围存在的江湖,外表看来是个未整合的秩序世界,事实上就是一个需要重整或者正在秩序化的世界,无论是荒郊野外还是山庄客栈,通过江湖人打打杀杀、武功武力确定权力关系,最终一定整合出江湖世界的秩序等级,得到一个属于江湖人所有的秩序世界。而古龙武侠小说中的主人公则是对确定了的秩序世界的挑战。他笔下的主人公不是作为正义方当然首领对邪恶势力宣战,更无需为成为正义方的首领而努力奋斗,他们更多地是以一种独立的姿态,边缘人的角色介入武林空间,无论是楚留香、陆小凤还是李寻欢,他们不再是以武功转化为权力,成为秩序武林中权倾一时的领军人物执行自己的权利,履行自己的义务。古龙小说中主人公更多地显现出评判者、仲裁者的姿态,他们虽然也匡扶正义、济贫扶弱,但还是竭力使自己置身于权力执行之外,武林纷争的公证人或者是疑难争端解决的协助者,他们参与纷争,但又疏离于权力。这些身怀绝技的武功高手弱化了神话色彩,他们不再成为道德或者某种律例的化身,而是体现出更多的平常人特色,拥有俗世人生的嗜好。他们也开始有意地收敛自身的武功,只是在万不得已的情况下才简练而有效地动用武力解决问题。武力在古龙小说中的功能弱化,更多地成为解决争端的有效手段,而不再拥有更高的政治功能或者道义价值。

　　古龙在武侠世界里崇尚的是绝圣弃武的精神,主人公都是身怀绝技却不主张武力解决纷争矛盾的侠客。作者赞同主人公的智力、勇气而非武力。古龙小说中的一号主人公最后的胜利不是单纯依赖武功,但他们总是能够急中生智,能在恶劣和艰难的处境中反败为胜。陆小凤、李寻欢和楚留香,总是遇到武功更高强的人,但他们能综合运用武力之外的个人潜质,在险象环生的恶劣环境中抓住机会,最终赢得胜利。

　　对武功武力的节制反映了古龙对"力"的反省,对暴力的抵制。古龙武侠小说鲜明的特点即将武功演绎进行缩微,武术套路、武器展示几乎在他的描述中都是点到为止。一方面,古龙吸收了现代科学精神,感受到科技的力量,以更加清醒和理性的姿态来对待传统"武功",另一方面,古龙也反思了片面单纯追求"武力"的弊害,讨论了大量武力臻于巅峰后造成人自身无法控制的悖论。如《三少爷的剑》中的燕十三,他无法控制的、能置人于死地的剑最终还是指向他的自身,对武力的无度的追求最终使人类自身丧失自主权,成为人类异化和伤害自身的化身。武侠小说放弃了对武术的迷恋,既表达了古龙对底层野蛮力量盲目推崇的警醒态度,也表明他对武术作为中国传统文化代表持保留态度,潜在杜绝了对武术"国粹"的自恋,在自思和反省"武力武功"中使传统武侠观念向现代精神开放。

二、自由人与现代社会组织建制

武侠小说中崇尚地缘观念、宗族观念、门派观念等传统道德伦理,虽然自梁羽生和金庸开创的新派武侠小说始,就努力将政治、历史、文化等观念容纳其间,终究难以撼动武侠小说产生的社会基础和民俗观念的拘囿,梁羽生和金庸武侠小说也经常流露出主人公在传统与现代价值取舍间的困窘。古龙小说放弃了依循传统观念建构武侠世界的传统思路,而是沿用现代市民社会建制作为武林世界架构的基本框架,将现代市民社会的价值准则融合在武林社会中。在古龙小说中,武林人士崇尚的公义,就类同于市民社会共同准则。将武林公义与现代市民社会精神价值相对应,也就意味着武林世界中包含着构建现代社会的现代理念,从而开始拒绝传统文化中的等级观念,也在根本上区别于传统武林形态。

传统武侠小说中的人物总是需要传承他们的先辈遗留给他们的精神财富或者武功本领,历史成为侠客们沉重的精神承担。与具有现代观念的武林世界相对应,古龙小说的人物形象往往没有出身和师门的详细介绍,没有门派或者血缘的负累,甚至没有家庭的负担,这样也缺少了传统武侠小说中的各种名分下的各类精神负担。他们是武林中少有羁绊的自由人,也就能更自如地承担着社会(武林)中应承担的责任和义务,除非迫不得已,不管陆小凤、楚留香还是李寻欢他们都不直接充当惩罚恶人的法官,而只是揭露恶人的罪行。由此,古龙笔下的江湖也就成为现代法律和政治体制遗落的社会空间,不属于传统的山林江湖,以民间道义为思想内核的"侠"的形态,而是被现代社会的道德法律所无法覆盖的市民阶层寻求公正理性原则的别样空间,更形似于现代社会中的黑社会形态。《流星、蝴蝶、剑》中描述的场景与美国电影《教父》的开头又何其相像!小说中的人物生存空间和存在以现代社会起始的黑帮体制进行组织和安排,其运行方式、信息传递、行为原则已经迥然不同于传统社会中的个人或者宗族门派,他们存在的规范性和严密性只有在进入现代社会严整的体制下才有可能出现和存在。主人公孟星魂虽然也有一身武艺,但他没有自己的思想意志,也不能有自己的精神价值,甚至都是以无名、匿名等方式存在,只能充当高老大的杀手,成为他赚钱的工具,他的痛苦也是成为工具人的厌倦和颓废,与现代人找不到自我存在价值的痛苦一致。而他要刺杀的对象孙玉伯手下的组织结构完全是现代黑社会的组织体系,他们行动时分工明确,背靠背地各司其职,人员之间单线联系,有着严格的保密原则,都吻合现代的管理体制和组织原则。《白玉老虎》中赵无忌能够在敌方的阵营里经历化险为夷的传奇,都倚仗着现代社会的组织程序和组织结构,如他在唐家堡就潜伏着名为小宝代号为西施的卧底,说明古龙已经深谙现代社会体制设置,他对江湖的认知已经超越了梁羽生金庸,更具有现代内涵,他甚至相信一个组织或者机构的运行更重要的是依靠体制自身,因此,即使是组织中重要人物甚至首脑不存在,也不会特别影响到行动的展开和体制的整体运转。赵无忌的父亲作为大风堂的核心首脑,虽然被人割了脑袋,而另一名核心人物上官刃又背叛了大风堂,在大风堂三巨头只剩司马晓风的情况下,大风堂依然可以正常运转并重振雄风,类似的叙述都表明现代社会观念已经深入作者心底。武林世界中的价值立场、评判标准和因此而产生的道德观念、牺牲精神和品质素养都将因此而改变,这也是人们为何感受古龙小说之"新"了。

三、由义而情、由德到性的价值转换

在古龙的早期创作《苍穹神剑》中借助于恩怨情仇的传统武侠套路,塑造了英雄侠客熊倜的故事,但在故事的结尾,在他报仇的同时误杀了自己的爱人夏芸并殉情,放弃了行侠仗义的侠客行径,而选择了颇为气短的儿女情事表达。古龙在最初创作中体现出的重"情"倾向预示了他后来武侠创作的新变因子,也与他日后放弃遵循武侠文学的道德侠义的信条而转为人性之上的观念是一脉相承的。

由于年少时期的情感匮乏,古龙小说尤其偏重"情"的分量,爱情、友情都是古龙文学世界中不可或缺的叙事元素,他对其笔下无悔于爱情和无违于友情的人物总是钟爱有加,小李飞刀、阿飞、沈浪、陆小凤、西门吹雪等都是至情至性的武侠形象,集中体现了古龙的人生价值观。小李飞刀为了友情,远避关外十余年;明知有陷阱,明知恶人将利用他的爱人林诗音陷害他,但是就为了能够看上一眼,他涉险以身相试,即便赴死也不愿让自己深爱的人受苦。阿飞面对林仙儿一遍遍随意欺骗,却依然以极其信任的姿态坚守着情感信念,甚至放弃了自己梦寐以求即将获得的成功和希望,既让人心痛又让人感动,古龙笔下人物对情的执著,超过了之前所有所有附着于道义的侠情描写,摒弃了所有附着于情之上的"道"和"义",唯情至上,在"情"面前,一切的道德律条都退守一旁,他们不再像旧派武侠的李慕白和俞秀莲的那样错情,也不会出现像郭靖黄蓉、杨过小龙女那样经历挫折最终被人所理解的爱情模式,古龙笔下的人物自始至

终坚守着情感信念,从不轻言放弃。在他的内心深处,却时时感受到深刻的寂寞和孤独,情感才显得弥足珍贵。这些至情的武侠形象是古龙小说中最具特点和最为成熟的武侠人物形象,也是古龙小说最能动人心弦的力量所在。

古龙不仅推崇至情,也看重人性,他不仅将武侠首先视为"人",他塑造的武侠世界中推崇的不是"武功",也不是"德性",而是"人性"。古龙小说不是按照传统道德和社会习见来判定人之善恶好坏,人性之正常与否是他对人物进行划分的标准,而是否刻意伤害他人才是人物的道德底线,他的现代人性意识突破传统武侠的狭窄侠义观念,体现了现代社会中对他人的宽容和理解。古龙借助于想象的武力神功,最终目标是实现人类社会的公平,无论是楚留香的除邪魔还是陆小凤的铲除凶恶,张扬武力的过程都不会偏离"人性"的目标。《边城浪子》就借助于传统武侠复仇的外壳,复原了仇杀背后的人性本真。故事的明线为傅红雪的复仇过程,暗线却是对其父亲白天羽的人性复原过程。幸存于世的遗腹子身份让他从小就以复仇为人生存在单一又极端的目的,形成了他无辜又被硬生生地植入仇恨的心理,但是,在与杀父仇人不断接触的过程中,神圣的无可置疑的父亲形象却遭到不断地解构。傅红雪终于明白了父亲被杀的各种原因,从神性父亲到人性父亲的构建过程,他复仇的合法性受到严重质疑,他的行为和存在意义受到重大挑战和否定,人性不仅复杂和丰富,在肯定和颠覆过程中他不断地发现自己却是意念仇恨的杀人工具和毫无意义的傀儡,甚至否定从小确定的人生观和江湖态度,他又如何立身行事呢?在他明白自己的父亲只是个该死的恶人时,他却已经为这复仇目标误杀了许多不该死的人,在目标、价值都失去合法性的前提下,原来理直气壮的复仇计划变得如此可笑、荒诞,作为被虐杀的白天羽的儿子傅红雪就是为复仇而生,他的存在不能不复仇,但他努力践行的复仇计划却是被抽离了价值意义的不该存在的目标,他的整个人生就是悖论,也是他自己无法拒绝的悲剧。他放弃复仇就是对父亲更为全面人性的承认,也就是对生命和人性的最大尊重。

古龙尊崇人性,同时也关注到人性的弱点,并不过分夸大人的强大,还对人性的过度膨胀进行了反思,指出人最大的敌人即为自身。在古龙看来,对手即自己的映照,对手有时就是自己,自己往往就是最大的对手。社会上存在着各式各样的竞争,但是最终也最难的是战胜自我。《英雄无泪》中的卓东来在武功上最终证明强于他苦心孤诣培养的江湖上的不败的司马超群后，叙述者的交代是"他只知道那一刀绝不能用刀锋砍下去，绝不能让司马超群死在他手里；正如他不能亲手杀死自己一样。""在某一方面来说，他这个人已经有一部分融入司马超群的身体里，他自己身体里也一部分已经被司马超群取代。"[1]这段话尤其深刻地表达了人性的自我、本我和非我不同层次的交叉纠结在一起的复杂状态。因为天生的自我保护意识，人类在面对人性的自我反思时常因角度和位置的原因无法清晰和到位，也因为怕痛无法下手造成的无法彻底和深刻，从而使对自我的超越战胜往往成为最大的瓶颈。现代性的悖论也正是因为过度扩张的人性遮蔽了人性的缺陷和不能避免的弱点，造成过度权威带来的恶的滋生。人类最可怕的仇敌即为靠近自己、了解自己的亲人友人甚至就是自己。古龙在他的武侠小说中设置了不少与朋友为敌、与兄弟为敌、与姐妹为敌、与自己的影子为敌甚至直接以自己为敌的惨烈酷虐关系。古龙小说中作为正面人物的往往是有缺点又能正视自己缺点，并有智慧避免自身弱点的人物，而那些不断地掩饰遮蔽自身人性弱点缺陷反而加深加强其弱点缺陷，造成恶的潜滋漫长直至到达无法控制和收拾的可怕后果。

古龙通过大量的虚拟的武林世界体现了他作为现代人对传统武侠世界的继承和改造，也体现了相对统一的现代价值理念。

第二节 "另类"的武侠形象

武侠小说属于契合大众阅读心理有着相对统一的写作模式的通俗文学，有着相对一致的形象谱系，而古龙武侠小说却有意打破武侠小说的传统套路，塑造了大量另类的"武侠"形象。

一、充满人性的"独行侠"形象

武侠小说作为追求社会公正公平的文学想象，熔铸了底层民众的理想诉求，具有高超武功的侠客成为完成社会拯救使命的具体实践者，武侠文学中的侠客形象总是被假定为具有神性的超人力量，被塑造成凝聚集体情结的传奇英雄形象。而古龙小说放弃了武侠传奇的英雄塑造模式，他的小说中改变了原来武侠小说中的铮铮铁骨、凛然正气的侠客形象，而是还侠以人之本色，塑造了大量充满了人性色彩却不避讳人性弱点的武

---

[1] 古龙：《新版古龙全集·白玉老虎》（下），太白文艺出版社2001年版，第838页。

侠形象。古龙笔下的武侠形象表现出不少癖好和弱点,或好酒,或懒惰,或好色,但无论如何都是正常的人,都有自然的人性表达,他们爱人,热爱生活,尊重生命。而这些看来有缺陷的人最终都能战胜那些偏执、神化的无人性或者非人的武功盖世的魔化的高手。在古龙看来,正是有缺点乃至有缺陷的人才真正像个人,人性最终还是能够超越那些某一能力或者性格的极致发挥而最终丧失了正常人性的武林高手。正如李寻欢最终能够赢取上官金虹一样,看来几乎无弱点的上官金虹却正是缺乏人性的该有的爱而导致失败,他太计较得失了,他太在意自己的名声和输赢,他也忽视了他仅仅只是一个人,有人该有的弱点而死在李寻欢手里;反之,李寻欢正是有弱点,也正视自己的弱点,才会谨慎才会在决胜前为自己的弱点做充分的准备,也明知有生死,从而将生死置之度外,才赢得唯一的几乎没有可能的机会。

在古龙笔下,富于"人性"色彩的武侠形象最终才能获得制胜法宝,任何人违背了人性,希望获得真正的强力都是徒劳和虚妄的,不管是来自于武功的强力还是来自道德的名义。

古龙笔下具有清醒的人性意识的侠客不依附任何外在组织,也不为虚套的名分所累,大都是具有独立精神的"独行侠"形象。这些游离于社会边缘的浪子,他们不再以传统武侠英雄身份出现,而只是以平凡心态和自觉的责任意识来实现现代化的侠义精神。古龙不再赋予"路见不平、拔刀相助"的传统侠义观以沉重而宏大的精神承担,有意弱化其对国家民族的集体主义精神,而只是作为侠客的个人行为。不管楚留香还是陆小凤,他们的侠义行为都是出自社会责任人的内在自觉,是为维护江湖公义的"爱管闲事"的自觉行为。在精神领域中持有独特性格和独立品格,在行动上体现为维护公众利益,以此实现个人的社会价值。他们表现的侠义心肠不是以传统复仇报恩的方式解救单个人,而是以解决问题的方式实现正义原则和人间公平,实现人性自由状态。这些"独行侠"流露的现代意识和独立品格,失去了血亲和门派的情感依靠,失去了民族宗族的精神支撑,不断地流露出孤独的气质。古龙自他的《苍穹神剑》开始,就塑造了许多被亲友抛弃遍受人间艰辛的侠客形象,他们在武林世界,在人生道路上历尽艰险,遭受各方凌辱,却依然不放弃其独立品格,不改变其独特性格,这些形象中最为成功的典型是小李飞刀李寻欢。在他们身上,古龙既熔铸了自己的人生体验,也体现了他的创作有着鲜明的现代意识。

二、洞透人生的"智侠"形象

古龙塑造的武侠形象除了必备的神奇武功外,如只是挟住对方利剑的陆小凤的手指,如只用来追赶而不杀人的楚留香的轻功,如轻易不出手出手必中的李寻欢的飞刀,除此之外,侧重刻画的则是他们的智力因素和良好的心理素质。这些侠客即便有"勇",也不是表现在借助武功强力的勇猛,更突出表现在意志力、韧劲等精神品质中。这些侠客形象的传奇色彩除了高超本领之外,更具有历经沧桑的人生经验和超凡的智力因素,其中甚至不乏现代科技知识。《武林外史》中的沈浪,"智者和勇者合一的形象",之所以能够战胜武功、装备、人马和条件远远超过自己的快乐王,完全是通过智斗和打赢心理战争。沈浪一步步地深入一步步地探究,最终抓住的却是快乐王的心理弱点。《三少爷的剑》中的谢晓峰不仅武功高强,而且有着很强的洞察力,还有着清醒的自我反思精神,最后通过反思终于达到超越剑的外物所役的至高境界。《大人物》中的杨凡在外表上是个其貌不扬的胖子,却拥有旁人无可比拟的冷静判断力和坚忍的性格,最终不仅不断地识破敌人的奸计,也赢得了美女的芳心。通过杨凡这一形象,古龙有意化解了武侠英雄在武和力上的表达,而是突出了"智"的作用。

更有意思的是,古龙笔下的人物身上的"智"不只是天赋异禀,不是神秘莫测不可言说的,而是以现代眼光审视的科学知识和现代科技理念。古龙在塑造这些"智侠"形象时,总是体现他们善于利用外在条件、借用外力的特质,甚至有意突出了他们在战胜自然和战胜敌人时的武器、工具功能,比如他在陆小凤系列中还设计了朱停这样的懒人的现代科技思维,他的机械制造才华最后都成为陆小凤制胜的法宝。在"小李飞刀"系列、陆小凤系列和楚留香系列中,古龙都一再强调了获取信息的重要性,这些侠客最后能够九死一生,建立奇功,与他们对信息的全面系统把握直接相关。古龙还让楚留香利用现代侦破中的指纹技术缔造了一次传奇。古龙的小说还尤其强调时间对最后结果的决定作用,牢固地建立起时间就等于机会的现代人意识。《白玉老虎》中的赵无忌在唐家堡的潜伏和最终胜利与时间和机会的把握密切相关。他仅有五天的安全时间,必须在有限的五天时间内完成所有的该完成的任务。在《边城浪子》中他多次让主人公沈浪利用时间差赢得机会。另外,古龙小说还涉及经济对战争的支撑作用,对组织的后勤保障作用,《英雄无泪》中朱猛的"雄师堂"落败重要的原因即为管理财务的人叛变。他还有意在武侠文学中引入侦探文学的元素，突显"智侠"们的智慧而不是原始蛮力。

古龙小说的智侠形象塑造代表了现代理念对传统侠义观念的改写，也体现了现代意识对传统武侠文学的渗透，自此，武侠文学的想象突破了传统武林世界，不再只是作为现代社会的隐喻，而是与现代思维直接衔接，直接呈现现代都市文化想象，成为都市文化消费的直接表达，为网络文学的发展洞开了新思路。

三、刻画道德反面的"魔女"形象

古龙对传统武侠形象的改造不仅体现在男性身上，也体现在女性的塑造中。传统武侠世界是民间意识的表达，但是中国传统社会男尊女卑的意识在武侠世界中更显突出。虽然武侠文学也刻画了一些女侠形象，但是她们大多都是缺乏独立品格和自我意识，成为男性武侠形象的陪衬和附庸，只有在武侠小说需要情感润滑时，女侠形象更多地被赋予情感的功能。而古龙小说的女性形象往往显现了叛逆色彩和自我意识。外貌与内心背离、追求极致情感导致偏激和仇恨的精神分裂的女性形象，显示的正是在男权社会中，女性意志觉醒后希望获得自尊和自信，显示自身的价值，但是在现实社会中女人的价值又只能通过男性给予和确定，寄寓在男性这一他者身上的女性面临着最终自身价值无法实现的痛苦境遇。古龙塑造了大量集美貌、智慧和武功于一身的女性形象，如《多情剑客无情剑》中的林仙儿、《武林外史》中的白飞飞、《三少爷的剑》中的慕容秋荻等形象，即便她们拥有不输于男人的人的价值证明，但是由于她们的行为还是通过男人来证明，当她们醉心的男人李寻欢和沈浪不爱她们时，她们就注定了只能以失败而告终。例如像《天涯明月刀》中淡泊的明月心，最终也需要在傅红雪到来后才能真正拥有幸福感。古龙虽然不惜浓墨重彩地刻画女性的美貌和诱人的身躯，赞扬她们的聪明才智和过人的武功异禀，但最终还是让他笔下的女性形象回到男人的怀抱获得安宁和精神归宿。不管有多强自我意识的女性形象，她们在江湖上的至尊地位都不足以使她们拥有安全感和成就感，越是如此，反而越容易使她们走入歧途，成为江湖道义的祸害，最终只落得个不得善终的悲惨结局。如《楚留香传奇》中的石姬和水母阴姬。古龙的女性意识是矛盾的，一方面他也看到女性的价值和意义，与男性相区别的精神特征又不弱于男性的能力武功，但是另一方面传统中固定的女性地位、自身男性性别的限制都使得他在给予女性价值认定时产生犹疑和矛盾的心态,大力赞扬女性外貌又无法认同女性心理,给予她们一定的武功又最终败于男性,形成了同情女性又存在理解隔阂、希冀女性获得平等又只能将平等有所限制的动态平衡中。

在武侠这一男性性别优势明显的空间中,古龙塑造的女性形象既表明了近现代以来的女性意识逐渐被社会接受的事实,也表明了男性武侠小说作家塑造女性形象的性别视角限定,也促使古龙之后的"女性武侠"创作的兴起。

第三节 新变的叙事手法

在近现代武侠文学演变过程中,古龙的武侠小说标志着现代观念对传统武侠改造的完成,这种武侠文学创作中的划时代的创新不仅表现在武侠理念的更新和武侠形象的塑造中,还体现在叙事手法的转换中。

一、古龙武侠小说创造了悲喜交融的模式

古龙在他大量作品中,打破了传统武侠正剧和悲剧的创作风格,放弃了古典主义创作理念,而是代之以充满浪漫色彩的创作,他追求武侠世界的奇、险、怪等神秘传奇色彩,以充满情感的方式塑造自己心目中的侠客英雄,赋予他们超乎常人的武力神功,造成了大悲大喜的阅读效果。传统武侠小说以承载人间正义为己任,体现了对崇高普遍性的认同,古龙小说通过对传统观念中的武林世界及其价值观念进行反叛,对已成形的武侠小说模式和套路进行解构,既影射了现代社会的强大压力对人性构成威胁和压迫,又以本能的自我防范意识遮蔽了无法承担道义责任或者因完成道义责任所要承担的苦难和挫折。他通过对比、夸张变形等艺术手法使武林世界充满了理想色彩。世俗社会中的完美人性与有明显缺陷或者落拓不羁甚至恶名远扬的人进行对照,如《萧十一郎》中萧十一郎与众人交口称赞的连城璧,如《绝代双娇》中恶人谷中的恶人和武林中的伪君子;通过对比对武林中虚伪、假仁假义等丑恶现象进行否定和批判,从而彻底否定了武林的道义。他在《绝代双娇》中还塑造了在恶人谷中长大,外表落拓不羁内心却是真诚善良的小鱼儿这一形象,四处以恶搞的方式颠覆了武林中看似强大的各种假恶丑现象,虽然读者在阅读过程中深知主人公的传奇行为是作者随意虚构,但是破坏强大的丑恶力量却是读者内心所强烈需要的。通过读者原来所臆想的传奇武林和各种奇遇又能为

读者早已存在的假定心理所接受,从而享受到嘲弄恶人的心理期待。古龙还让不少豪门子弟和富家小姐经历了人生的巨大转变,甚至与社会底层贫苦人家出身的人颠倒身份角色,而且是急遽地变化造成巨大的差异,制造了不少类似于"王子变乞丐"或者"丑小鸭变成白天鹅"的现代神话,打破现实世界中事物变化所应有的节奏和限度,造成一种拒绝承认的自我满足感。这可能与古龙自己的动荡漂泊的身世有关,也与他始终要求平等自由的心态有关。如《武林外史》中的朱七七,《小李飞刀》中的李寻欢都是在贫富、贵贱的各种人生大逆转中彰显人物个性,完成武林世界的各种冒险,完成人物形象的塑造。《白玉老虎》中的赵无忌是一位极度享受世俗人生的富家公子,他本来也该过着他该过的世俗人生,可就在新婚大喜之日,遭遇了父亲意外遭仇杀的人生变故,使得他能够承受非人的磨炼,担负起超人才能完成的组织使命。《大人物》通过一个从未涉世的深闺中大小姐田思思游历江湖的故事,以想象与现实间的巨大差异制造了江湖世界中的荒诞可笑,在不断受骗和被嘲弄过程中纠偏,不断暴露江湖上的凶险,迎合了人们不愿直接面对凶险和恐惧的狂欢游戏心态。再通过夸张的描写、荒诞的叙事,造成强烈的喜剧效果,极大满足了读者的阅读快感。

在张扬暴力的武林世界,血腥和酷虐为其固有特色,古龙小说还通过强烈的差异揭示各种不平衡不协调不平等,建构了各种在心理上远离我们而存在的传奇形象。通过慢笔调强调了武林中的残暴、奇特、乖张和突兀的感觉,充满激情地给读者讲述这些超出平常和真实的虚构武林故事,看似荒唐和离奇的渲染却也吻合武侠世界的真实性,某种程度上比克制、理性、完整和合乎逻辑的武林故事的叙述更符合艺术的真实。古龙武侠文学叙述风格承接了唐宋传奇的历险浪漫传统,更是近现代以来武侠文学过于理性表现出来的政治功利倾向的颠覆,对中国传统情感模式的叛离,使读者在放飞想象的武侠文学世界中得到满足,享受武侠世界的自由旷达、潇洒任意和快意恩仇、豪情万丈,也更接近读者对武侠小说的阅读期待。

二、情节的断裂和弱化

武侠小说重视情节的创作倾向与传统武侠小说通过说书的方式传播有着直接关联,完整的曲折的情节、连环套的悬念都成为吸引听众的有效方式,门派师承造成的代际形成了时间上的合理分段和连续,既表达了中国传统的以血缘为核心的宗族社会的江湖体系,又有效地抓住了听众对章回结构的认同。武侠小说的作者往往也醉心于传奇情节的设置。不论是梁羽生小说中给主人公布置的历史转折时期,还是金庸小说中的武侠英雄的传奇成长经历,都是通过传奇的人生经历达成侠客的传奇色彩的。然而,古龙小说却打破了这种有效的武侠模式,使连续完整的情节变得破碎和残缺,他强调即时即刻的情绪而导致无力建构完整、系统、曲折而有长度和含量的故事情节。情节的展开需要设置目标,同时也需要实现目标的行动条件,人物为实现目标要克服困难开展各种行为,而这些都需要作家写作过程具备意志力、耐力。然而,作为一位极度率性的作家,古龙显然缺乏这方面的素质,终至于其小说只能让读者记住人物形象的性格,而无法记住人物曾经历过的传奇经历。这对于一位武侠小说家显然是不够的。

与这种创作倾向相对应的是,古龙在小说中更侧重于对意象的铺陈和营构。他总是习惯于将笔力集中于某些部分,甚至不顾及内外、前后一致,这导致了无法形成全面地把握,他在小说中突出场景而不是描摹环境,强调的是人的性格而不是人的事迹,放大了物的特征而不是概括物的全貌。古龙的小说在不完整和不连贯的叙述间总是留下足够的空白,从而给读者留下了广阔的想象空间。古龙笔下的武打过程迥别于前人,他放弃了招式和细节的刻画,而只是侧重于神奇效果的强化。他描述其笔下最具魅力色彩的李寻欢的飞刀,都只是用"小李飞刀,例无虚发",从来也不给予这位传奇人物的神奇飞刀发出的招数、动作和速度等有形的交代。从而把对小李飞刀的神奇永远地留在每个读者的想象中,将营造意象江湖的过程保持在读者的阅读中。而古龙小说在叙事上打破传统武侠叙事的时间连贯性和逻辑严密性,却与视觉文化的"震惊"效果,视听语言强调感官的倾向相一致,如《大人物》开头对"红丝巾"这一意象的突显。当古龙小说转换成影像语言,影像的光、影、色填补了其文字语言的空白,反而彰显了其特点,掩饰了其言之不详的缺陷。古龙的小说更容易转化为视听语言为基础的影视作品并广受大众欢迎,也引导了其身后的武侠小说创作更多地吸收视觉文化的影响。

古龙武侠小说在打破情节的完整造成破碎感,使武侠文学走向开放的叙事风格走出了重要的一步,然而武侠本是现代社会中虚构的武人的传奇,而传奇天生与故事有着密切联系,一位不善于讲故事的小说家,希望读者记住他的武侠故事,显然是很难的。况且古龙笔下的人物的性格都是叙述者直接反复告诉读者的,而不是读者通过阅读其经历得到的,这也影响了古龙武侠小说的深度、厚度和力度。过于突出强烈的感受而缺乏必要的积累和沉淀也阻碍了古龙对长篇幅的武侠小说的构建,只能在中短篇小说中显示其创作优势,其长篇小说只能以片段组合来完成,缺乏内在的完整和统一。

三、交流又自我的叙述姿态

武侠小说的传奇色彩和神秘感造就了故事叙述者的叙述权威。叙述者对故事进程的全知全能的优越感,造成了叙述者与读者间的不平等姿态。古龙小说把叙述者与读者置于平等的地位,用交流的口吻,以替代读者进行思考和感受的方式显示对读者的阅读能力和阅读感受的充分尊重和信任。叙述者在文本中并不显示传统武侠小说中体现的道德优势,往往只充当信息传输者的角色,而不具备评判功能。同时,叙述者又在叙述中放弃武侠小说神秘莫测、故弄玄虚的叙述手法,而代之以通透坦诚的叙述风格。在叙述过程中融入自身的体验和感受,并不避讳自己的观念,使读者能够直接感受叙述者的价值立场和评判姿态,从而使古龙的小说充满了人情味,充满了现代社会中因理性的制度规范造成的人与人之间的隔膜冷漠而更显难能可贵的真性情。如当李寻欢初遇少年剑客阿飞时:"李寻欢瞧着他,目中充满了愉快的神色,他很少遇见能令他觉得很有趣的人,这少年却实在很有趣。"这一简短的话中,对阿飞的描述两次用到了"有趣",第一次以"能令他觉得"突出了李寻欢的个人感受,表达作者此时的表述只代表见到阿飞时的特有感受,而不是以李寻欢个人的感受完全涵盖了所有读者的感受。叙述者清醒地意识到叙述该有的负责态度,有意地限制了自己叙述的权力,从而也避免了叙述造成的权威。第二次用到"很有趣"时加强了语言,以副词"实在很"来修饰,说明叙述者此时强烈地感受到"很有趣"的感受,也很希望读者能感受到"很有趣"的感受,但是他又不敢或不愿以自己的感受完全替代读者的感受,在表达上无视读者的存在。由此,他重复强调地运用了"却实在"这些副词,既表达了目击者李寻欢的内心感受,又有意识地以不避讳自己观点的方式拉近了与读者的距离。叙述过程中,他不时地充当着一位亲密朋友,充满谈心的温馨感觉。

古龙小说既通过有意设障引导隐含读者参与情节展开,又通过夸张和肯定的方式将隐含读者的观念和判断圈定在主人公的视野和行动中,既调动了读者的能动性,又充分传输了叙述者和作者的思想理念和价值原则。这样以部分牺牲生活事实、人们的常识和基本逻辑换取读者得到尊重的良好感觉。古龙小说沟通交流的叙述方式和自说自话倾向符合人人平等、尊重他者、反感说教、强调个性等现代理念,尤其能在一些违反常规常理,刻意标新立异,不惜偏激极力主张个性的更为年轻的读者群中获得更大认同。

古龙小说曲折反映了现代社会现实和各种人生困境,呈现了现代人的情感诉求和理想的人际关系和社会模式,集中体现了社会对人的尊重,人与人之间的宽容和谐理想等重大社会文化问题。也正是强烈的现代人理念支撑着古龙对传统武侠小说进行改造。在营构的虚拟武林世界中,在塑造的许多独立精神和不苟俗的侠客身上,在写意的笔法、意象的营构、弱化情节和独特叙事方式中形成自己独特的风格。在金庸、梁羽生对武侠文学进行现代化改写的基础上,彻底完成了对有着丰厚传统的武侠精神的现代阐释。古龙对于武侠文学的贡献不仅是实现武侠文学现代化的最后一人,他还是开创武侠文学创作新风气的第一人。在古龙之后,武侠文学创作纳入了更为广阔的都市文化想象中,仰仗着更为年轻作家的创造力,借助于网络等新的文学载体,与侦破、悬疑、玄幻、科幻等多种文学题材融合为各种名目的各种"新武侠"文学,从而为武侠文学创作开辟了一个新纪元。

(陈力君)

第十一章　黄易和温瑞安的武侠小说

梁羽生、金庸和古龙完成了武侠小说的现代转型,武侠小说成为通俗文学中最有读者市场的小说品种,庞大的武侠小说读者需求也在不断催生着武侠小说创作的新动向。在梁羽生、金庸和古龙之后,出现了大批量的武侠小说。黄易和温瑞安的武侠小说,可堪称是这方面的翘楚。

第一节　科幻武侠的开创者:黄易的武侠小说

黄易,原名黄祖强,毕业于香港中文大学艺术系,求学期间专攻中国传统绘画,曾获"翁灵宇艺术奖",后出任香港艺术馆助理馆长,负责推广当地艺术和东西文化交流,1989年辞去工作,隐居离岛专心从事小说创作。从90年代至今,他陆续推出独树一帜的新武侠小说《破碎虚空》、《覆雨翻云》、《寻秦记》、《大唐双龙传》以及《边荒传说》,立刻风靡港台两岸,创下出版史上的神话。黄易神话的出现,不仅因为他的小说彻底打破了现代武侠小说以"侠骨柔情"为中心的基本格局,以电影分镜头的手法集武侠与玄幻于一身。还因为他的作品被收集在华人社会不计其数的网站中,在网上广泛传播,以至他成为网络中最受欢迎的作家。

武侠小说从古龙开始,经历了一个有意识地创新求新的发展过程。黄易作为温瑞安以后武侠小说的领军者,其小说从文笔、杂学、意境、开创性四个方面来看,与其同时的作家都无出其右,一时让读者耳目一新,备受追捧。从整体来看,黄易的创作有一个发展的过程。早期的《荆楚争雄记》相对比较粗糙,《破碎虚空》与之相比有进步,到《覆雨翻云》才达到成熟。《寻鼎记》从形式到内容都可以看做是《寻秦记》的准备。黄易的创作,主要分为科幻与武侠两种类型,但其创作并不追求单一的向度,所以多为混合的类型。有《超级战士》、《圣女》等科幻与武侠的混合体,有

《大剑师》、《寻秦记》等玄幻与武侠的混合作,有《大唐双龙传》这样的历史与武侠的混合体,有《破碎虚空》、《覆雨翻云》这样的玄幻与异侠的混合体。

黄易的武侠小说,其特色总结起来就是历史、玄学＋科幻、魔幻。前两个中国特色要素和西方传统的科幻、魔幻相结合,中外打通,华洋结合,产生了奇怪的化学反应,以一种从未有过的阅读体验征服了大量的读者。黄易开始写武侠的时候,因前有古龙和温瑞安把现代生活带入武侠的成功尝试的范例,所以黄易在武侠小说领域初显身手就表现出自觉的文体试验意识。又因为黄易之前的武侠小说已经和言情、历史、侦探推理和神魔发生过融合,为避免只拾前人牙慧,黄易选择了科幻和魔幻与武侠的融合。以传统眼光看来,武侠和科幻有着似乎难以调和的矛盾,武侠小说往往将年代限定在"冷兵器"时代,注重的是武功即身体能力的锻炼,带有强烈的经验性,与科学格格不入。而科幻小说最重视对未来的畅想,虽然放任想象,却要披着科学的外衣。中国人向来缺少科学传统,科幻小说在传入中国后,历经百年,虽然近二十年颇有起色,但成就远不及欧美,由此可见中国人和科幻小说之间的隔膜。因此,在黄易之前,让武侠小说向科幻学习,融会成新类型,是十分艰难的。至于魔幻小说,那是最近十年才传入中国的新的通俗小说类型,过去的武侠作家也许从来没有接触过,更遑论学习借鉴了。魔幻小说的文化基础是欧洲的神话和魔法文化的传统,这些对十年前的作家和读者来说都是十分陌生的。正因为如此,武侠小说的发展在借鉴历史、言情、侦探等其他类型的通俗小说后,又进入一个新的历史瓶颈期,在寻求突破十分困难的时候,以前难以结合的科幻和魔幻,正好提供大片可供开拓的新领域。不过,黄易不是生硬地将武侠小说和西方的科幻、魔幻进行简单表面结合,而是颇具匠心地给他要写的混合体小说注入了中国特色的历史和玄学成分。

一、历史底色

关于历史,黄易曾说过:"历史是武侠小说'真实化'的无上法门,如若一个棋盘,作者要做的便是如何把棋子放上去,再下一盘精彩的棋局……对我来说,抽离历史的武侠小说,特别是长篇,便失去与那时代文化艺术相结合的天赐良缘。"基于这样的立场,黄易极力营造看似逼真的历史氛围,增强历史的真实感,如在《大唐双龙传》中,第二十三卷第十章《成都灯会》中的描写和叙述:"一年成邑,二年成都,故有成都之名。战国时秦惠文王更元九年秋,秦王派大夫张仪、司马错率大军伐蜀,吞并后置蜀郡,以成都为郡治。翌年秦王接受张仪建议,修成都县城。纵观历代建筑,或凭山险,或占水利,只有成都既无险阻可恃,更无舟楫之利……成都本城周长十二里,墙高七丈,分太城和少城两部分,太城在东,乃广七里;少城在西,不足五里。隋初,成都为益州总管府,旋改为蜀郡。大城为郡治机构所在,民众聚居的地方,是政治的中心,是政治的中心,少城主要是商业区,最有名的是南市,百工技艺、富商巨贾、贩夫走卒,均于此经营作业和安居……首先入目的是数不尽的花灯,有些挂在店铺居所的宅门外,有些则拿在行人的手上,小孩联群结队提灯嬉闹,款式应有尽有……女孩都打扮得花枝招展,羌族少女的华衣丽服更充满异地风情……"作者对环境的描写深入到历史事件、建筑风格、人情地俗等各个方面,这使其作品中对社会背景的洞察在武侠小说中达到前所未有的高度,从而营造出鲜活的历史气氛。

另外,黄易的武侠作品,每一部都是有具体历史设定的。在强调个人的后工业社会,他的作品将笔锋转向在时代和历史的大潮流中为坚持自我而进行抗争的个人的趋势。尤其是,他选择的时代往往是"乱世",如《寻秦记》以即将被统一的战国末年为背景,《大唐双龙传》以隋末唐初的无常乱世为背景,《覆雨翻云》则以朱元璋执政末年的纷乱江湖为背景。另外一个方面,黄易处理历史的自由度非常大,有时候甚至到了任意发挥的地步。他在代入历史时有两种做法,第一种基本上只是将历史作为一种背景,人物更多的时候是自由发展的,如《破碎虚空》、《翻云覆雨》,第二种的主线就一直跟着历史的脚步,如《寻秦记》、《大唐双龙传》、《边荒传说》。第一种写法里,人物活动得到更多的自由,相对来说人物的个人经历也可以写得更加丰富,故事的结局也更自由,这样作家也可以更好的发挥自由创作空间,使故事的进程更合乎情理和逻辑,显得更为自然。第二种情况则不同,由于人物和历史结合得太过紧密。虽然人物的活动和能力已经发展到可以改变历史的时候,但是在基本历史事实面前,无论人物的活动还是故事的进程都会感受到障碍,这就使得作家的创作尤为被动。因为人物活动进展造成的故事的结局不是作家能够控制的,但是作家又必须坚守最后一道防线,那就是他不可能改变最基本的历史进程。所以《寻秦记》中,项少龙莫名其妙地从毒辣的秦始皇手下逃生,这还是以改变另一历史典故焚书坑儒为代价;到了《大唐双龙传》,为了让李世民得到天下,最后竟会让一个江湖门派来决定。一方面黄易把虚拟的人物寇仲写得越来越强,另一方面黄易也尴尬地发现很难收尾,主人公寇仲的形象最终完全偏离历史,被塑造成一个能与李世民互相抗衡的时代主角。黄易对历史的利用和再造既显示了他非同寻常的创造力和想象力,也使得他的武侠小说留下了不少难以自圆的硬伤。

二、玄学成分

关于玄学,在金庸小说中,是传统的侠义观念和善恶观念,以及儒家的文化因子吸引着华人读者。在古龙小说中,则是现代主义的孤独和焦虑、痛苦和压力、情欲和暴力震颤着接受西风东渐的台湾人、香港人、大陆人的心灵。在黄易小说中,艺术、天文、历史、玄学星象、五行术数、黑洞银河、琴棋书画、诗词歌赋、仙道之说、宗教哲理,包罗万象却统摄归一。对生命炽热的追求,对成败的哲学思考,对超越过程的意义的强调始终贯穿了微妙的玄学意味。将中国哲学中的玄学以这样的方式融入小说,在武侠小说创作是第一次,在文学界亦是先河。黄易武侠小说的玄学倾向最突出地表现在人物塑造上。他的小说几乎每本都是在强调人本身的潜力是无穷的,经过特殊的功法或是长时间的进化,人可以突破本身所在时空的限制,达到一个又一个的高度。而且这种潜能的存在和挖掘都是建立在"用进废退"这一基本原则之上,却忽略了进化后的形态,即有用的东西进一步发展,没用的东西就会退化。在他的书里,从《超级战士》及随后的《大剑师传奇》、《破碎虚空》、《覆雨翻云》,甚至后来的《边荒传说》中可以看出,似乎大多数主角的结局都是以成仙成佛为归宿的。统观黄易小说,主题非常一致,就是一直试图回答"从何而来"、"为何而去"这两个类哲学的大命题。他着力阐明:斗争冒险是生活的真谛,即使人类灭亡的命运不可避免,也没什么可怕的,但有一线生机,就要拼搏到底。他笔下的人物在创造命运,而不是服从命运。表现在具体的人物身上便是关注的是一些形而上的问题,对自我的生命有一种深刻的自觉(如厉若海),对现实质疑(如浪翻云),自觉将自我与现实保持距离。他们往往以自我为目标,力求超越生命的极限(如庞斑),或者,积极追求生存的价值和意义,生命的每一刻都在追求和寻觅(如寇仲),甚至,时时将自我从所处的环境中抽离出来,清醒地从一个更高更广阔的视角反观着"当下"的自我(如跋锋寒),他们一面主观地在时代的大潮中奋斗和品味,与此同时又时时不忘以一个"局外人"、"旁观者"的身份对自我进行审视,并以此更深刻地反观自我。

黄易的玄学意识表现在作品中,就是对人体存在的高度关注,这种生命的自觉在之前的武侠小说里几乎是看不到的。《大唐双龙传》中的寇仲,不断地在自己的生活中反思自己,"这世上还有什么比生命本身更动人的事?而生命之所以有意义,就是动人的历程与经验,成功失败并不重要,但其中奋斗的过程才是最迷人之处","我更向往的却是那得天下的过程,那由无到有,白手兴国的艰难和血汗",他们更注重将自我生命释放出最灿烂的光芒,并将为确认自我而奋斗所经历的艰辛也视为美丽。"固然我现在已是泥足深陷,难以言退,但真正的原因,是男儿必须为自己确立一个远大的目标,然后永不言悔地朝这目标迈进,不计成败得失……且看你身边的人吧!有哪一个是真正快乐和满足的?我们唯一能做的事,就是苦中作乐!于平淡中找寻真趣,已与我寇仲无缘。只有在大时代的惊涛骇浪中奋斗挣扎,恐惧着下一刻会遭没顶之灾,才可使我感到自己的价值和存在……我本是个一无所有的人,也不怕再变为一无所有……"这些话中强调的"过程"、"奋斗"、"存在"、"价值"等,充分表明了他对生命充满清醒的自觉和理解的热爱。黄易的玄学意识,还表现在他努力将之与武侠小说中的重要因素——武艺相结合,表现出一种似幻似真的玄幻境界。玄学追求玄妙、玄远的境界,"是为了感受和领悟到宇宙、人生、历史和生命的本体—道",所以,黄易将武提升到"道"的高度。在他的作品里,武艺只是一种途径和手段,只是将自我与自然之间的距离拉近的手段,其最终的目的是要勘破天地人生之秘,带有强烈的象征色彩。在黄易的小说里,"心法"成了武艺提高的关键。"心法",其实就是对于天地人生的理解,理解境界的高低便代表着武道的高低。当主人公武艺初成时,"只见整个天地清晰了很多,不但色彩丰富了,许多平时忽略了的细微情况,亦一一有感于心,至于平时忽略了的风声细微变化,均漏不过他的灵敏听觉。最奇怪是无论天与地,一块石头,一株小草,都像跟他相连地活着般,而自己则成了它们其中的一分子,再不是两不相关了。""忽然间寇仲从极度悲伤内疚中提升出来,晋入井中月的境界,那非是代表他变成无情的人,而是必须化悲愤为力量,应付眼前的困局,保住性命来赢取未来的最后胜利。经过这些年来的磨炼,他终于明白了宋缺的警告'舍刀之外,再无他物',他感到整个天地在延伸,脚踏的大地扩展至无限,自古以来存在的天空覆盖大地,而在他来说,自己正是把天地联系起来的焦点和中心,天地人三者合一。他清楚晓得,在这生命最失意失落的一刻,他终臻达宋缺'天刀'的至境……"武艺境界的提高与人生阅历又有了某种若合符节的契合,而这种突然而来的超越自我又近乎佛家禅宗的"顿悟"。这种对天地之美的发现和对自我人生的自觉正与玄学所力求达到的"空灵"境界有某种对应。因此,他便成功地将对"道"的追求内化为人物的一举一动,融入人物最日常最普通的生活之中,这无疑使人们眼里最平凡的东西都有了一种最深刻的美感。

三、科幻与魔幻因素

关于科幻与魔幻,通常意义上,科幻小说有软科幻和硬科幻之分。一般意义上,偏重科学细节的是硬科幻,偏重情节而较少科学细节甚至没有的是软科幻,软科幻通常比较短,而且只是借用了一个科幻的背景,其内容多是反映在未来的先进科技下人类内心的复杂感受。而硬科幻一般都是长篇巨著,在科技理论上面时有惊人之举,甚至常常会预测到未来科技的发展。黄易的科幻小说如按软硬科幻来分,《星际浪子》、《超级战士》可作为中长篇的硬科幻,其他的作品包括"凌度宇系列"都可作为软科幻看待。像《龙神》和《时空浪族》从作品长度上来说已经远远超过一般的软科幻了,可是其内容中并没有硬科幻常见的出色的科学预见和宏大的场面,而是企图在比较深的层次上表现人物的内心冲突,所以应将它们归入软科幻。而像《最后战士》、《魔女殿》等,科幻因素只是变成一个符号,用来解释他对人类的反思和对自己玄学理论的诠释。

黄易的小说科幻,显然和前面论述的中国特色的玄学浑然一体,从下文对具有代表性的作品分析我们可以看出来。《寻秦记》的"科幻",首先在于借用流行的"回到未来"式的方式,通过时光机器,将主角项少龙送回到了中国的战国时代——公元前251年,秦始皇登基前五年,中国文化史上影响深远的嬴政,目下仍落魄于赵国。战国是中国大一统格局出现前的混乱时期,而秦始皇的登基即位,正象征着一个新时代之即将来临。作者赋予了项少龙"参与"这个时代的知识与野心,因此,项少龙逐步展开"寻秦"的计划,而作者则借着项少龙,将这段期间举足轻重的人物和事件,一一"见证"出来。项少龙以一个21世纪的现代人,介入了古代的历史,以"先知"的角色,透视了整个历史发展的全局,而且以其现代的知识,纵横并影响于那个时代,如利用冷束弹与神经原理制作的风灯。黄易原就擅长科幻小说,《寻秦记》是黄易武侠小说科幻梦的开端。《星际浪子》,黄易笔下写的是未来时间,各种高科技写得玄乎其玄,骨子里却是道家的玄学理论。《星际浪子》写的是地球在长达数万年的黑暗战国时代,人类派出了两艘宇宙飞船去开拓外太空,结果一艘遇上了可怕的外星生物,被他们占据了身体,成了可怕的生物,黄易一改原来的那种外星生物侵入人的脑部传统写法,运用了道家中元神出窍的概念,把他写得无形无质,以类似元神的方式占据人的身体,附身成了恶鬼。而对于方周的命运,黄易又引入了东方哲学家中五行的概念,把那个大火球写成了火之祖,而培育方周这个救世主的变成了水之母。漫游中那个启蒙人类的超自然长方体变成了黑狱人的帝君撒拿旦(撒旦),而黑狱星人成长的过程更是被黄易写成了非常中国的东西。黑狱人将所有的生命阴极集中成一点,经历两个宇宙时代后重新分化,先分成阳性的撒拿旦和阴性的天美,然后再分出其他黑狱人,怎么看都觉得那是无极化太极,太极生两仪,两仪生四象……黄易把玄学和高科技一结合,果然产生了非常好的效果,西方那些科幻大师看到后我想一定也会深受启发。星际间舰队列队时的宏大场面,各种星球,星系之间风情万种的景色,黄易以自己的想象力和文笔,为广大读者勾勒得栩栩如生,而对于未来极度富足的物质生活和人的寿命被高科技无限延长时产生的种种社会问题,人性之间的冲突、人类的迷茫等,都写得十分透彻,引人入胜。"凌度宇系列"始于月魔,终于诸神之战,一根主线是人类的杰出代表凌度宇与月魔对抗,而月魔、别神又在每时每刻地对抗着正神。在这里,所谓正神、别神乃是一种抽象的精神力量的存在,与卫斯理笔下的外星人还是有区别。道家的修行,吸天地间灵气,夺日月之精华,本就是上违天意之举,所以常常会遭到老天的"报复"。还珠楼主的书中还专门有道家四九重劫一说,月魔与别神就这样,一次次地对抗着"天",但是他们在对抗着"天"的同时还随意夺取其他生物的生命用以自保。这是人类所无法容忍的,所以才有了龙鹰,凌度宇从出生起就肩负着对抗拥有诸神力量的异物的使命。他的坚忍不拔,他的机智,都使他一次次化险为夷,不可思议地以血肉之区对抗了恶魔与神。"凌度宇系列"里还有许多西方神话与宗教的东西掺杂在里面。黄易借助时间机器巧妙地构筑起了一个感人的故事,当书的最后艾莎芙遗留的神的旨意向全世界的电脑传播时,一股敬意油然而起,"我来了,又走了,但我完成了神的使命,传在了真神的信息。……天国是在每一个人的心内。再不能从任何地方寻到"。这样的话语,感动了千万读者的心。

　　黄易在商业化的大潮中,还在他的创作中加入了悬疑、侦探、阴谋、金钱、权力、美女等流行的商业化因素。尤其是他的艳情描写,向来多有非议。有很多情节漏洞,粗制滥造,自我重复等武侠小说的通病。他的缺点还表现在太注重故事情节,人物塑造偏弱。但他在杂学和创新两个方面,都是自成一家,卓然独立的。

第二节　文学化的武侠世界:温瑞安的武侠小说

温瑞安(1954—),原名温凉玉,祖籍广东梅县,生于马来西亚霹雳洲。他少年时就崭露头角,天赋极高;9岁开始写作,13岁创办《绿洲期刊》,17岁创立新马文坛最大、拥有10个分社的"天狼星诗社",在诗歌、散文创作上有一定成就。他自小对中国文学、文化就有浓烈的向往与热爱,故以"发扬民族精神,复兴中国文化"为己任。1980年温瑞安被台湾当局以莫须有的"为匪宣传"罪名罗织,饱受三个月的牢狱之灾,后被递解回马来西亚。1981年底温瑞安到了香港,才华更是淋漓尽致地得到发挥,1989年创办"温瑞安武侠周刊",每周一书,在年轻读者中风靡一时,并成立"自成一派合作社",朝创作、出版、电影、电视多元化发展,成果丰硕,令人刮目相看。武侠小说进入上世纪80年代以来,新武侠文坛中的四大天王,开创者梁羽生,大宗师金庸,均已封笔,鬼才古龙,英年早逝,而奇才温瑞安,是继古龙之后的又一重要作家。

温瑞安19岁在台湾发表《四大名捕会京师》后,一鸣惊人,广受赞誉,从而也确定了他在武侠小说领域的地位。虽然其后的人生之路艰辛坎坷,但他一直勤于耕耘,迄今为止,已出版将近四百部书,共计四千万余字,构筑了自己独特的武侠世界。温瑞安的武侠小说,约略可分为六大系列:《四大名捕》系列强调正义应由官府维持,这是对法家"侠以武犯禁"理论的修正,同时也是新武侠小说中描写"名捕"系列的开创者,并使温瑞安一举成名。《神州奇侠》系列则先后以萧秋水、方歌吟等为核心人物,着重刻画了萧秋水等在逆境中的侠义本色,描写了他们在艰难困苦中完成并超越了自我,终成一代奇侠的传奇经历,类似我们常说的成长小说;《说英雄谁是英雄》系列则以两大帮派争斗为线索,以结义三兄弟为中心,塑造了苏梦枕、王小石、白梦飞、雷纯等一系列个性鲜明、内涵深刻的人物形象,取得了较高成就;《白衣方振眉》系列则阐明民族大义,提出汉贼不两立的爱国宗旨,其高昂气节动人心魄;《神相李布衣》系列则以出身奇特、义薄云天的李布衣为中心,官场民间,纵横交错,并借星相命理之学,暗寓教化世人之旨;《七大寇》系列则颠覆了简单的正邪之分,细写了人心的变幻莫测,是一部较成功的武侠小说;另外,他还创作了《今之侠者》一书,以文学之笔,既写实又浪漫地将"现代侠者"表现得淋漓尽致,是一部具有开创性的武侠小说。

温瑞安能够跻身于武侠文坛中四大天王之一,自有其独特的文学成就。他的武侠小说具有以下引人注目的特色,这也是奠定温瑞安在武侠小说创作地位的基石。温瑞安的创作风格非常鲜明,但也存在一定的缺陷,这使他在创作向更高层次发展上有所限制。

一、现代化、生活化的武侠世界

温瑞安的创作也承继了古龙求新求变的立场,使武侠小说脱略了金庸新古典主义特色,大踏步地走进现代生活。新武侠的奠基者金庸和梁羽生的武侠小说把历史和想象有机结合,即使有现代思想,也会经过包装改造,使得其和故事发生的历史氛围相合。到了古龙,武侠中的历史已经被虚化,古龙是把现代人性,特有的浪子孤独情怀带进武侠世界,配以侦探、电影蒙太奇等现代形式,创造出一个别致的武侠世界。温瑞安沿着古龙开创的方向,更进一步,在表现现代生活、现代人性的基础上,他专注于描写那些不是大侠的侠客,来反映普通人物的复杂人性。武侠小说的传统,所谓"侠之大者,为国为民",到了温氏这,变成了"侠之小者,为友为民"。他说:"金庸笔下是大侠,古龙笔下是奇侠,我笔下则是小侠。由于我的经历很辗转,我对小人物的喜怒哀乐更加关注,所以我爱写那些受生活所压抑的普通人。金庸、古龙表现的是他们生活时代的价值观,我表现现代人的价值观。现代人如果能为朋友、为周围的人平等待人、量力而行做些事,就算是'侠'了。"他把"侠"定义为"知其不可为而义所当为者为之"的人,而又说明"侠行是在有所不为和有所必为间作抉择"。

基于这样的立场,温瑞安打破了传统的善恶二元对立模式。值得一提的是温氏前辈古龙的浪子情怀也没打破这个传统,此是温氏的一个创造。温瑞安《杀了你好吗?》中方狂欢、谢豹花的"侠义",转眼变成了"怨恨",这并不是由他们的道德感决定的,而是人性的自然发展,是自然人格对社会自我相互斗争的结果。在他更多的作品里,这种故事风格得到了张扬,《山字经》里抢夺"秘籍"的过程,除了一个和粮食同名叫做"云丝卷"的十岁小孩外,亲人和敌人的界限都在人的欲望中消失了,也就是说,传统赖以设定的二元对立的理论基点消失了。这因此不仅成为价值的消解,也成为"另一种虚构",即表现了一种"非现实",这就正如后现代主义小说固定意义或绝对价值体系的消失,小说逐渐开始在一切都是不确定性中带有荒诞、幻想、闹剧、滑稽模仿的形态。虽然说，温瑞安在表现武侠文体杂合性和武侠存在荒诞性的同时，也没有忘记侠义原则，但温瑞安的侠从"义"的抽象符号和救世者象征，变成了勇往直前的精神符号和善恶对立中的制衡力量，不过是社会有机体的一个零件，不过只是"有本领的平常人"，他们在风雨如磐的黑暗中为社会保留一点正气，映照出侠的深情高义。典型的是在《逆水寒》中，主角戚少商在遭暗算后，身受重伤，又逢官府围捕，高手相逼。铁手虽然身为四大名捕，但是当他发现官府并不是正义的时候，他要的按照自己的正义感来处理这件事，何况他对戚少商还有"识英雄重英雄"的感情。铁手实在太讲义气了，不但揽了戚少商的事上身，他还不想连累诸葛先生和其他三位兄弟名捕，故自行除下身上的捕衙服饰，解官弃职。接着他为打消众奸官的疑心，竟又自动卸去功力受绑。这样义薄云天的好汉，刚巧落在卑鄙小人手上，受尽酷刑。在这里，我们看到，传统武侠那种谈笑间解决一切纠纷的笑傲之气荡然无存。同样在《逆水寒》中，有一个并非出名的英雄好汉，他的生死对整个故事也影响不大，可是他在面对要"舍生取义"这关口上却表现了一个平凡、正常的小人物心中的彷徨和抉择。这个人名字叫洪放，身份是边防守将郗舜才身边的"无敌九卫士"的老大。他的武功职位当然不能与无情等"四大名捕"相比，名气更万万及不上雷卷等人。可是这并不等于说他不重视自己的成就。洪放就很满意他有一份安定的职业，有温暖的家庭。所以，当文章企图说服他叛杀郗舜才时，他要衡量的不单是义气和荣华富贵，另外还有家庭、事业甚至性命。洪放一生或许没有伟大的抱负，崇高的理想，纵横的才情，但是他在大节上决定舍生取义。他这个决定并不是霎时冲动，而是经过考虑的。所以尽管他只是一个小人物，这份情操更有动人心魄的地方。这样被一个"义"字逼向死亡的例子，我们在《神州奇侠》、《温柔的刀》中随处可见。有人说温瑞安在小说中杀人中麻，是这样的，行义死，不义亦死，可见这些大侠和小人物所处境地的艰难，也更显出他们行"义"的伟大。

　　正是这些"有本事的平常人"形成了温瑞安武侠小说特有的人物画廊。比较鲜明的有以下几类：一类是捕快，在传统武侠中，庙堂和江湖对立，所以捕快多为狗腿、鹰爪。但温氏认为：武侠世界里既有侠有盗，就必有捕快，行侠的盗和捕快都是侠客，所以也为古代捕快刻画出特出的典型。其二是盗匪，在《七大寇》中，替盗贼翻案，认为人世不分"盗"、"捕"，只要他所作所为是"侠行"就是"侠者"。其三是相师，在《布衣神相》中,相士从替人占卜看相算命到帮人趋吉避凶,同时跟自己和别人的命运展开斗争,信命而不认命。其四是暗恋者,在温氏小说中,这样的人物确实不少:《神州奇侠》的柳随风、《大侠传奇》的公子襄、《逆水寒》的赫连春水、《唐方一战》的徐舞等。他们都为着自己的爱人舍生忘死;有的更肯定了自己的爱人爱的不是自己,但仍全力施为,大仁大勇。这不为什么,就只为爱,一种不在乎占有着重坚持的爱。还有很另类的环保主义者,如他近作《游侠纳兰》系列,不断地鼓吹和强调爱护小动物,从小猫小狗到一切微小生物,乃至树木和资源,推而广之,一视同仁,齐物等观。这些都表明一个人如果能为朋友、为周围的人平等待人,量力而行做些事,就算是"侠"了。

温瑞安武侠小说内容现代化不仅表现在这些"侠之小者"上,他更是将自己的人生经历,直接投射在武侠小说的文本中。《神州奇侠》是温瑞安在台湾办"神州社"办得"风生水起"时的作品。那时候的温瑞安满腔热血,就如书中主角萧秋水一般干劲十足,加上身边的朋友不断聚集,声势浩大,就像从《剑气长江》至《江山如画》三本书中的萧秋水与他的兄弟一样,有股"我要高飞"的气魄。可是到了第四册《英雄好汉》,温瑞安的笔调变了。作者遭人诬陷,受到台湾政治当局的审查,众叛亲离。到了《逆水寒》,温瑞安记录他"逃亡"岁月的心情。虽然当时的他已经经历变故。在《刀丛里的诗》里,全书一直以严冬为背景,温瑞安描写了现今这个现实得接近冷酷的社会。书中那么多的人为龚侠怀赴汤蹈火,牺牲性命,为的是他们敬重龚侠怀是江湖上出名重义的英雄好汉。虽然作者还是对义并没有绝望,但是已是爱情的温暖超过兄弟的义气了。调整一段时间后,我们才又看到一系列《四大名捕》、《说英雄谁是英雄》等情义交融的武侠作品。

二、"纯文学化"的创作理念

温瑞安的另一个大的特点是把武侠小说和现代小说文体融合。其一,现代观念,他把现代主义、后现代主义的一些核心价值观,带进武侠小说。他取消传统的正邪对立模式,固定意义或绝对价值体系的消失,小说逐渐表现出一切都是不确定性中带有荒诞、幻想、闹剧、滑稽模仿的形态。在内容上向现代小说靠近,他的情节迷宫常常永无终止,四大名捕永远无法成为最后的胜利者。侠者在这里成了西西弗斯式的人物,当他搬动着石头向山上走去的时候,他是暂时的胜利者,可是石头很快又滚下来了,在短暂的变局之后,一切又恢复了原状。侠义依然是正义的力量,却已不是解决方案,只是制衡力量。当金庸、黄易等以"我是谁"的追问而大放光彩之后,温瑞安却不再追问这个问题。人物的出现是飘忽的,他们不需要一个确切的背景,白愁飞、无情、戚少商的身世,虽然也都是谜,可他们根本就不想去破解。如《战僧与何平》里的战僧,只是死亡。于是,人物全都成了边缘人物,"既没有最大的侠","也没有最大的魔"。皇帝是什么?他不过是诸葛小花与蔡京之间"侠"与"奸"平衡的中介,而反过来,诸葛与蔡京也不过是皇帝维持平衡的两枚棋子,"侠和魔都边缘化了"。它不再像传统武侠小说那样要宣扬一种正义观念和坚强人格的最终胜利,即使是"逆境中的人性"与"历劫中的真情",那也不过是一种理想,而更多地却是在无奈中侠的逃亡(江湖之侠如戚少商)与追逐(庙堂之侠如四大名捕),展开一场让读者觉得"好看"的游戏,在情节、人物、场景、活动、悬念的绚丽中,展开着感性的惯性刺激。

其二,在形式上,温瑞安的创新更明显。比如大量的细腻心理描写给我们留下深刻印象,我们考察他的爱情故事时尤为突出。在《寂寞高手》一书中,李沉舟为试柳五的真心,也为试赵师容的真情,他竟然诈死。赵师容当时跟萧秋水正在抗金。赵师容对自己和李沉舟感情,内心早已犹疑:"萧秋水怀念唐方,就是念兹,无日或忘。而且自己和李沉舟,仿佛是高情忘情,却不知是不是其实无情。"萧秋水,完完全全地将爱的感觉倾注给唐方。而李沉舟这个人,一生只知道霸业,悲喜不露,对赵师容好;但赵师容却难以真真切切感觉到。在赵师容得悉李沉舟死讯后(那只是诈死),她的第一反应是不相信,然后那种深深压抑在内心的爱,汹涌地爆发出来。当她决定要回权力帮总坛看个究竟时,萧秋水想拍拍她的肩膀,以示安慰。可是只拍了一下,赵师容便缩开了。当时她的内心有着强烈的反应:"她忽然有一种强烈的厌憎,平日萧秋水待她,视如妹妹,她只觉得萧秋水待她过分生疏,今日初闻噩耗,萧秋水稍沾及她一下,她也觉厌恶。"这是一种微妙的心理描写。赵师容此行抗金,多少有点想激李沉舟之意,而且对萧秋水,也确是有些好感的。但在她知道自己爱人身死的消息后,却对萧秋水的轻轻一碰也感到介意。可见她对李沉舟的坚贞和坚定,虽然她先前也是怀疑着李沉舟对她的真心,但却掩饰不了自己对李沉舟的深情,她实在太爱李沉舟了。在这一节,作者还刻意作了一个颇富暗喻的描写,在知悉李沉舟死后,赵师容的武功,竟散去了八成。这证明她的一切都是为了他,他一死,她所拥有的一切也就没有了意义,甚至会失去,不自觉地失去。另外一个恰当的例子应该是《大侠传奇》中公子襄暗恋唐方的故事。公子襄明知唐方深爱萧秋水,但还是一厢情愿如痴如醉无怨无悔地爱着唐方,唐方开心就是他最大的快乐。在九脸龙王胁持着唐方的时候,要他毁自己脸容,他也毫不犹豫地照做,更差点儿自断一臂。其时萧秋水大战唐老太太后失踪,天下人皆道必死。唐方偏就不信。发展到后来,公子襄为九脸龙王所袭,生死一线间,唐方却跃了出来,以身相救,这好像是为了报公子襄的大恩而为,当然这是一部分原因,但在她心里,又另有一番隐藏:"唐方所以这样做,因为唐方已不想再活——她为萧秋水相见之期而活,天书神令的出现,使得她断绝了希望⋯⋯。她蹿出去前,只心里默默说了一句:'我只有辜负你了⋯⋯'"("你"指公子襄)。然后她就专诚期盼死亡的到来。唐方想,"也许⋯⋯也许这样与萧秋水的相见会早些到来⋯⋯"这一大段的描写,道出了唐方当时的心情,她就算是死,也是为了萧秋水,明明是为救公子襄,也是为了萧秋水。萧秋水对她来说,已成了会部,已超越生死。

三、"诗化"的语言风格

温瑞安在语言运用上,还表现出"诗化",和梁羽生、金庸的古典诗不同,他直接用现代诗进入武侠。他的语言文字,场景描写,非常的有诗味,常与血腥的江湖互相渲染,给人印象极其深刻。如果不论情节,单从他武侠小说的命名来看,就非常的有诗意,如人名苏梦枕、白愁飞、温柔、温晚、雷纯、许天衣、戚少商、息红泪、唐晚词、雷卷、赫连春水、晚晴、沈边儿等,这些名字都富有诗意,细腻动人,给人深刻印象。再如武器名红袖刀、挽留剑,这两个可算是经典,苏梦枕手握红袖刀,心善刀狠一代雄,王小石手执挽解留剑,剑多情人亦多情,由此可见作者的文字功底。即使是他的书名,如《逆水寒》、《温柔一刀》、《一怒拔剑》、《惊艳一枪》、《伤心小箭》、《朝天一棍》、《小雪初晴》等,也都温婉动人,又与内容相称,堪称画龙点睛的诗意妙笔。温瑞安在现代诗歌的创作上有一定成就,诗人的气质在他的武侠小说语言中有着较好的表现。例如《谈亭会》中写英雄相遇,敌手决战前的相逢:

  那是晚上。谈亭生歌莺语,东街人山人海,花灯如画。周白宇和蓝元山看见绿灯,同时想起:哦,原来中秋不远了。他们想到这一点的时候,不约而同,看到了夜穹的大半弦清冷的月亮,离那熙熙攘攘的人群是如许的近,但越发显得孤清。他们的视线重新回到热闹中,就发现了夹在人潮中像岩石一般的对方。

温瑞安的武侠小说义恩仇固然有力度,但写女子容,又换了一副婉转的笔墨,且看《开谢花》中一:

> 汉子却和刚从轿子里俯身出来,钻到青衫丫头小去撑起的油纸伞下的女子。打了一个照面。阴霾雨氛中,伞影下一张芙蓉般姣好的脸,纤巧的身腰,绯色盘云罗衫衬紫黛褶裙,腰间束着黑缎,镶着滚金围腰的扣子,纤腰堪一握。女子娇慵无力的挨在青衣婢身边,眉宇间又有一种娇气和骄气,混合起,使得她艳,使得她美丽,像红烛在暗房里一放,照亮而柔和,并不逼人,但吸引人。

更令人惊讶的是,温瑞安有时候直接让他的主人公唱出现代派的诗歌,如在《神州奇侠》里,当大侠萧秋水多遇磨难,思念朋友,追怀情谊时,情不自禁地仰天唱了一歌:"我要冲出去到了蒙古飞沙的平原/你要我留住时间/我说连空间都是残忍的/我要去那儿找我的兄弟/因为他是我的豪壮/因为他是我的寂寞……"就很能表现出他此时的心境。温瑞安还善于利用精辟的形容词,语言的节奏感把意境内容贴切地表达出来。譬如:"这人静了一会,徐徐地,把雨伞倾斜,斜阳以微斜的角度照在他的脸上,一分一分地,一寸一寸地,终于现出了这人的本来面目。这人的脸色跟泥土一般,脸上似打了一层蜡般的毫无表情……"在同一个句子里用了三个"斜"字,来衬托出那一股"邪气",也可见作者对语言的重视。温瑞安有时还运用电影镜头的方式来表现种气氛,如这样的句子"——箭——破——空——飞——去——",作者巧妙运用了这几个破折号,变得非常写意,一眼看上去,就像真是一根箭在空中缓缓推进,或者是一支箭破空疾驶留下的箭影,给读者一种奇妙的动静结合美,这已是用电影方式表现了。

需要指出的是,温瑞安在武侠小说语言上的创新,确实取得了较高的成就,但在上世纪90年代,他在求新求变的道路上越走越远,其语言创新也时有过火的地方,甚至有走火入魔的嫌疑。还以书名为例,温瑞安在这一时期的书名已经失去了诗意,而成为一种文字的游戏了,如《杀了你好吗?》、《力拔山河气盖世牛肉面》、《战僧与何平》、《傲慢雨偏剑》、《阿拉丙神灯》、《一只讨人喜欢的苍蝇》、《一条美丽动人的蜈蚣》等。在语言词句上，温瑞安有时过度运用标点符号，分裂词句，受到了众多的批评与指责。其实这也反映了温瑞安在名满天下后的创作困惑，他想超越自己，想走一条新路的迷茫，这也许是他最后封关多年不再进行武侠小说创作的原因吧。

温瑞安武侠小说也有着一定的不足。他出书相当多，写作速度非常快，各个系列都是由相对独立，又往往互相联系的故事构成，非常庞杂，经常出现常识性的错误。如《神州奇侠》有关萧秋水的故事，前文出现的是北宋狄青曾受到范仲淹的赏识和提拔，受仁宗命平乱，萧秋水一家为保护大元帅狄青的母亲而惨烈牺牲。但是到了后文，书中所写大元帅却变成了岳飞。萧秋水等英雄豪杰为救岳飞，为抗金不遗余力，这是明显常识性错误，虽然这个历史背景的转换，使情节更加精彩。《血河车》虽无具体年代介绍，但主人公方歌吟出现时，萧秋水也曾露面，方歌吟后来还学会了秋水四招剑法，年代自应比《神州奇侠》晚数十年，但《说英雄谁是英雄》却出现方歌吟的干儿子方应，而这个故事是发生在北宋末期东京六奸贼当权之际，显然在年代上出现了较大混淆。温瑞安对中国内地的地理位置也不熟悉，小说中有时会出现一些人物"一日行万里"的明显错误。这些，如果作为虚构的小说来看，抽掉一定的历史地理背景，情节还是比较连贯的，所以也往往能够得到读者的谅解。然而这些硬伤的存在，还是显示了温瑞安在文学创作中的草率和文化准备上的不足，也制约了他的更大发展。

（陈中亮）

第十二章 当代大陆的武侠小说

港台的社会环境和文化背景为当代武侠小说的发展提供了肥沃的土壤,"新武侠"流派的著名作家都是在商业气息和传统文化急速嫁接的特定的时代语境中,创作了他们的扛鼎之作。随着梁羽生、金庸、古龙和温瑞安等港台武侠作家逐渐淡出"江湖"或者创作式微之际,当代大陆的一批深受武侠小说影响长大的年轻作家延续了武侠小说创作的传统,在世纪之交的大陆文坛上也掀起了一股自觉的"新新武侠"潮流。

第一节 步非烟、凤歌和沧月的武侠小说

一、步非烟的武侠小说

步非烟,原名辛晓娟,1981年出生于四川成都。毕业于北京大学中文系,2006年获得北京大学古代文学硕士学位,现为北京大学中文系在读博士生。2000年开始网络写作,2004年起,在《今古传奇》、《武侠故事》、《武侠小说》上发表作品数十篇,2004年获得温瑞安神州奇侠奖。其写作风格以武侠和魔幻色彩交相辉映为长。现已发表作品上百万字,其代表作品有华音系列:《紫诏天音》、《风月连城》、《彼岸天都》、《海之妖》、《曼荼罗》、《天剑伦》(附外传《蜀道闻铃》、《凤仪》);武林客栈系列:《武林客栈·日曜卷》、《武林客栈·月阕卷》、《武林客栈·星涟卷》。天舞纪系列:《天舞纪·摩云书院》、《天舞纪·龙御四极》《天舞纪·清凉月宫》、《天舞纪·苍蓝圣雪》;六道系列:《人间六道·修罗道》。九阙梦华系列:《解忧刀》、《绝情蛊》等等。

步非烟的武侠作品可以说集中体现了当代大陆武侠小说中武侠和魔幻色彩交相辉映的特色,承魏晋之风骨,具有古龙之遗风,其创作风格的

一大特点是以空灵飘逸和诡异细密见长,无论是武林客栈系列、华音系列还是天舞纪、六道等等,都体现了她善于利用古典文化资源,又擅长借鉴魔幻小说的创作手法,游刃有余地把握新时代的武侠文风。步非烟的武侠小说通过宏大庞杂的《华音流韶》等系列故事得以彰显其鲜明的风格特征。《华音流韶》系列故事讲述了一代武学奇才卓王孙和杨逸之双强之间的尖锐对抗。原为东方苍天部下苍龙使的卓王孙凭借高绝的武功、冷静的智慧逐渐确定了自己在江湖上的牢固地位,并在阁中培植出了一批亲己的强大势力。随后,他用极为狠辣的手段排除异己,将上代遗留的耆宿们或杀或逐地一一剪除。华音阁在卓王孙的治理下,帮派实力大为提升,对各路武林正道予取予求。卓的努力作为使华音阁渐渐在江湖上权威显赫,令人闻风丧胆。武林正道本是各自为政,但在华音阁的威胁下,有识之士渐渐明白,若是再互相争斗,只怕便会一齐被华音阁灭掉。因此,正道中的几大帮派便暗中通信,希望能够联合起来,组成一个大联盟,共同对付华音阁。在武林门派集结的第一次洞庭武林大会中,在丹真纳穆阴差阳错的引导下,神秘少年杨逸之凭借神奇的武功以及与生俱来的侠肝义胆、悲悯的情怀而成为武林盟主。原来杨逸之是兵部尚书杨继盛之子。少年经历坎坷,一直努力向父亲证明自己,希望重入家门。他曾一度流落边疆,被云南曼荼罗教收留并得到武学圣典《梵天宝卷》。后由于不得已的原因,杨逸之叛教逃走,来到中原后,机缘巧合,一举战胜了前来挑战的番僧遮罗耶那,挽救了中原武林,因此还在弱冠之年就幸运地登上了武林盟主的宝座,他的人生开始需要直接面对对抗卓王孙这一强悍对手。卓王孙虽然共推为天下第一高手,但对于杨逸之那神奇的武功,也并没有必胜的把握。而且,他对于杨逸之这位横空而出的少年,也有着浓厚的兴趣。两人在多次的对抗与接触中,无论在武功还是智谋上都功力匹敌,旗鼓相当。杨逸之的修为虽然略逊,但也在迅速的成长着,渐渐俨然可以与卓王孙双峰并峙,分庭抗礼。围绕着这两个人物,步非烟又展开了一系列前传后传,《紫诏天音》叙述苍天令回归华音阁经过;《曼荼罗》讲述了卓王孙等赴云南的经历,阵中众人所历八苦谛之形形色色颇能发人深省;《天剑伦》则用浓重的笔墨叙说了杨逸之、卓王孙决战岗仁波济峰,充满传奇色彩。这些系列故事集中反映了武侠人物身上的多种元素杂糅并存的特点,这种创作倾向也深受古典文化和动漫作品影响的80后读者的青睐。

步非烟创作的另一特点是神奇诡谲、亦真亦幻的风貌。这得益于她在武侠小说的创作中引入了推理手法,使情节变得更为跌宕起伏。这类风格的作品以代表作《海之妖》为例。这部小说写的是茫茫大海中的天朝号封闭密室中发生的连环凶杀以及地底古墓中的离奇血案。这里可以看到古龙小说的影子,但又糅合更多新的元素。小说以一个印度宗教古老传说为蓝本,糅合了武侠、奇幻、推理、悬疑、惊悚等多种要素,使得小说充满了悬念,极具可读性,让人在不断造密的惊奇和解密的快感中欲罢不能。由于作者极力做到推理的合乎逻辑,所以小说中离奇的案件都能为普通人所接受理解。在步非烟看来,凶手只需运用超人的智慧,而不一定要具备超人的力量。而且,步非烟在处理推理过程中运用到的每一处悬疑,最后都必须做到完整、严密的解密,这一点有别于古龙相对随意率性的风格,在滴水不漏的严密推理中保持推理小说特有的智力思维乐趣。步非烟对这种游戏非常钟爱,她常在小说的结尾,再度摆下迷局,从而为新的故事留下开启悬念的引子。如在《海之妖》中,步非烟以此设置了开放性的结尾:

  对岸丛林的阴翳里,一位全身唐装的红衣女子,正悬坐在一株古树上。她怀抱断弦的箜篌,正低头弹奏着一首不成调的曲子。
  巨大的树荫发出一阵轻响,她轻轻抬起头,遥望海天之际。一个小小的黑影越来越近,却正是劫后余生的大威天朝号。
  她轮指一拨,箜篌发出一声凄厉高亢的哀吟,剩下十二弦一齐断裂,永远沉寂了下来。那张永远如女童一般天真秀丽的面孔上,透出了一抹阴森的笑意。
  天阴欲死,轮回不休。曼荼罗教复仇的轮盘,已经传到了她的手中。
  她将箜篌挂上树枝,自己轻轻跃下,向莽苍丛林中走去。林中大丛曼陀罗花,正开到荼靡。
  这是一片充满死亡与杀戮的远古莽林,也是由八瓣之花构成的秘魔法阵。千百年来,这里由神魔共同守卫,擅入者死。
  在这里,六枝天祭也不过是一个开始。

读到这里,故事结束了,掩卷默思,故事中的氛围和韵味依然存在,久久难以散去。

步非烟武侠风格的奇特和陌生感还与她在故事的叙述中时时结合武

功与兵器的施展有关,再加上宛若魔幻的绮丽画面,整个故事营构出奇幻灵异的色彩。在《海之妖》中,步非烟充分挖掘了中国武术的运动美感和神秘色彩。

> 所有的光芒都黯淡下去,仿佛被一种无名的力量突然收聚起来,压缩到杨逸之的身前。而杨逸之只是左手握起。他突然张目,船舱中就如划过一道极其灼亮的闪电,刺得岳阶眼睛都睁不开。杨逸之手漾起一团晕光,似前似后,似左似右,他的身形仿佛突然迷蒙起来,仿佛影子般悬立在空中,小晏的冥蝶真气却丝毫不能粘其身。小晏脸色微沉,手一提,光芒仿佛应手而起,化作实物一般向杨逸之包裹而去。
>
> 风冥蝶丝。传说中来自幽冥之都的诡秘武器,化自诸神眼泪的上古神兵。大片闪光的蝶丝组成极大的网状,向杨逸之围裹过去。杨逸之并没有闪躲,他只是竖起食指,当胸一划。
>
> 骤然间仿佛极强的太阳光般,他的手指竟仿佛黑暗中的明灯,将所有的光芒都集中在一起,天地众生似乎都为之黯淡无光。
>
> 风月剑气!
>
> 这无痕之剑与风冥蝶丝一起出现,刹时空中仿佛起了种震动,就如水脉般席卷整个船舱,犹如包含了露珠的花蕊,将整个世界反照于其中。杨逸之剑气尚未发出,全身衣袂已被鼓涌而起,整个人仿佛交错的光影,时显时隐,出世之姿,一如神仙中人。但他人虽未动,劲气却如龙卷般盘旋,似乎随时都要击出。
>
> 小晏的紫衣宛如蝶翼一般飘拂起来,在耀眼的强光中穿来插去。身形飘忽,身上点点蓝辉不住散开,宛如诸天降下的无尽花雨。他袍袖展开,如舞宝轮,万千蝶丝就如道道祥光,奉持着他淡紫色的华裳。顷刻间,整个船舱已被完全封闭住,劲气如涡旋随着他的舞动不住凝结,然后片片斜卷着飞出,跟杨逸之的剑气交错在一起。

这段描述了杨逸之和小晏间扣人心弦的激烈打斗场面,在步非烟的笔下却成为形神俱备的舞蹈表演,<u>丝丝相扣的动作</u>,通过极尽描摹中国武术的形状色态,使读者充分感受到中国武术的文化意蕴和审美感受。

步非烟对武侠文化的现代阐释和美学新解开创了梁金古温之后的武

侠小说创作的新面貌,她的审美情趣和创作倾向都代表了 20 世纪 80 年代后中国大陆的武侠创作的方向和趋势。

二、凤歌的武侠小说

凤歌,本名向麒钢,1977 年 8 月出生于重庆奉节。2001 年毕业于四川大学行政管理专业。2003 年来到《今古传奇·武侠版》工作,历任编辑部副主任、副主编、执行主编,2007 年领衔《今古传奇·武侠版》主编。《今古传奇》暨黄易武侠文学一等奖得主。代表作品《昆仑前传》、《昆仑》、《沧海》。("山海经"系列,"山"是《昆仑》,"海"是《沧海》。)在大陆新武侠小说作者中,凤歌被称为"后金庸时代挑大梁者"。其文辉煌大气,尤擅长结构设置,高潮推进。其武侠作品风格效仿金庸之厚重,又有推陈出新之处。

凤歌的创作特点是通过武侠小说演绎和诠释东西方文化冲突与融合,构建追求智慧的深度表达和大气恢弘的武侠世界。

首先,在凤歌的武侠空间,通过小说主人公曲折的人生经历和鲜明而丰富的性格形成的过程,展现江湖、历史、人性、文化多方面得到广泛表现的多彩多姿的世界。例如,《昆仑》的男主人公梁萧在天下纷乱之际,身负刻骨铭心的破家之痛,天机宫忍辱学艺,大元铁骑驰骋疆场,茫茫南海无涯漂泊,亚、非、欧三洲游历的复杂经历,构成了一个宏大广阔的小说"全球化"世界,缔造了广袤空间和深远境界的武侠世界。梁萧的一生是十分悲壮的,他的人生中有许多的大起大落,但到最后他却发现自己根本就没有留下什么"心如死灰之木,身如不系之舟,而我的平生功业,却又在哪里?是天机宫,是襄阳,还是茫茫大海?"另外,他的人生际遇是不平凡的,"孩童之时,上天便假手萧千绝,拆散他与爹娘;在天机宫中苦学算数,破解天机十算,却又解不出最后一算;而后一场大战,害死了阿雪;先让他母子重逢,偏又让他亲手杀死了母亲;现如今,竟让他失去了所有的爱人;即便到此地步,老天爷还不肯罢休,当他痛苦失意之时,天地间偏偏生机勃发,鼓舞欢欣,便似一群无耻的看客,幸灾乐祸,弹冠相庆。"(凤歌《昆仑》)

作者安排梁萧的悲惨命运,就是要让他具有不平凡的经历,逐渐成为一代宗师,在这样的创作理念下,梁萧的形象颇似金庸《天龙八部》中的萧峰,是一个充满了神奇色彩的叛逆型人物。但与萧峰不同的是,他最后违背其父遗愿,走上灭宋之路,这也是作品被钟爱武侠的读者诟病的地方。然而细究其缘由,梁萧最后的举止也有其合情合理之处。梁萧的父亲是宋人,但是母亲是蒙古人,他是个混血儿。宋朝腐败,他的结义妹妹阿雪被宋人所杀,这就是他助元灭宋的导火索。并且,梁萧自幼自失去父母,又经历多重磨难,未能养成理性思考问题的能力,更多的是依靠直觉来处理问题。在他的意识里,蒙古人都是他的朋友,而宋人伤害了他们。因此他必须站在蒙古人这边,帮助他们攻打襄阳。其实梁萧并非爱好杀戮,他只是凭着一种简单的直觉进行战争。而在面对太多的血腥后,梁萧也进行了反思。最后,在目睹生灵涂炭的反人道行为之后,毅然反出元军大营。这是当代大陆的年轻作家们更加注重人性本身的思考的直接表现。梁萧本着当代人的理想信念的不懈追寻,他在不断地反思、否定、超越和提升自己。梁萧复杂的民族成分,他在痛苦思索中的两难和摇摆,使他集中了金庸小说中郭靖、张无忌、萧峰共有的光辉,"梁萧因此是一个站在前辈武侠巨人肩上的新的巨人,闪现着崇高的理想主义的光芒"(韩云波:《昆仑·后记》)。梁萧的行为本质,以当下的人性价值标准而言,是对人类生命和尊严的维护和尊重,也是对历史前进动力的理性思考,小说中的和平主义的主题符合当下历史发展的大趋势。

而另一部代表作《沧海》的风格在延续《昆仑》创作基调的同时又作了符合当下价值观的调整。小说讲述了陆渐由一个淳朴的渔家少年,成长为一代炼神高手的故事,细微地记录了陆渐心理和性格的变化。故事发展其间穿插陆渐与姚家庄遗孤姚晴、劫主宁不空之女宁凝、日本公主阿市的浪漫爱情而深受读者喜爱。陆渐的形象是一个半同于郭靖的憨实小子(比郭聪明多了),却有着杨过般的痴情,同样有着一般武侠小说中傻小子的好运。这里也可以看到金庸等人对年轻作家的影响。但是要谈论到在小说中的功绩,他比不上郭靖的侠之大义,没有杨过的傲骨灵动,同样没有梁萧一生的潇洒传奇。但是正是这样一个贴近于平常的人物才能更使人关注他如何走过他人生的潮起潮落。同样,在《沧海》中陆渐所体会的民生立场也和梁萧(或者说是谷缜)的伊人相伴不管江山的结局反调,这种"为民而战,久战民厌,战而不战,不战再战"的反复,回应主题,也让陆渐和沧海给人无穷回味的感觉。

能将丰繁复杂的事件和曲折的人生串接在一起得益于凤歌宏大叙事的能力和广博的知识面。这最突出地表现在他的《昆仑》系列中。随着人物活动的展开,故事发生的空间十分辽阔,从江南到塞北,再到蜀中,最后到襄阳,一路为读者娓娓道来,井然有序。开阔的视野也为情节的起伏跌宕、波澜壮阔提供了充分的条件。如《天机卷》中的天机宫之变、《破城卷》中的襄阳之战等读来均是荡气回肠，让人难以释卷。凤歌小说涉及的内容庞杂，知识量很大，天文地理、机关数术、排兵布阵，无一不及，且无一不精，尤其是对古代算学的运用可谓神来之笔，直叫人拍案叫绝。

另外需要提及的是凤歌的语言特点。凤歌的作品深受港台新武侠小说的影响，疏密有致，节奏感很强。在写临战交锋，杀法力道与精气神韵的契合，详尽描述动作相当地道。在人物和事件时，描摹细节完备到位，但战争谋略较差，描写单调粗略，缺乏层次感。在小说语言风格上，既没有铺张的华美，也没有突出的艰涩，既不缠绵又不粗俗，平实准确，写打斗一招一式清爽干净，平时的叙述就更显功力。

试看《昆仑·铁血天骄》的开头：

　　大巴山脉，西接秦岭，东连巫峡，雄奇险峻，天下知名。山中道路又陡又狭，深沟巨壑，随处可见；其惊险之处，真个飞鸟难度，猿猱驻足，以李太白之旷达，行经此地，也不禁长叹："蜀道难，难于上青天。"

　　时维九月，正是深秋季节，满山红枫似火，黄叶如蝶，一片斑斓景象。

　　崇山峻岭之中，但见一条鸟道，上依绝壁，下临深谷，若有若无，蜿蜒向南。一阵山风呼啸而过，掀起崖上枯藤，露出三个斑驳的暗红大字："神仙度"。

　　其时空山寂寂，鸟息虫偃，泉流无声。遥遥传来人语，落在这空山之中，显得分外清晰。语声渐响，只见得一老一少，沿着蜿蜒鸟道，迤逦而来。

　　老的约莫五十来岁，身形魁梧，精神矍铄，粗犷的脸膛上两只眸子闪闪发亮，少的略显单薄，面如满月，眉清目秀，长着细细茸毛的嘴边挂着一丝笑意。

　　"爹爹，这里号称神仙度，我看也不过如此罢了，比起华山的'千尺幢'，'鹞子翻身'，差得多了。"少年说。

　　"文靖啊，你只知道天险，哪里知道人祸，此处自古以来都是强人出没的地方，这沟壑之中，不知留下多少行商的白骨。"老者说着不禁叹了口气。

　　……

老者口中呵斥,心里却在打鼓。二人遇上这种事,一时间噤若寒蝉,都不言语,只闷着头走路,走了一程,翻过道山梁,忽见得清溪流淌,一道独木小桥飞渡两岸,桥那头是一片山坳,数峰青山拥着三两户人家,袅袅炊烟随风飘荡。

这段文字以最平实的语言,最准确的节奏,简明扼要地将故事展开的环境和氛围尽数传递给读者,在人称和语气的巧妙转换中拉近了作者和读者的距离,强烈地吸引着读者的阅读兴趣。同时,在营构传奇神秘的意境,全文一开始就显示出深沉厚重、大气精美的风格。在凤歌这里,我们看到了英雄主义与阳刚之气。

三、沧月的武侠小说

沧月,原名王洋,浙江台州人,现居杭州,浙江大学建筑学硕士。作品有"镜"系列、"云荒"系列,代表作有《听雪楼系列·血薇》、《护花铃》、《花镜系列》、《曼珠沙华》等,是当今大陆境内武侠最受欢迎的网络写手之一。

沧月的作品中对人生、人性的深刻思考,体现了一位优秀武侠小说作家的素质。首先,作为时尚潮流中的年轻人,沧月一方面吸纳了当代文化里的多种元素,另一方面,对中国古典文化也有很好的把握。她的作品往往能将诗情、哲理、想象融为一体。如《墨香》系列作品,小说没有设置明确的历史背景,任凭想象飞驰,或大漠,或古堡,或水底,处处都飘散着浓郁的诗词韵味。沧月作品带有古典气息的丰富的想象和瑰丽的画面背后,渗透了作者鲜明的现代意识,即对个人价值的高扬与肯定。沧月小说里的人物,面对的不仅仅是国破家亡后复仇立邦的大任,更多地是面对人类自身的局限,人类自身的欲望。这些面对"敌人"、"对手"时的反抗,也就是对于命运的无情与捉弄时的反抗,从而最后达到超脱自身局限的境界,虽然达到这种境界需要付出无限的代价。

《墨香》中的主人公墨香是一个男性帝王,一个王朝的开国者。故事讲述了他不惜犯险设"生死劫"局,以身为饵,忍受舍弃一身天才武学、忍受筋脉尽断、身体残废的苦难以及无数非人的折磨凌辱,终于凭自己过人的忍受力、才智、毅力、眼光、胸襟以及侠胆义友、忠实部下共同帮助,将国中所有暗中蛰伏作乱逆贼、境外党羽一网打尽,奠定开国伟业之基石,君临天下。墨香在完成其人生目标时付出了他人所不能的代价,达到了他人所不能的境界,掩卷而思,读者不得不为人类为争得本身解放而付出的痛苦挣扎而感慨万千。

另外,沧月的武侠小说不单纯是传统武侠传奇,沧月也在探索把时尚因素融进武侠作品。在叙事时采用电影蒙太奇行云流水般切换节奏,分镜头式的剪接;设置奇幻的有动漫色彩的故事背景,甚至引用鲜活有趣的动漫元素,穿插组合游戏场景。在沧月的武侠世界中,奇幻、灵异、推理、科幻、魔幻、悬疑、鬼怪诸创新元素,她都一一尝试实践运用。这些都给她的作品增添了许多神奇色彩。

其次,沧月沿用女性的视角进行武侠创作。立足于现代社会,沧月自觉地融合都市文化各种元素来创立自己个性江湖,寄托了女性作者的江湖梦想。

征服男子,崇拜爱情,是女性武侠的母题。国家、民族、政治、武功,一切都必须遵循这一法则,围绕爱情运行,是女性触觉在文章中的直观再现。如《花镜》系列的蓝罂粟、宝珠茉莉、七明芝、六月雪、金合欢、碧台莲、紫竹七篇,基本都是爱情主题。而对于武侠小说中的不可避免的暴力因素,她也用极柔和、极朦胧的笔法来冲淡暴力,给人以美感。比如《剑歌》着力描绘的是女侠谢鸿影在男权的江湖上成长的历史。这个敏感而刚烈的女子武功高强,剑法出众,在与沈洄、方之介、方之民三个侠客的恋爱中,卷入了魔教同中原武林的势力之争,最后凭借她的红颜剑,平息了情感的纠葛与江湖的纷争。情节虽略显老套,但是谢鸿影这个人物却自有特色。作为一名女侠,她不仅武艺高强,还拥有独立的人格、情义、价值判断。沧月描述了女性在青春成长中对人性的重新认识,执著、坚强、爱恨分明。给金庸、古龙等港台新武侠作家塑造的以男性为主的粗犷、阳刚的武侠世界带来了缠绵、柔美的阴柔之美。

再次,沧月的武侠创作在保持着武侠小说书写神韵的同时,开始将触角伸向了现代西方文化和本土民间文化。从情节的安排,人物的设定中,我们看到中西方文化对沧月的共同影响。在沧月的武侠世界中,既有中国的封印、偶人、傀儡师、天师、算命扶乩、看相占梦,也有西方的僵尸、吸血鬼、异形、机器人……沧月很善于把握武侠小说的气氛和意境。她总是将神、情、性、境糅合在一起,情节曲折,气氛神秘。并且,沧月武侠世界中的气氛和意境,和小说中人性的展现、情节的舒展是相互映衬的。读者不断感受到作者把景物、气氛描写与分析人的意念结合。这些都表明,沧月深刻体会到人的精神、内蕴甚至形体都会发生裂变,会出现一种"灵魂出窍"和"不由自主"的现象，会出现一种人的本性追寻的迷惑。沧月小说中神幻空间的叙述阐析让读者感受到现代主义文化的意味，也感受到作者对理想的向往和对现实的超越或否定。

沧月武侠小说的神秘色彩与她对世界的认知是一致的，她把自己的写作定位在"有""无"之间的探索：永远虚无的所在。……所有一切都当不起一个"有"字，而存在的只是"无"。无形无质，无臭无影。然而，那一片空无之中却是蕴涵着无数的"有"。《东风破》集中体现了沧月的宇宙观。这部小说属于历史题材作品，尽管历史背景被架空。但故事中黑暗的政治交易、扭曲人性的挣扎、对正义的渴望，正是中华数千年政治史的些许投影。文中渲染了慕湮与夏语冰的爱情，但当这份深沉的爱遭遇政治风暴时，却被撕成了碎片。在利益场中，或是忠诚热血，或是阴险狡诈，每一个人都有自己追逐的目标和恪守的准则，惶恐中，你只能选择不断地扩大自己的势力，猎获是为了生存的需要。夏语冰的心理挣扎，尊渊"为天下人拔剑"的壮语，给沧月的武侠世界增添了前所未有的魅力。小说着力表现的是充满着自我生命力的人性和人情，"何为正？何为邪？何为忠奸，何为黑白？堪令英雄儿女，心中冰炭摧折"。《东风破》的这几句结语准确地说出了她武侠小说的价值观念。

沧月武侠小说的语言风格也颇具特色。她的小说语言瑰丽而准确，节奏明快，同时又具有层次感和深度。由于深受动漫影响，她的笔下描画出色彩鲜明、构图精致的画境。例如：

> 那是一颗白色的流星，大而无芒，仿佛一团飘忽柔和的影子，从西方的广漠上空坠落。一路拖出了长长的轨迹，悄然划过闪着渺茫宽阔的镜湖，掠过伽蓝白塔顶端的神殿，最后坠落在北方尽头的九嶷山背后。（《双城》）

> 十四年了。从昆仑到敦煌，从西域到南疆，再从帝都到这里——多少聚散离合、枯荣起落如洪流般将所有一浪浪冲刷而去，浮华过眼，锦绣成灰，唯独剩下的，便是眼前这张纯净如雪的笑颜。无论成败起落，始终不变。圣湖旁看到沙曼华的时候，正是夕阳西下的时候，湖上波光离合，宛如梦幻。他忽然被那样璀璨的光与影眩住了眼睛，居然不敢上前。（《帝都赋》）

明明空中没有一丝暮云雾气,那一轮玉盘却仿佛拢了一层薄纱般,朦胧绰约,似近实远。就如一个绝色的女子,终于羞涩地从深闺中走出,却非要隔了一层面纱对着人微笑——这样的美丽,带着远在天边的琢磨不透的神秘。(《帝都赋》)

太阳照耀的这片土地,笼罩着说不出的神秘与瑰丽。四面都是海,五色错杂的土地上,尽头却有一个巨大的湖泊,宛如一只湛蓝的眼睛,闪烁着看着上苍——而湖中的那个城市和巨大的白塔,则像是蓝眼睛的瞳仁了。(《双城》)

这些华丽的文字不仅有着突显的诗意和蓬勃的生命力,还使小说整体显得新颖别致,内敛而又充斥着张力,彰显着有着江南烟雨气质的女性武侠作家的一份灵动和精致。

迄今为止,沧月已发表武侠小说50余万字,既有男性的大气、豪迈,也有女性的温婉、细腻,两者结合,独一无二。华丽美妙的语言和无与伦比的情节、惊心动魄的故事,时刻感受到生命的可贵和命运的交织变化,无限的包容性,在沧月的作品里已得到了和谐的交融。

从步非烟、凤歌和沧月各具特色的武侠创作,表明了当代大陆武侠小说特色:东西方文化冲突与融合都在武侠小说中进行新的演绎和诠释,并追求智慧的深度表达。这些作品的主题是消解"崇高",蔑视"必然"。在类型文学的传统武侠创作中杂糅多种元素,共享多样文化。

第二节 当前大陆武侠小说兴盛的背景及原因

当代大陆武侠小说的兴盛,不是一朝一夕完成的,而是有着自身的背景和原因。

一、多元文化的共存

1. 大众文化

大众文化是在现代工业社会中所产生的、与市场经济发展相适应的一种市民文化。它多以日常生活行为和感觉、感触为主要内容,因此特别追求诉诸感官的娱乐效果。现代大众文化的产生是与大众传播媒介联系在一起的,它是社会工业化、都市化、技术化的产物,它的文化消费对象就是社会普通大众,因此可以说,大众文化是现代生活中普通百姓的一种文化需要和认同,是普通人的文化实践形式。

西方的大众文化实践表明,大众文化和市场之间存在着天然的亲缘关系,具有明显的市场品性。大众文化在其运作中具有明显的功利目的,大众文化是在工业时代的市场化扩张中孕育并形成的,市场是它的试金石,消费者愈多,大众化则愈强。首先,是世俗性。大众文化面向世俗生活,本质上是一种市民文化。一般说来,大众文化的存在形式是一种私人生活空间的拓展,其存在过程也是一种由个人化向大众化的转变,是一种中性的大众消费,因而其基本原则就是满足平均的大众趣味——媚俗与滥情。取悦大众是大众文化的重要价值追求。其次,是标准化。消费大众的心理需求、精神追求是各异的,接受水平也是参差不齐的,因此,大众文化产品的生产者只能从多数人的一般需求特征和接受水平出发。"一般"即是"标准",标准化就成为大众文化产品的一个特征。尤其是当大众文化产品被工业化批量生产出来时,标准化也就愈加在所难免。第三,是时效性。如果说世俗性是大众文化的空间表达特征的话,那么时效性则突出地表现着大众文化的时间特征。大众文化既要合乎时宜,又要能够产生轰动效应,尤其是当其以电影、电视等现代传媒为依托而存在和表现时,则更强化了大众文化的这种时效性特征。第四,是娱乐性。大众文化多以日常生活行为和感觉、感触为主要内容,因此特别追求诉诸感官的娱乐效果。大众文化变换着各种形式供人娱乐,并充分满足和发掘人们的感受,引导人们注重消遣、游乐和嬉戏,所谓"跟着感觉走"、"玩的就是心跳",通过这种感性刺激使人活得更轻松和随意。

通过上述对大众文化若干特点的描述,我们也许能够对大众文化的内涵有一基本的了解。大众文化直接诉诸人们的日常生活的世俗人生,它是工业社会背景下与现代都市和大众群体相伴而生的,以大众传播媒介为物质依托的,受市场规律支配的,平面性、模式化的文化表现形态,其最高原则是极大地满足大众消费。

而从当代中国社会发展的现实考察,大众文化对于当代中国文化现代化和大众化所起的作用是无可置疑的。在短短的十余年时间里,我国的大众文化在借鉴、吸收和实验中已获得了多层次、全方位的发展,就其表现形式说来,娱乐电影、家庭肥皂剧、现代广告、畅销读物、报纸杂志的消遣版面(副刊、周末版)、卡拉OK、MTV、摇滚乐、流行歌曲、交谊舞、居室装潢、时装表演、选美活动、明星崇拜,乃至于企业形象、产品包装等等,这些大众文化形式对于我们说来已不陌生。

市场经济法则正越来越强烈地介入文化生产领域。市场化是大众文化的存在方式,正是在市场之中,大众文化获得了发展和创新的动力。当代美国文化社会学家丹尼尔·贝尔曾认为:"市场是社会结构和文化互相交汇的地方。整个文化的变革,特别是新生活方式的出现之所以成为可能,不但因为人的感觉方式发生了变化,而且因为社会结构本身也有所改变。"① 大众文化在当代社会中的生产完全是以产业化的形式进行的,市场法则像一只看不见的手主导着大众文化的制作,大众的口味主导着文化市场的发展,无论是流行歌曲、畅销书,还是娱乐电影,这些大众文化制作成功与否,与是否迎合了大众当下的感性刺激与追求密切相关。"大众是上帝"——这一法则在大众文化生产中与企业家视"顾客为上帝"一样有相同的效力。正因为如此,大众文化产品的生产者只能从众多人的一般需求特征和接受水平出发,以市场导向为准则。

同时,大众文化实践加速了当代中国文化多元化发展的进程,推进了文化向大众层面的渗透和辐射。环顾当今世界,文化的多元化发展是一种历史性潮流,因为不同质的文化间的相互对话与交流才能促进文化的真正繁荣。改革开放以来,中国社会的文化分层也呈加快趋势,主流文化、精英文化和大众文化都在各自文化的实践中寻找和确立自己应有的位置。在文化多元的时代,主流文化不可能再像从前那样以一种垄断或灌输的方式让大众接受,只能遵从文化发展的规律并通过自己独特的风格去赢得大众。在这种文化进步中,大众文化功不可没。正是大众文化加快了文化的大众化和世俗化发展进程,并最先显示出其发展的个性——面向百姓,"讲述老百姓自己的故事",体味感性娱乐,体验平常人生。也正是大众文化从主流文化的游离和淡出,其他文化形态也逐渐踏上了寻找自身文化价值和定位的征程。从文化垄断走向文化共享,这是现代社会生活发展的一个必然趋势。大众文化作为当代世界范围内的一种引人注目的文化现象,其对文化的大众化的作用是有目共睹的。在现代科技的推动下,大众文化日益由文字向音像化发展,呈现出越来越明显的"视听化"倾向。音像和文字相比,具有很大的优点,因为文字作为一种语言符号,是信息的(间接)载体,必须经过接受者大脑的"翻译",即必须经过接受者的思维活动之后才能获得其传递的信息,而音像作为一

---

① 丹尼尔·贝尔:《资本主义文化矛盾》,江苏人民出版社 2007 年版,第 224 页。

种信息的(直接)载体,不必经过接受者大脑的"翻译"过程就可由感官直接传递其信息,人们在以娱乐和消遣为目的的文化消费中,是懒于进行思维的,因此,音像在这方面具有先天的优势。更为重要的是,"视听文化"对接受者的要求降到了最低点,只要是一个正常的、健全的人,都可以欣赏这种"视听文化",而不需要任何预先的准备和训练,这对于大众的接受,无疑提供了极大的便利。从内容上看,大众文化包容了更多的感性刺激的要素。在大众文化丰富多彩的内容构成中,感性刺激的要素牢牢居于核心位置。现代快节奏、高强度的世俗生活使人们的感受力变得日益迟钝,而人们不安分的本能又随时寻求着发泄的机会,这样寻求刺激便成了一种普遍的心理欲求,大众文化作为满足人们日常欲求的文化产品,便不可避免地将感性刺激作为自己的核心内容。因此,带有现代"视听化"色彩的武侠小说就成为人们阅读的目标。

2. 传统文化

大众文化作为现代工业与市场经济发展的产物,在本质上是一种市民文化。而武侠小说是中国市民文化的一个组成部分,是中国老百姓喜闻乐见的文学形式,它本身既是大众文化的表现,又是中国的一种传统文化的展示。恰好成为大众文化与传统文化之间的一个结合点。事实上,从古到今,即使是最严酷的文化禁锢的时代,武侠小说也没有消失过。无论社会进入什么时代,人们如何"现代",武侠小说都具有生命力,因为它已经渗透于中国人的思维模式和行为举止之中,这是传统文化的力量和魅力。

人们对中国文化中这些传统文化的认同是这些作品能够吸引读者的一个重要原因。有学者认为金庸等人超越前人的秘诀也就在这里,他们用武侠小说演绎中国的传统文化。但是传统文化是有很大甚至根本缺陷的,所以大陆的青年作家要想超越金庸等人就应该在保持金庸等人演绎中国传统文化的同时,适当增加一些文化批判和超越的内涵。

在相当长的一段时间内,追求经济的发展是人们的首要目标,而我们的传统文化没有得到人们应有的重视。随着全球一体化的进程,各个民族的差异越来越小,人们急需寻找一种集体归属感,各个民族渴望寻找一种属于本民族自身而使其区别于其他民族的东西。"民俗文化传统是一个民族文化认同的基础,也是民族凝聚力的重要条件"[①]。在这种趋势

---

① 高有鹏:《保卫春节宣言》,转引自新华网 2006/01/25,http://www.xinhuanet.com/。

下,我们传统文化中的一些元素,如春节、七夕节、端午节等传统节日越来越受到人们的重视。比如全国各地兴起了各种祭祀祖先的活动,如浙江绍兴的公祭大禹仪式,山东曲阜的孔子祭祀活动等。所以大陆的青年作家要多角度、多层次地演绎各类文化。

3. 后现代消费文化

后现代主义思潮是20世纪中期西方发达国家在现代工业社会转入"后工业社会"(或信息社会)过程中出现的一种文化思潮,是对"现代"西方文化精神和价值取向的一次重要变革。它对网络武侠小说的影响巨大。当今文化正在经历从现代主义的语言中心转移到后现代主义的视觉中心上来。电视、电影、电脑和网络,加上广告和 MTV,后现代社会因此正在成为一个视觉文化或者是影像信息文化社会。以上作家的创作,倡导平面化的表达,用具像直接作用于人的视觉。

在后现代语境下,文化已经作为一种消费品从文化圈里走了出来,雅文化和俗文化的界限被打破,艺术品成为供大众消遣的一种手段。大众消费已成为当代中国社会最重要的生活需求。在高度集中的计划经济时代,人被视为工具,因而很难在这种体系之外创造第二个文化空间。社会转型开始了中国的世俗化社会变迁,人们期望过一种真实的、属于自己的生活。因此,在这种世俗化过程中,必然凸显出大众对于现实生活幸福本身的强烈欲求,凸显出大众在其文化活动中的多元化、商品化和消费化的趋势以及相关的消遣娱乐功能的强化。一句话,文化消费已成为对人的世俗欲望的肯定。人们在大众文化的消费中放松自身、回归自身,从而使社会生活变得宽松、多样化。杰姆逊曾经指出:"现代主义的特征是乌托邦式的设想,而后现代主义却是和商品化紧紧联系在一起的。"当代大陆武侠小说适应普通大众的欣赏趣味和文化需求可见一斑。

另一个对武侠小说前景有重大影响的因素,是武侠意识。过去的"侠",终极目的在于救人。而21世纪的当代大陆武侠小说,在于救己,首先是自我的解放,或者说是自我的觉醒,表现的是充满着自我生命力的人性和人情。这种变化,是符合百年文学总体潮流的,也使武侠文学更加深刻地触及人类解放的本质,同时也更加适应在数字化氛围和后现代氛围中成长起来的新一代人的审美趣味和心灵认同。本着内心的要求表现人性、阐释人性和散发人性,是一种具有很强的现代意识的人性的武侠小说。

小说所承载的精神文化内涵,又是把艺术与社会、历史、人生等思考紧密结合在一起的。把爱情、亲情、友情、宫廷斗争、民族矛盾,甚至东西方文化冲突与融合都在武侠小说中进行新的演绎和诠释,并追求智慧的深度表达。

二、网络的普及

计算机的普及及其网络化对于当代政治、经济生活的影响早已不言而喻了,但也许源于网络文化在整个计算机行业的附属地位,使得它在文化领域所带来的巨大变革常常被忽视。而这却没有阻挡住网络文化发展的步伐,它在悄无声息之中形成了对大众文化赖以依存的传播方式的挑战,并借助于大众对于网络文化的消费而建立了一种新的传播模式。

与传统文化消费相比,网络文化给予大众更多的信息空间,更多的交流机会。传统的大众媒体总是在传播文化的同时也在充当着一个文化的"把关人"的角色。对细小文化的筛选开始于每一个传播者,到达大众之时其真实性、实效性都已是大打折扣了。同时,以拉斯韦尔的5W传播方式塑造了文化信息传播的一个有来无往的过程。大众仅是受众、从众、倾听者。这是信息霸权得以产生的根源所在。网络文化以惊人的发展速度打破了这一传统霸权,人们只需花上2元/小时(或者更少)就可以在一个广阔的信息空间(自由)获取任何信息,并依托于电子邮件等通信方式进行双向交流,实现信息传递与回收。在网络化时代,大众在文化的消费中彻底转变为文化的参与者与消费者双重角色的合一,而这正是未来大众文化消费方式的重要特征,网络文化作为大众文化消费的新的生长点预示了下一个世纪文化消费的一个新特征。

网络的普及正是大陆武侠文学得以出现和繁荣的前提。近几年来,互联网在我国逐渐普及,中国互联网络信息中心第19次互联网调查显示:截至2007年6月,我国网络用户已达到1.44亿人。北京大学中文系张颐武教授就认为网络文学在降低出版门槛的同时,也破除了文学权威和文学迷信。其大众性反而更容易树立起它们的民间权威,它对创造力的释放一定有助于文学质量的提升。所以现代传媒为大陆新武侠提供了有力的支持,网络的普及不但给民间作者以展示自己的机会,同时也给他们带来了成千上万的读者。许多年轻作家是在网络上创作、传播、交流的。"即便是武侠杂志出现之后,许多作家仍然坚持在网上创作,再将完成的作品取下网来在纸质媒体上发表。"①

网络的开放性和虚拟性极大地激发和丰富了文学创作的数量和风格,众多的网络武侠小说不像传统武侠小说那样从文学精神上注重宏大叙事,也不注意对艺术形式的执著追求。正因为创作处于这么自由放松的状态,它的行文表现出灵活生动、幽默的特点。网络发表方式的便捷和作家写作的自由,决定了作家创作心态的自由和网络文学美学风格的多样化。网络的包容性,也决定作者心态的多样和作品风格的异样。"网络为普通人提供了自由创作和在网上发表作品的机会,许多武侠爱好者从以前的武侠阅读走向武侠创作,涌现出许多网络武侠写手,写自己向往的江湖故事,编织属于自己的武侠梦。"②网络本身的平民性与自由性,又是与武侠的精神相契合的。

另外,网络令武侠作家们与网络上的武侠读者建立起了交流的平台,为武侠作品的出现提供了一个水准较高的写作和传播环境。写手自由地写作,探索不同的风格。燕垒生、时未寒、沧月等人都曾表示作为一个网络写手,支持他们写到如今的就是因为这些网上的读者。

由于文化环境、市场需求等各方面的原因,网上文学又走到网下,作为纸质文学传播,但这并不能掩藏其网络化的特征。

第三节 当前大陆武侠小说与读者的接受心理

所谓大众传媒的娱乐效应,是指它在适应受众信息需求之外在其精神上引起的享受和满足,表现为精神上的轻松和愉悦。随着文化的发展和与外界环境接触点的不断增多,大众对娱乐的需求越来越迫切,而大众传媒特别是广播、电影和电视等电子媒介的飞速发展,反映并满足了这种娱乐需求。现代社会进入商品化的文化消费时代,文学作为精神文化消费产品的功能属性,重心业已悄然切换到的娱乐休闲的审美心态。教育的功利目的"只是它的实现,应当在快乐的审美过程中得到有效发挥"③。

武侠小说的盛行是因为它满足了受众伸张正义追求公平的心理,言情小说的盛行是因为它满足了人们追求完美爱情的心理。传播学的"使

---

① 郑保纯:《论大陆新武侠的当代性回应》,《西南师范大学学报》2004年第4期。
② 同上。
③ 朱丕智:《大陆新武侠小说崛起之我见》,《西南师范大学学报》,2006年第1期。

用与满足理论"认为:受众的媒介接触活动是基于特定的需求动机来"使用"媒介,从而使这些需求得到满足的过程。所以"大陆新武侠顺应了当代娱乐休闲的审美心理"①,小说以精美的形式和精彩的故事内容显示出娱乐性、观赏性,从而产生了强大的吸引力。

网络文学的作者与读者队伍的主体,是大中院校青少年学生与白领知识分子阶层,中老年人比重较低。这就注定了网络文学的主题以青年人的现实生活,特别是以都市白领青年人情感生活为主。"大陆新武侠"正顺应了这个层次的读者在审美心态上的时代变化,人们的阅读要考虑到如何使精神得到放松,怎样使心情舒畅愉快,而不再主要是达到某种功利性的社会目的。另外网络的本质属性是自由,网络的特征体现为游戏,而网络文学的审美特征便是快乐——快乐的创作产生创作的快乐,快乐的漫游形成参与的快乐,"一句话,在一个自由的世界里快乐地嬉戏,你快乐,所以我快乐,在快乐中走向艺术、走进审美,这便是网络版的后审美主义文化图景。"②

以吸引眼球为目的的武侠小说描写的一般都不是现实社会。它描写的不是遥远的过去,就是不可确定的未来,或者就是不存在的另外世界,作者用这种奇思妙想来曲折地表露自己的感情和追求,其虚幻性是显而易见的。这种虚幻和网络那种非常"真实"的虚幻交错在一起,借用武侠小说特有的情境和武侠人物特有的身份,在恩和仇、爱和恨、必然和偶然、规矩和放纵之间直接逼问人的本性和本能,并从中搜寻其存在的意义。从表现形式和内容风格方面来看,网络语言能使表达简洁明快、生动形象、幽默风趣,并且可以从语言美学上形成"网语"个性,创造新的表达范式,即自由灵动和生动幽默。写作技巧的自由表现为多媒体艺术展示,也表现在网络文化所特有的语句构成。它的起因不仅仅是为了文学,更是为了自身体验的表达,个体情感的宣泄,内容的自由给予文学创作以心灵上的解放。网络浏览的特性注定了网络文学的主流是一种速食文化,而幽默和游戏作为一种吸引浏览的行为为网民所喜欢,使得相当数量的网络武侠文学有着拥有庞大的成人读者群及广泛的大众市场。

尽管当代大陆的武侠小说数量众多,但其总体成就和影响却远不及金庸,并且也缺乏大师级的作家,自身创作出现了不少问题。

---

① 朱丕智:《大陆新武侠小说崛起之我见》,《西南师范大学学报》2006 年第 1 期。
② 欧阳友权:《网络文学论纲》,人民文学出版社 2003 年版,第 97 页。

一是如何摆脱既有的武侠小说模式,特别是金庸、梁羽生、古龙作品的影子,建立自我的武侠小说的审美形态。读这些作品,在赞叹他们的才华的同时,常常感觉到故事的基本构架和创作的基本思路似曾相识,是金庸、古龙,抑或梁羽生？还是多位作家风格的综合？这些阅读感觉都意味着个人的创作空间不够开阔,不够深邃,这些作品仍是处在综合阶段,总体风格还是在学习和模仿。如何寻求武侠小说的再次复兴,仍是我们亟待思考和解决的问题。部分作品呈现出网游的消费文化趋势,平面化、无深度,追求娱乐化的效应而忽视了意义的追求。武侠小说创作的方向应该倡导"高境界、高品位、高质量"的创作。

　　二是如何加强小说中的文化内涵。"以人为创作的中心是现代小说的基本原则,雅小说如此,通俗小说也如此。"[①]但是写"人"不能作为大陆新武侠小说作家的"新"的根本性的标志。因为这是现代小说的基本线,而且前人已经将武侠小说推到了这个境界。要想武侠小说有新的突破,还应该寻找新突破口。

　　三是题材内容比较单调雷同,主要以情感类作品为主。思想性、艺术性上乘的佳作还不多见,特别是缺少史诗性、气势恢弘的具有震撼力的经典作品。快捷往往缺乏深度,流行往往使人浮躁,这是"快餐型"文化的致命缺陷所在。

（孟念珩）

[①] 汤哲声:《大陆新武侠关键在于创新》,《西南师范大学学报》2005年第1期。

结 语:从武侠小说到武侠文化

武侠小说作为承载古老中国民族记忆又容纳不断演进的时代精神的艺术样式,经过一个多世纪的变化发展以及众多武侠小说作家的辛勤耕耘,产生了一大批有广泛影响的佳作,对于铸造民族个性和将中国的民族形象推广到全球,具有重要的作用。伴随着科学技术发展和视觉艺术的勃兴,武侠小说不仅在自身内涵上进行扩容和形式上进行革新,还超越了文学领域,作为一种精神资源和审美思维渗透到新兴文化现象中,激发着媒体时代中的新兴文化产业。20世纪的影视艺术、动漫文化和电子游戏都大量地吸收借鉴了武侠小说的生成思维模式和审美元素,为武侠小说和武侠精神的再生产不断拓展新的艺术空间。

一、武侠小说与影视创作

武侠小说对中国早期电影的繁荣和中国电影的发展起到了重要的推动作用。武侠题材的创作曾在中国电影史留下了浓墨重彩的一笔,20世纪20年代连续放映18集的《火烧红莲寺》就创下了电影史的记录,也打开了武侠在影视领域的广阔领地。自此以后,武侠成为影视界最为重要的题材,武侠题材的影视作品也成为最受观众喜爱的影视类型。武侠影视经历了武侠小说和武侠电影同步创作、武侠小说改编成武侠影视和武侠影视独立成熟三个阶段。

第一阶段为20世纪20年代至50年代。这一阶段主要为中国武侠电影发展初期阶段。由于武侠电影在不安定的社会状况中给予寻找安全的民众以逃避现实和心理慰藉的功效,许多电影公司看中了武侠电影的巨大商业价值,拍摄了大量武侠电影。这些电影充分运用了早期电影的特技技术,赢得了极高的票房价值。此时的武侠小说和武侠电影处于同步创作阶段,它们共同承担着近现代转型过程中的民族想象作用。

第二阶段为20世纪50年代至20世纪末。这一阶段的武侠小说完成了"新派武侠"的文学观念,也实现了武侠小说的现代性转换,梁羽生、金庸和古龙等武侠小说大家红极一时,大量武侠经典作品深受读者青睐。武侠小说的兴盛和广泛传播为武侠影视的拍摄提供了坚实的文学基础和观众基础。自1958年香港的峨嵋制片厂拍摄了根据金庸武侠小说改编的《碧血剑》和《射雕英雄传》后,武侠影视剧的创作就成为中国民族电影的重要阵地。这一时期,梁羽生、金庸和古龙以及王度庐等创作的重要武侠文学作品都被改编为影视剧,甚至有些作品还被反复改编,这也造成了武侠影视的繁荣,产生了一批专门从事武侠影视的导演和影视明星。

第三阶段为21世纪初至今。随着计算机技术的发展,网络媒体的广泛应用,武侠小说开始在网络空间大量流行。新一代的武侠作者继承了武侠小说的创作传统,又充分调动新时代的人们对武侠精神的想象和期待,融合了历史、侦破、科幻、玄幻和魔幻等新的类型文学元素,创造了大量能直接容纳和转换视觉文化的新武侠。这一时期的武侠影视创作完全进入视觉艺术的成熟阶段,出现了张艺谋的《英雄》、李安的《藏龙卧虎》等武侠电影剧作。《卧虎藏龙》这部影片改变了原来小说的创作主旨、叙事结构和故事情节,获得影视作为视觉艺术的自觉成熟。这部影片获得了巨大成功,最终赢得奥斯卡大奖,完成了将中国的武侠精神的民族想象纳入全球化语境的世纪文化之路。

中国武侠小说成长成熟与影视的结盟现象昭示了现代化过程中中华民族的集体想象和审美诉求。武侠小说的善恶道德意识、追求公平的社会理想、二元对立的思维模式、充满动感的武打元素都契合了影视这一契合大众需求的艺术审美机制。现代化过程中武侠小说和武侠影视的相互促进、共谋发展的文化大观体现了现代化过程中中华民族对待传统和现代复杂的价值理念和难以名状的焦灼情绪。

二、武侠小说与动漫

武侠小说也广泛地渗透到新兴的动漫艺术中。动漫艺术在20世纪后半叶得到了快速地发展。它将现实与生活通过"画"进行抽象和分离,以其独特的审美标准和表达方式成为新的审美形态,受到了人们的追捧,成为极具时代气息的新艺术门类。自新中国成立后,我国拍摄了许多动漫作品,这些作品大量运用民族文化和民间艺术元素,形成了独特的民族风格。其中,以 1964 年的《大闹天空》和《哪吒闹海》为颇具代表性的作品,而这两部动画片中都大量地运用了中国传统文化中的武侠元素。

中国武侠精神和武侠元素也受到了国外著名动漫公司的关注。1997 年迪斯尼拍摄的《花木兰》和《宝莲灯》取得了巨大的成功,这两部影片都以中国传统文化中的神话传说为故事原型,以中国文化为背景,表现了中国文化精神。同时,影片中的武打功夫不仅塑造了中华民族的鲜明性格,还为具有中国特色的影片提供了保证。而近年拍摄的另一些关于中国功夫的影片也赢得了很高的票房价值。2006 年在世界公映的《功夫熊猫》更进一步地深入到中国功夫的具体细节,从人类和平、正义的高度重新认识中国功夫的价值。作为弱者的功夫熊猫凭借自己的信念、意志和上天的垂顾不仅实现了个体的愿望,也维护了整个森林世界的公正价值。这是一部将中国武侠精神与西方社会文化理念很好融合的成功的动画片,它以平等的姿态在动画作品中实现了东西方文化沟通对话。虽然影片中对于笨拙的东方身份的功夫熊猫及其身上的中国功夫进行调侃和揶揄,但是功夫熊猫的荒诞行为和神秘中国功夫偶然遭遇的讽刺无伤大局,最终这部影片还是获得了政治和商业上的巨大成功。

21 世纪后,感受到动漫产业的巨大潜能,国家政策的倾斜和政府扶持力度的加大,中国的武侠动画片也在大量增加。由张家界市和宏梦卡通联手打造的中华传统武侠卡通片《虹猫蓝兔七侠传》,这部影片遵循传统武侠模式而设置情节,讲述少侠虹猫继承父母的遗志,为维护森林的和平与安宁,与魔教教主黑心虎展开艰苦卓绝斗争的故事。显然,这部影片并未超越传统"行侠仗义"的故事模式,而且因为暴力镜头不适合孩童群体观看曾被停止播放。即使如此,中国的武侠动画制作方兴未艾,许多耗资更大、制作阵容更豪华的武侠动画制作正在展开。香港著名的武侠导演徐克也与时俱进地加入了动画武侠制作行列。

三、电子游戏中的武侠表达

电子游戏是现代科技发展后出现的娱乐方式,它虚拟人类物质生产之外的游戏,使参与者在假想的和平状态中既享受到对抗的乐趣,实现自我,同时又使竞争在一种无涉利益的状态中进行,能够逃避现实,释放内心压力。尤其在进入现代社会后,人们在现实中感受的压力日渐增大,而电子游戏则可以不拘泥现实游戏的人员和物质条件的局限,在虚拟世界中达到游戏的愉悦心态而广受现代人的欢迎。中国武侠文化在假定世界中实现自我的文化功能恰好应和了电子游戏的娱乐方式,武侠成为中国电子游戏的重要题材。

20世纪80年代以来,武侠题材的电子游戏在中国市场逐渐增多,《仙剑奇侠传》、《功夫世界》、《仙剑》、《诛仙》、《武林外传》、《新剑侠情缘》、《剑侠》、《轩辕剑》、《英雄》和《热血江湖》等都曾风靡一时。在这些游戏中,有独自娱乐的单机游戏,也有需要通过网络进行合作或对抗的网络游戏。初期的武侠游戏没有具体的情节设置,玩法比较单一,游戏的过程就是一路打过去。这些武侠游戏往往只是借用了武侠的名称,内核仍然是国外的游戏套路。随后,不少游戏制作者在游戏中更多地借用武侠文化元素,以金庸小说为基础创作的《金庸群侠传》就显得更为成熟了。它不仅在背景中沿用了许多武侠文化图像,而且还运用中国武功为制胜法宝,将武侠精神渗透在游戏中。

武侠类的电子游戏主要借助武侠文学的结构模式。武侠游戏的角色感、目标意识和情节设置适合了游戏所需要的基本要素。武侠游戏相对于益智游戏、模拟游戏和经营游戏显得更为复杂,不仅有实现人类外在价值的实践过程,而且还有情感渲染。武侠游戏往往借助于武侠英雄的成长模式来设置游戏,通过角色扮演的方式介入虚拟的武侠世界,将武侠英雄的成长成熟过程转换为游戏中的闯关。而武侠文学中呈现为正邪双方力量对抗的道德教化功能也可以在游戏过程中被仿制,设置为电子游戏的双方角色和可进行数据化演化的具体操作手法。当然,电子游戏直接参与和具体实施的体验方式与武侠文学通过文字语言营构的想象空间和氛围有着完全不同的生成机制,所以,电子游戏只能对武侠文学进行有选择的吸收,并且需要消化才能真正被游戏制作转换出来。中国武侠电子游戏还在不断摸索中。

千年武侠梦,追求的是中华民族的精神家园,在近现代中西方交融、传统向现代转型的社会语境中,武侠小说浓缩了中华民族的精神基因,凝结了中华民族的集体记忆,成为中国向世界展示自身的文化名片。武侠小说到武侠影视、武侠动漫和武侠游戏,经过几代武侠作家一个多世纪的努力,武侠已经成为当下中国百姓文化生活中不可或缺的精神要素。中国人的武侠精神在新的时代中不断扩展和生发,吸收着新的时代精神和新的审美元素,不断制造着新时代的武侠梦。虽然作为以文字语言为基础的纸质印刷文本的传播不再是洛阳纸贵的巅峰状态，但是武侠小说内蕴的武侠精神将会通过新的媒介方式和语言方式得以承袭，并在新的艺术样式中转换并置换。

（陈力君）

后 记

以著作的形式，专题探讨大众文学与武侠小说，在我们还是第一次。这其中的一个重要原因，大概是受了20世纪90年代以来兴起的"雅俗合流"文学观的影响。在此之前，与学界多数同行一样，我们的文学观基本锁定在纯文学或严肃文学的范围，大众文学或通俗文学似尚未进入研究的视野。后来，随着整个时代社会文化的转型，以及"港台风"和江南文化的浸润，我们也顺时应势地做出了一些调整：不仅动手写了几篇金庸武侠小说方面的文章，还扩大到了影视领域，在本科生那里开设了有关的选修课。时代发展和变化实在太快了，现实不断地催逼着我们去学习新知。尽管在这一过程中，由于知识结构以及其他诸多因素的限制，我们磕磕碰碰，感到跟得有点累，但我们一直在努力。不断地学习，不断地探索，并希望在学习和探索中有所提升，这是我们的基本态度，也是本书撰写的主要动因之所在。

本书主体构架分上下两编。上编部分，主要通过过程与特色、声像化现象、官场文学、侦探文学、言情文学等五个方面探讨大众文学；下编部分，着重从历史变迁与现代转型、梁羽生、金庸、古龙、温瑞安、黄易武侠小说等七个方面探讨武侠小说。参与这项工作的，除主编外还有其他几位研究生。具体分工如下：

前言、第一章为吴秀明所撰；第二章为陈力君所撰；第三章为徐青所撰；第四章为罗婷所撰；第五章为楼晓勤所撰；第六章为陈中亮、孟念珩所撰；第七章为陈中亮所撰；第八章为吴秀明、陈择纲所撰；第九章为吴秀明、黄亚清所撰；第十章为陈力君所撰；第十一章为陈中亮所撰；第十二章为孟念珩所撰；结语为陈力君所撰。全书上编部分由吴秀明负责统稿，下编部分由陈力君负责统稿；最后又由吴秀明对上下两编作了统一修订、润色并最终定稿。

本书的撰写和出版得到了浙江大学教务处和北京大学出版社的大力支持，北京大学出版社的张雅秋女士认真敬业的工作态度给我们留下了深刻的印象。借此机会，我们也对所有参撰的研究生们表示衷心的感谢。他（她）们的加盟，为本书增添了不少青春的气息。

撰写大众文学与武侠小说是我们的一个尝试，欢迎各位读者和学界专家、朋友们多提意见，以便把对这一课题的研究再进一步推向深入。

作　者

2010 年 6 月于浙江大学中文系